D0789253

# HARRIUS POTTER

## *et Philosophi Lapis*

*Titles available in the Harry Potter series*
*(in reading order):*
Harry Potter and the Philosopher's Stone
Harry Potter and the Chamber of Secrets
Harry Potter and the Prisoner of Azkaban
Harry Potter and the Goblet of Fire

*Titles available in the Harry Potter series*
*(in Latin):*
Harry Potter and the Philosopher's Stone
*(in Welsh):*
Harry Potter and the Philosopher's Stone

*Libri de Harrio Pottero iam editi*
*(hoc ordine legendi):*
Harrius Potter et Philosophi Lapis
Harrius Potter et Camera Rerum Arcanarum
Harrius Potter et Captivus Azkabani
Harrius Potter et Poculum Ignis

*Libri de Harrio Pottero iam editi*
*(lingua Latina):*
Harrius Potter et Philosophi Lapis
*(lingua Vallensi):*
Harrius Potter et Philosophi Lapis

# HARRIUS POTTER

## *et Philosophi Lapis*

J. K. ROWLING

Translated by Peter Needham

First published in Great Britain in 1997
Bloomsbury Publishing Plc, 38 Soho Square, London W1D 3HB

This edition first published in 2003 by Bloomsbury Publishing Plc,
New York and London
Bloomsbury Publishing Plc, 38 Soho Square, London W1D 3HB
Bloomsbury USA, 175 Fifth Avenue, New York, NY 10010


Translation by Peter Needham


A CIP catalogue record of this book is available from the
British Library
Cataloging-in-Publication Data is available from the Library of Congress
Distributed to the trade in the U.S. by Holtzbrinck Publishers

UK ISBN 0 7475 6196 6
US ISBN 1 58234 825 1

Printed and bound in Great Britain by Clays Ltd, St Ives plc
Typeset in Berkeley Old Style
by Palimpsest Book Production Limited,
Polmont, Stirlingshire

First Edition

www.bloomsbury.com/harrypotter

*for Jessica, who loves stories,*
*for Anne, who loved them too,*
*and for Di, who heard this one first*

*Jessicae, quae fabulas amat,*
*Annae quae eas quoque amabat,*
*et Dianae, quae hanc fabulam primum audivit.*

— CAPUT PRIMUM —

# *Puer Qui Vixit*

Dominus et Domina Dursley, qui vivebant in aedibus Gestationis Ligustrorum numero quattuor signatis, non sine superbia dicebant se ratione ordinaria vivendi uti neque se paenitere illius rationis. in toto orbe terrarum vix credas quemquam esse minus deditum rebus novis et arcanis, quod ineptias tales omnino spernebant.

Dominus Dursley praeerat societati nomine Grunnings, quae terebras fecit. vir erat amplus et corpulentus nullo fere collo, maximo tamen mystace. Domina Dursley erat macra et flava et prope alterum tantum colli habebat quam alii homines, quod magno ei usui fuit quod tantum tempus consumebat in collo super saepes hortorum porrigendo, finitimos inspiciens. Durslei filium parvum nomine Dudley habebant nec usquam, eorum sententia, erat puer splendidior.

Durslei omnia habebant quae volebant, sed rem quandam occultam tenebant, et maxime timebant ne quis hoc secretum cognosceret. putabant enim id fore intolerabile si quis de Potteris certior fieret. Domina Potter erat soror Dominae Dursley, sed aliquot iam annos altera cum altera non convenerat; re vera Domina Dursley simulabat se non habere sororem, quod soror et coniunx eius, vir nefarius, erant omnibus modis dissimiles Dursleis. Durslei horrescebant rati quid dicturi essent finitimi si in viam suam advenirent Potteri. Durslei sciebant Potteros quoque filium parvum habere, sed eum ne viderant quidem. hic puer erat alia causa cur Potteros arcerent; nolebant enim filium suum Dudleum puero tali familiarem esse.

ubi Dominus et Domina Dursley experrecti sunt illo die Martis obscuro et tenebroso quo incipit narratio nostra, caelum nubilum externum haudquaquam ominabatur res novas et arcanas mox ubique eventuras esse. Dominus Dursley bombiebat dum fasciam hebetissimi coloris eligebat idoneam ad negotia gerenda et Domina Dursley animo contento garriebat dum Dudleum ululantem cogebat in sellam altam ascendere quasi cum eo luctaretur.

nemo eorum animadvertit strigem magnam fulvi coloris praeter fenestram volitantem.

octava hora et dimidia, Dominus Dursley chartarum thecam sumpsit, basium brevissimum in genam Dominae Dursley impegit et conatus osculo valedicere Dudleo rem male gessit, quod Dudley nunc tumultuabatur et cerealia sua in parietes iaciebat. 'furcifer parvulus,' cachinnavit Dominus Dursley domo egressus. in autocinetum ascendit et retro vectus est e gestatione numeri quattuor.

in angulo viae primum animadvertit signum rei novae – felem chartam geographicam legentem. per secundum, Dominus Dursley non intellexit quid vidisset – tum subito motu caput convertit ut rem rursus inspiceret. feles maculosa stabat in angulo Gestationis Ligustrorum, sed nusquam erat charta geographica. quidnam animo conceperat? scilicet lux oculos suos fefellerat. Dominus Dursley punctum temporis connivuit et tum felem contemplavit. invicem feles contemplavit eum. Dominus Dursley, dum circum angulum et adversa via vehebatur, in speculo felem intuebatur, quae nunc legebat signum inscriptum verbis *Gestatio Ligustrorum* – immo signum *inspiciebat* – feles enim poterant legere nec chartas *nec* signa. Dominus Dursley se paulum concussit et felem ex animo summovit. vectus ad oppidum nihil cogitabat nisi copiam magnam terebrarum quam sperabat clientem illo die imperaturum esse.

sed in margine oppidi, terebrae ex animo eius re alia expulsae sunt. dum sedet, ut mane fieri solet, inter vehicula impedita non potuit facere quin animadverteret multos adesse homines novis indutos vestibus. homines palliatos. Dominus Dursley non potuit ferre homines ridiculis indutos vestibus – eius modi quas iuvenes gerebant! credebat id esse aliquid novi et stulti. rotam gubernatoris leviter digitis pulsavit et oculis discernit turbam monstrorum illorum prope adstantem. commoti inter se susurrabant. iratus Dominus Dursley animadvertit duos non admodum esse iuvenes; nempe illum esse seniorem quam se, et pallium smaragdinum gerebat! quantam impudentiam! sed tum incidit in mentem eius id posse esse dolum aliquem ridiculum – scilicet pecuniam corrogabant ad aliquid … ita vero, rem acu tetigerat. vehicula moveri coeperunt, et paucis post minutis Dominus Dursley advenit in stationem societatis Grunnings, animo rursus in terebras intento.

in sede officii in nono tabulato sita Dominus Dursley semper sedebat tergo fenestrae adverso. quodnisi fecisset, forsan mane illius diei difficilius ei fuisset animum in terebras intendere. *ipse* striges clara luce praetervolantes non vidit, quamquam homines inferiores in via versati eas viderunt; ordinem longum strigum super capita festinantium digitis demonstrabant et oribus hiantibus intuebantur. plerique eorum ne noctu quidem strigem viderant. quod tamen ad Dominum Dursley attinebat, matutinum tempus, ut fit, omnino strigibus vacabat. homines quinque increpuit. nonnulla colloquia telephonica magni momenti habuit et paulo plus clamavit. hilarissimus erat usque ad prandii tempus ubi constituit ambulare et transire viam ut libam sibi emeret de pistrino adverso.

palliatorum illorum omnino oblitus erat dum globum eorum iuxta pistrinum praeteriit. praeteriens eos animo irato contemplavit. causam nesciebat, sed aliquo modo eum vexabant. hi quoque commoti susurrabant, neque unum poterat videre vas nummarium. iam praeter eos pedem referebat, cum magna liba transatlantica in sacculo involuta, cum pauca verba sermonis eorum auribus cepit.

'Potteri, ita est, id est quod audivi –'

'– ita vero, filius eorum, Harrius –'

Dominus Dursley in vestigio constitit, timore oppressus. susurrantes respexit quasi aliquid eis dicere vellet, sed consilium mutavit.

reversus trans viam cucurrit, sursum in sedem officii festinavit, voce irata vetuit scribam se inquietare, telephonium arripuit et paene totum numerum domesticum elegerat cum mentem mutavit. instrumentum reposuit et mystacem mulsit, cogitans

… se errare, stultum esse. Potter non esse nomen tam insolitum. scilicet multos esse homines nomine Potter qui haberent filium appellatum Harrium. se ne certo quidem scire an filius sororis uxoris suae *re vera* appellaretur Harrius. se puerum ne semel quidem vidisse. nomen eius posse esse Harvey aut Haroldus. inutile esse sollicitare Dominam Dursley; eam tantum vexari si qua mentio facta esset sororis. se eam non culpare – si *ipse* sororem habuisset similem illi … sed nihilominus palliatos illos …

pomeridiano tempore multo difficilius ei erat terebris intendere animum, et cum ab aedificio quinta hora discederet, adhuc tam sollicitus erat ut recta incesserit in aliquem prope ianuam stantem.

'da veniam,' inquit grundiens, cum senex minimus lapsus est et paene cecidit. pauci secundi praeterierunt priusquam Dominus Dursley sensit senem gerere pallium purpureum. ille haudquaquam videbatur perturbatus quod paene in terram deiectus erat. immo, subridens rictum diduxit et voce stridula locutus est quae oculos praetereuntium convertit: 'non est paenitentiae locus, o vir carissime, nam hodie nihil potest me perturbare! gaude, nam Quidam tandem abiit! etiam Muggles similes tui debent celebrare hunc laetum, laetum diem!'

et senex Dominum Dursley circa medium amplexus discessit.

Dominus Dursley constitit solo defixus. vir ignotissimus eum amplexus erat. putavit quoque se appellatum esse Muggle, quidquid id erat. obstupefactus est. ad autocinetum festinavit et domum profectus est sperans se haec animo fingere, quod nunquam antea speraverat, quod res animo fictas non approbabat.

ubi primum intravit in gestationem numeri quattuor, vidit felem illam maculosam quam mane conspexerat – quod animum non in melius mutavit. nunc in muro horti sedebat. non dubitabat quin eadem esset; nam notas easdem circum oculos habebat.

'abi!' inquit Dominus Dursley voce magna.

feles immota manebat. modo oculis torvis eum contemplavit. Dominus Dursley nesciebat an sic semper essent mores felium. conatus se colligere, in aedes se admisit. in animo adhuc habebat nihil uxori dicere.

Domina Dursley diem iucundum solito more degerat. super cenam ei dixit quam difficile esset Dominae Finitimae filiam suam regere et quomodo Dudley verbum novum ('nolo!') didicisset. Dominus Dursley conatus est non aliter ac solebat se gerere. cum Dudley in lectum impositus esset, in sessorium iit eo tempore quo nuntius novissimus commentariorum vespertinorum emittebatur.

'quod reliquum est, spectatores avium ubique nuntiaverunt mores strigum nationis nostrae hodie miro modo mutatos esse. quamquam striges plerumque noctu venantur et vix unquam interdiu videntur, ex ortu solis centenae multae harum avium conspectae sunt in omnes partes volantes. homines periti non possunt explicare cur striges subito rationem dormiendi mutaverint.' lector nuntiorum sibi permisit subridere. 'res maxime arcana. nunc vos trado meteorologo Jim McGuffin. an plures erunt imbres strigum hac nocte, Jim?'

'id nescio, Ted,' inquit meteorologus, 'sed non striges solum hodie se insolenter gesserunt. spectatores qui vivunt alii procul ab aliis in Cantio, in comitatu Eboraci, in oppido Dundee, per telephonium mihi dixerunt pro pluvia quam heri promisi se habuisse imbrem siderum cadentium! forsan homines maturius Noctem Ignium Festorum celebraverunt – haec proxima fiet hebdomade, mi amici! sed nunc possum vobis promittere noctem umidam.'

Dominus Dursley sedebat immobilis in sella reclinatoria. sidera cadentia per totam Britanniam? striges interdiu volantes? ubique miri homines palliati? et susurrus, susurrus de Potteris …

in sessorium ingressa est Domina Dursley duo pocula theanae potionis ferens. maritus non potuit rem tacere. debuit aliquid dicere. trepidus tussim edidit. 'ehem – Petunia carissima – num nuper accepisti nuntium sororis tuae?'

sicut exspectaverat, Domina Dursley visa est offensa et irata. nam plerumque simulaverunt eam non habere sororem.

'minime,' acriter inquit. 'cur rogas?'

'res mirae relatae sunt in nuntiis,' mussavit Dominus Dursley. 'striges … sidera cadentia … et hodie in oppido erant multi homines insoliti aspectus …'

'*quid ergo*?' voce mordaci respondit Domina Dursley.

'modo succurrit mihi … forsan … id aliquo modo pertinere ad … scis quid velim dicere … ad *turbam illius*.'

Domina Dursley potionem theanam per labra astricta sorbillavit. Dominus Dursley animo volvebat num ei dicere auderet se audivisse nomen 'Potter'. constituit se non audere. potius rogavit, incuriam quantum potuit simulans, 'filius eorum – nonne prope eandem aetatem habet ac Dudley?'

'potest fieri,' inquit Domina Dursley rigide.

'quid dixisti nomen eius esse? nonne est Howard?'

'Harrius. nomen iniucundum et vulgare, mea sententia.'

'ita vero,' inquit Dominus Dursley, animo maxime demisso. 'omnino tecum consentio.'

de re tacebat dum in cubiculum ascendebant. dum Domina Dursley est in balneo, Dominus Dursley ad fenestram cubiculi furtim iit, et in hortum anticum despexit. feles adhuc aderat. oculis Gestationem Ligustrorum lustrabat quasi aliquid exspectaret.

an se haec animo fingere? num haec omnia aliquo modo pertinere ad Potteros? si id verum esset … si percrebresceret ipsos cognatos esse pari – non putabat se id ferre posse.

Durslei in lectum ascenderunt. Domina Dursley celeriter obdormivit, sed Dominus Dursley vigilabat, rem totam in animo volvens. priusquam tandem obdormivit, haec cogitatio aliquid solaminis ei attulit: nullam esse causam, etiamsi Potteri *re vera* huic negotio interessent, cur sibi et Dominae Dursley appropinquarent. illos optime scire quid ipse et Petunia sentirent de se et genere hominum simili sibi. non posse fieri ut ipse et Petunia ulli negotio miscerentur. oscitatus in alterum latus se convertit. rem non posse tangere *ipsos* …

maxime tamen errabat.

quamvis Dominus Dursley laberetur in somnum inquietum, feles in muro externo sedens nullum dabat signum somnolentiae. sedebat immobilis more statuae oculis rigide defixis in remotum angulum Gestationis Ligustrorum. ne tremebat quidem cum ianua autocineti personuit in via propinqua nec cum striges duae supra caput devolaverunt. re vera, paene media erat nox antequam feles motum vel minimum fecit.

vir quidam apparuit in angulo quem feles spectaverat, tam subito et tacite autem ut putares eum modo e terra exsiluisse. felis cauda motu subito agitata est et oculi coartati sunt.

nihil huic viro simile unquam visum erat in Gestatione Ligustrorum. altus erat, macer grandaevusque, aetatem quidem aestimantibus argenteo colore crinis et barbae, quae utraque satis longa erat ut in balteum eius implicaretur. indutus est veste talari, pallio purpureo quod humum verrebat et cothurnis calcibus altis et fibulis aptis. oculi caerulei erant candidi, splendidi, scintillantes post perspicilla semicirculata, nasus autem longissimus et distortus quasi bis saltem fractus esset. huius viri nomen erat Albus Dumbledore.

Albus Dumbledore non visus est intellegere se modo in viam advenisse ubi omnia a nomine suo ad cothurnos suos ingrata essent. occupatus erat in pallio perscrutando, aliquid quaerens. sed visus est intellegere se spectari, quod subito felem suspexit, quae eum ab altera parte viae adhuc intuebatur. nescio quo modo aspectus felis eum visus est delectare. ridens mussavit, 'id debui scire.'

invenerat quod in interiore sinu quaerebat. visum est esse ignitabulum nicotianum ex argento factum. rapido motu digitorum id aperuit, in aera sustulit, crepitum fecit. lucerna proxima exstincta est cum fragore minimo. iterum crepitum fecit – lucerna altera tremuit et evanuit. duodeciens Exstinctore crepitum fecit, dum sola lumina quae in via lucebant erant duo igniculi procul fulgentes, qui erant oculi felis eum spectantis. si quis nunc e fenestra sua prospiceret, ne femina quidem curiosa Domina Dursley, quidquam posset videre quod deorsum in pavimento accideret. Dumbledore Exstinctorem in pallio reposuit et profectus est secundum viam ad numerum quattuor, ubi in muro iuxta felem consedit. illam non aspexit, sed mox allocutus est.

'mirum est quod te hic video, Professor McGonagall.'

conversus est ut feli maculosae subrideret, sed illa abierat. in loco eius feminae severiori subridebat quae perspicilla quadrata gerebat quorum figura erat simillima notis quae feles circa oculos habuerat. ea quoque vestita est pallio, smaragdini coloris. crines eius nigri in nodum artum contracti sunt. visa est sane perturbata.

'quomodo me agnovisti?' rogavit.

'mea cara Professor, nunquam vidi felem tam rigide sedentem.'

'tu esses rigidus,' inquit Professor McGonagall, 'si per totum diem sedisses in muro latericio.'

'per totum diem? ubi potuisti festum celebrare? sine dubio huc veniens duodecim epulas et convivia praeterii.'

Professor McGonagall irata auras naribus captavit.

'ita vero, omnes festum celebrant,' inquit impatienter. 'putares eos paulo cautiores esse, sed nolebant – etiam Muggles animadverterunt aliquid fieri. relatum est in nuntiis eorum.' subito motu caput convertit ad fenestram obscuram sessorii Dursleorum. 'id audivi. greges strigum … sidera cadentia … quid? num omnino stulti sunt? debuerunt aliquid animadvertere. in Cantio sidera cadentia – sine dubio ea facta sunt a Dedalo Diggle. nunquam habebat multum prudentiae.'

'illos non potes culpare,' inquit Dumbledore leniter. 'his undecim annis perpauca habuimus celebranda.'

'id scio,' inquit Professor McGonagall stomachose. 'sed non est cur nobis inepte agendum sit. neglegentissime homines se gerunt, clara luce in viis versati, ne vestibus quidem Mugglensibus vestiti, rumores inter se permutantes.'

Dumbledorem acutis et limis oculis hic aspexit, quasi speraret eum aliquid sibi dicturum esse, sed nihil dixit, itaque ipsa plura locuta est: 'pulchrum quidem sit si, eo ipso die quo Quidam videtur tandem abiisse, Muggles cognoscant de nobis omnibus. nonne *re vera* abiit, Dumbledore?'

'certe videtur abiisse,' inquit Dumbledore. 'non sine causa gratiae sunt nobis agendae. an vis citrinam fervescentem?'

'*quid* dixisti?'

'citrinam fervescentem. genus est bellarioli Mugglensis quod admodum amo.'

'benigne,' inquit Professor McGonagall frigide, quasi non putaret id esse tempus citrinis fervescentibus. 'sententia mea, etiamsi Quidam *re vera* abiit –'

'mea cara Professor, nonne homo prudens similis tibi potest eum nomine proprio appellare? sane ineptum est eum "Quidam" appellare – undecim iam annos hominibus persuadere conor ut eum proprio nomine appellent: *Voldemort.*' Professor McGonagall inhorruit, sed Dumbedore, qui duas citrinas fervescentes conglutinatas separabat, non visus est id animadvertere. 'res fit tam perplexa si semper dicimus "Quidam". nunquam causam vidi cur timeamus dicere nomen Voldemortis.'

'scio tete non habere causam,' inquit Professor McGonagall, partim irata, partim admirata. 'sed non es nostri generis. omnes enim sciunt Quendam – an, si mavis, *Voldemortem* – neminem timuisse nisi te.'

'mihi blandiris,' inquit Dumbledore tranquille. 'Voldemort enim artes habebat quas ego nunquam habebo.'

'solum quod tu es *nobilior* – ut ita dicam – quam ut illis utaris.'

'fortunate evenit ut tenebrae sint. non tantum erubui ex quo Magistra Pomfrey mihi dixit se amare tegumentum novum aurium mearum.'

Professor McGonagall aciem acutam ad Dumbledorem direxit et, 'striges sunt nihil,' inquit, 'prae *rumoribus* quae circumvolant. an scis quid omnes dicant? de causa cur evanuerit? de re quae eum tandem cohibuerit?'

videbatur Professor McGonagall pervenisse ad rem quam maxime disputare volebat, quae vera erat causa cur per totum diem in muro frigido et duro exspectavisset, nam neque felis neque feminae partem agens Dumbledorem oculis acrioribus fixerat quam nunc. manifestum erat quidquid 'omnes' dicebant, eam verbis eorum non prius credituram esse quam Dumbledore ipse se certiorem fecisset ea vera esse. Dumbledore tamen aliam citrinam fervescentem eligebat neque respondit.

'*dicunt,*' pluribus verbis usa est, 'proxima nocte Voldemortem advenisse ad Godrici Cavernam. Potteros repertum iit. fama est Lily et James Potteros esse – esse – *mortuos.*'

Dumbledore caput inclinavit. Professor McGonagall anhelavit.

'Lily et James … id non possum credere … id credere nolebam … oh, Albe …'

Dumbledore manum porrexit et umerum eius leviter pulsavit. 'aeque … aeque doleo …' inquit graviter.

vox Professoris McGonagall tremebat plura loquentis. 'nec totam tibi fabulam dixi. dicunt enim eum conatum esse interficere filium Potterorum, Harrium. sed – non potuit. parvulum puerum illum interficere non potuit. nemo scit cur, aut quomodo id factum sit, sed dicunt cum Harrium Potterum non posset interficere, potestatem Voldemortis nescio quo modo fractam esse – illamque esse causam cur abierit.'

Dumbledore adnuit lugubriter.

'an ... an *verum* est?' rogavit Professor McGonagall haesitans. 'cum tot facta fecisset ... tot homines occidisset ... puerum tamen parvulum non potuit occidere? sane mirum est ... id potissimum eum cohibuisse ... sed, pro di immortales, quomodo Harrius superfuit?'

'solum coniecturam facere possumus,' inquit Dumbledore. 'fortasse id nunquam sciemus.'

Professor McGonagall sudarium operis subtilis deprompsit et oculos sub perspicillis leniter detersit. Dumbledore magnum de naribus edidit sonitum dum de sinu horologium aureum depromit et inspicit. horologium erat mirissimi generis. duodecim enim habebat manus sed numeros nullos; parvae potius planetae circum marginem movebantur. sine dubio hunc modum operandi intellexit Dumbledore quod, horologio in sinu reposito, 'serius venit Hagrid,' inquit. 'credo enim illum te certiorem fecisse me hic adfuturum esse.'

'ita vero,' inquit Professor McGonagall. 'neque credo te me certiorem facturum esse *cur* hic potissimum adsis.'

'hic adsum ducturus Harrium ad materteram et avunculum. alios enim propinquos iam non habet.'

'num vis dicere – *num potest fieri* ut velis dicere de hominibus qui *hic* habitant?' clamavit Professor McGonagall, celeriter assurgens et digito numerum quattuor demonstrans. 'Dumbledore – hoc non tibi faciendum est. per totum diem eos spectavi. non possis duos homines invenire nobis dissimiliores. et hunc filium habent – eum vidi matrem usque calce petentem dum adversa via ibant, et bellariola ululatu magno postulantem. Harriumne Potterum huc venire et hic vivere!'

'non melius est ei domicilium,' inquit Dumbledore fortiter. 'matertera et avunculus poterunt omnia ei explicare cum erit senior. epistolam eis scripsi.'

'epistolamne?' iteravit Professor McGonagall voce parva, in

muro residens. 'num, Dumbledore, putas te posse rem totam in epistula explicare? hi homines nunquam eum intellegent! clarissimus fiet – legendus – non ego admirer si apud posteros hodie appelletur Dies Harrii Potteri – libri scribentur de Harrio – nomen eius noverint liberi omnes in nostro orbe terrarum!'

'recte iudicas,' inquit Dumbledore, aspectu gravissimo super perspicilla semicirculata prospiciens. 'sufficiat inflare animum cuiusvis pueri. clarissimum fieri priusquam pedibus et voce uti potest! clarissimum fieri ob aliquid quod ne meminisse quidem poterit! nonne vides quanto melius futurum sit si adolescat procul ab omnibus illis rebus dum paratus sit ad negotium capessendum?'

Professor McGonagall os aperuit, mentem mutavit, gluttum fecit et tum dixit, 'ita … ita est ut dicis. sed quomodo puer huc adveniet, Dumbledore?' pallium eius subito aspexit quasi suspicaretur eum sub eo Harrium celare.

'Hagrid eum adducit.'

'an putas id – *prudentis* – esse negotium tam grave Hagrido committere?'

'vitam meam velim Hagrido committere,' inquit Dumbledore.

'non nego eum optime sentire,' inquit Professor McGonagall reluctans, 'sed non potes simulare eum non neglegentem esse. solet enim – sed quid vult hic sonitus?'

murmur submissum silentium circumiectum ruperat. semper crebrescebat dum sursum deorsum viam scrutabantur signum lucis prioris quaerentes; iam magnus auditus est fremitus ab utroque sursum ad caelum spectante – et ingens birotula automataria ex aere delapsa in viam ante eos descendit.

si birotula automataria erat ingens, nihil erat prae viro in ea sedente. altitudine paene duos ex medio aemulabatur, latitudine saltem quinque. maior visus est, ut ita dicam, quam fas erat, et admodum *inconditus* – nodi longi crinis et barbae nigrae et fruticosae partem maximam vultus celabant, manus erant instar operculorum domesticarum sordium receptaculorum pedesque scorteis induti caligis erant similes delphinis infantibus. lacertis vastis et robustis acervum lodicum tenebat.

'Hagrid,' inquit Dumbledore, voce soluta. 'tandem venisti. et unde illam birotulam automatariam nactus es?'

'mutuatus sum illam, Professor Dumbledore, domine,' inquit gigas, magna cum cura de birotula automataria descendens dum loquitur. Sirius Niger iuvenis eam mihi commodavit. illum habeo, domine.'

'an difficultates ullas habebas?'

'nullas, domine – domus paene deleta est sed eum eripui priusquam Muggles glomerari coeperunt. obdormivit dum urbem Bristol supervolamus.'

Dumbledore et Professor McGonagall se inclinaverunt super acervum lodicum. intus, vix oculis cernendus, erat infans puer, somno captus. sub crine nigerrimo super frontem pendente videre poterant vulnus mirae figurae, simile fulguri.

'an hic locus est –?' susurravit Professor McGonagall.

'ita vero,' inquit Dumbledore. 'cicatricem illam semper habebit.'

'nonne potes eam aliquo modo meliorem reddere, Dumbledore?'

'etiam si possim, id facere nolim. prodesse enim possunt cicatrices. ipse cicatricem habeo super genu sinistrum quae mera est charta Ferriviae Subterraneae Londoniensis. agedum – trade eum mihi, Hagrid – melius sit si rem perficiamus.'

Dumbledore, Harrio bracchiis suscepto, ad domum Dursleorum conversus est.

'an licet mihi … licet ei valedicere, domine?' rogavit Hagrid. caput magnum et villosum super Harrium inclinavit et ei dedit osculum scilicet asperrimum et mystaciosum. tum, subito, Hagrid ululatum similem cani vulnerato emisit.

'st!' sibilavit Professor McGonagall, 'nisi vis Muggles expergere.'

'd-d-da mihi veniam,' inquit Hagrid lacrimis effusis et vultum magno et maculoso sudario celans. 'sed non p-p-possum id ferre – Lily et James mortui – et Harrius, parvulus iste et miserrimus, abit ut vivat cum Mugglibus –'

'ita vero, tristissima est res, sed nisi te cohibueris, Hagrid, nos reperiemur,' susurravit Professor McGonagall, bracchium Hagridi caute mulcens dum Dumbledore murum horti transgressus ostium adiit. Harrium molliter in limine deposuit, epistulam de pallio depromptam in lodicibus Harri implicuit, ad alios duos rediit. per spatium minuti tres illi stabant fasciculum parvum contemplantes; umeri Hagridi concutiebantur, Professor McGonagall oculos rapidissime sursum deorsum movebat, flamma corusca quae ex oculis Dumbledoris emicare solebat videbatur exstincta.

'itaque res finem habet,' tandem Dumbledore locutus est. 'neque hic nobis morandum est. melius sit si nos celebrationi adiungamus.'

'ita vero,' inquit Hagrid voce involutissima. 'mihi tamen potius haec birotula est auferenda. sit vobis nox fausta, Professor McGonagall – Professor Dumbledore, domine.'

oculos madidos tunicae manica tergens, Hagrid in birotulam se iactavit et calce machinam excitavit; magno cum fremitu in aera surrexit et in noctem profecta est.

'spero me te mox visurum esse, Professor McGonagall,' inquit Dumbledore, ei adnuens. Professor McGonagall sternutamento respondit.

Dumbledore conversus secundum viam rediit. in angulo constitit et Exstinctorem illum argenteum deprompsit. crepitum unum fecit et duodecim globi luciferi tam celeriter ad lucernas suas redierunt ut Gestatio Ligustrorum subito luteo splenderet lumine et ipse oculis cernere posset felem maculosam se subducentem circa angulum in altera parte viae. acervum lodicum in limine numeri quattuor vix videre potuit.

'bene vale, Harri,' mussavit. conversus est et pallio sibilante evanuit.

aura agitabat saepes ordinatas Gestationis Ligustrorum, quae silens et nitida sub caelo nigerrimo iacebat, in illa regione qua minime exspectes res miras futuras esse. Harrius Potter in mediis lodicibus revolutus est nec tamen solutus est somno. una parva manu epistulam quae iuxta eum iacebat amplexa, dormiebat, nescius se esse egregium, nescius se esse praeclarum, nescius fore ut paucis horis excitaretur somno clamoribus Dominae Dursley ostium aperientis ut lagoenas lactis exponeret; nesciebat autem fore ut per proximas hebdomades consobrinum Dudleum pateretur se fodicantem et vellicantem ... nec scire poterat hoc ipso tempore homines in secretis conventibus ubique habitis pocula tollere et dicere vocibus parvis: 'floreat Harrius Potter – puer qui vixit!'

— CAPUT ALTERUM —

# *Vitrum Evanescens*

paene decem annos praeterierant ex quo Durslei experrecti filium sororis Dominae Dursley in gradu antico invenerant, sed Gestatio Ligustrorum vix ullo modo mutata erat. sol oriens in eosdem hortos tam nitidos ante domum iacentes spectabat et aeneum numerum quattuor in ostio Dursleorum infixum illuminabat; in sessorium eorum irrepsit, quod paene immutatum manserat ex illa nocte qua Dominus Dursley nuntium illum ominosum de strigibus viderat. solum imagines photographicae in pluteo positae qui supra caminum exstabat vere demonstraverunt quantum temporis praeteriisset. decem abhinc annos, multae fuerant imagines rei magno folli litoreo rosei coloris similis tecto pileis multicoloribus globulis ornatis – sed Dudley Dursley non iam erat infans, et nunc imagines ostendebant puerum amplum flavis capillis in birotula quam primam habebat vehentem, circumvectione mechanica in ludicro publico utentem, cum patre ludo computatorio certantem, amplexus et oscula matris accipientem. toto illo spatio nusquam erat signum pueri alterius in eisdem aedibus habitantis.

sed Harrius Potter adhuc aderat, illo tempore dormiens, sed non diutius dormiturus. Matertera enim Petunia evigilaverat et vox eius arguta primum sonitum matutinum fecit.

'expergiscere! surge! statim!'

Harrius subito experrectus est. matertera rursus ianuam pulsavit.

'surge!' clamavit stridens. Harrius eam audivit ad culinam euntem et tum sonitum sartiginis in foco impositae. versus in tergum somnium recens meminisse conatus est. optimum fuerat somnium. in eo fuerat birotula automataria. nescio quo modo sensit se idem somnium prius habuisse.

matertera regressa ante ianuam stabat.

'an iam surrexisti?' rogavit.

'paene,' inquit Harrius.

'festina modo. tuum est laridum curare. cave ne illud torreas. volo die natali Duddliculi omnia optime fieri.'

Harrius gemitum edidit.

'quid dixisti?' voce mordaci rogavit matertera per ianuam.

'nihil, nihil ...'

dies natalis Dudlei – num eum oblitus erat? Harrius lente e lecto surrexit et tibialia quaerere coepit. bina sub lecto invenit et, cum araneum ab uno detraxisset, ea induit. Harrius assuetus erat araneis quod armarium sub scalis situm erat plenum eorum, et ibi Harrius dormiebat.

vestitus per atrium iit in culinam. mensa paene celata est donis quae plurima die natali Dudley accepturus erat. Dudley visus est habere novum instrumentum computatorium quod volebat, ne dicam alterum instrumentum televisificum et birotulam cursoriam. veram causam cur Dudley birotulam cursoriam vellet Harrius nesciebat quod Dudley obesissimus erat et exercitationem omnem oderat – scilicet nisi occasionem habebat aliquem pulsandi. praesertim placebat ei pulsare Harrium, sed raro eum capiebat. Harrius, quamquam speciem cursoris non habebat, re vera erat celerrimus.

comparatus cum aequalibus Harrius semper fuerat parvus et macer, quod fortasse nescio quo modo coniunctum est cum vita eius in armario obscuro. visus est vel minor et macrior quam re vera erat quod vestes quas solas habebat reiectae erant a Dudleo qui circa quater amplior erat quam ipse. faciem tenuem habebat Harrius, genua nodosa, capillos nigros, oculos viridissimos. perspicilla rotunda gerebat multis fasciolis adhaerentibus conglutinata quod Dudley nasum totiens pulsaverat. in facie sua Harrius id solum amabat: cicatricem tenuissimam in fronte exceptam cuius figura erat fulguri similis. cicatricem tam diu habuerat quam meminisse poterat et meminerat primam quaestionem a se Materterae Petuniae propositam fuisse quomodo eam excepisset.

'in ea collisione autocinetorum qua interfecti sunt parentes tui.' quod locuta addiderat 'noli curiosus esse.'

*noli curiosus esse* – ea erat prima lex si quis volebat tranquillam vitam apud Dursleos agere.

Avunculus Vernon culinam iniit ubi Harrius laridum versabat.

'capillos pecte!' pro salutatione matutina latravit.

circa semel in hebdomade Avunculus Vernon supra acta diurna spectans clamabat capillos Harrii recidendos esse. non dubium erat quin Harrius plures pateretur tonsuras quam universi pueri classis suae, sed nihil intererat, nam crines nihilominus crescebant – passim neque ordine ullo.

Harrius ova frigebat cum Dudley in culinam advenit cum matre. Dudley simillimus erat Avunculo Vernon. faciem amplam habebat rosei coloris, non multum cervicis, ocellos subcaeruleos, crinem pinguem et flavum qui iacebat comptus in capite crasso et obeso. Matertera Petunia dictitabat Dudleum habere faciem angeli infantis – Harrius dictitabat Dudleum similem esse suis capillamentum gerentis.

Harrius pateras ovorum et laridi in mensa posuit, quod erat difficile quia non multum erat spatium. interea Dudley dona sua numerabat. vultus signa doloris dedit.

'triginta sex,' inquit, suspiciens matrem et patrem. 'proximo anno habui triginta octo.'

'at, carissime, omisisti donum Amitae Margaritae. ecce, latet sub hoc magno dono Materculae et Paterculi.'

'ergo triginta septem habeo,' inquit Dudley, erubescens. Harrius suspicans Dudleum tumultum magnum facturum esse coepit laridum lupi modo devorare veritus ne Dudley mensam inverteret.

Matertera Petunia quoque periculum sentire videbatur quod dixit festinans, 'et hodie in foro insuper *duo* dona tibi ememus. quid dicis, corculum? *duo* dona additicia. an placet tibi?'

per momentum Dudley cogitavit. videbatur res laboriosa. tandem lente locutus est, 'itaque habebo triginta ... triginta ...'

'triginta novem, melculum,' inquit Matertera Petunia.

'oh.' Dudley graviter consedit et proximum rapuit fasciculum. 'ita bene est.'

Avunculus Vernon cachinnavit.

'puer improbus vult pretium operae non aliter ac pater. euge, Dudley!' capillos Dudlei agitavit.

illo momento telephonium sonuit et Matertera Petunia abiit responsum dum Harrius et Avunculus Vernon spectant Dudleum detegentem birotulam cursoriam, cinematographicam machinulam, aeroplanum ex longinquo directum, sedecim novos ludos computatorios, televisificum exceptaculum. tegimentum deripiebat ab aureo horologio bracchiali cum Matertera Petunia a telephonio rediit, facie et irata et sollicita.

'Vernon,' inquit, 'infelicem accepi nuntium. Domina Figg crus fregit. non potest eum excipere.' motu capitis Harrium indicavit.

Dudley horrore perculsus os demisit sed cor Harrii saliit. quotannis die natali Dudlei parentes excursionem faciebant cum Dudleo et amico in recreatorium saeptum rebus audendis, in thermopolium hammaburgorum, in cinematographeum. quotannis, Harrius relictus est cum Domina Figg, anu insana, cuius domus aberat duarum spatio viarum. locum illum Harrius oderat. domus tota caulibus olebat et Domina Figg eum cogebat imagines photographicas inspicere felium omnium quas unquam habuerat.

'quid nunc faciamus?' inquit Matertera Petunia, Harrium furibunda contemplata quasi ipse rem excogitavisset. Harrius sciebat se debere misereri Dominae Figg quod crus fregerat, sed id difficile erat cum secum reputaret totum annum elapsurum esse priusquam sibi rursus videndae essent Tibbles, Nivea, Dominus Pediculus, Flocculus.

'an telephonice cum Margarita colloquamur?' rogavit Avunculus Vernon adiuvans.

'noli stultus esse, Vernon, puerum odit.'

Durslei saepe hoc modo loquebantur de Harrio, quasi abesset – aut potius, quasi res esset foedissimi generis, quae eos non intellegeret, limaci similis.

'quid dicis de – nominis oblitus sum – amica tua – Yvonne?'

'ferias agit in maiore insula Baleari,' acriter respondit Matertera Petunia.

'quid si me hic reliquistis?' magna cum spe Harrius verba interposuit (possit enim rem inusitatam facere: in televisione spectare quid vellet et, quod maius erat, forsitan habeat occasionem utendi instrumento computatorio Dudlei).

Matertera Petunia visa est modo pomum citreum glutivisse. 'nolo domum regressa ruinam invenire,' infremuit.

'non delebo domum materia explosiva,' inquit Harrius, sed illi non audiebant.

'quid si eum nobiscum adducamus ad saeptum ferarum,' lente rogavit Matertera Petunia, '... et eum in autocineto relinquamus?'

'novum est illud autocinetum, non licet ei in illo soli sedere ...'

Dudley magno cum sonitu coepit lacrimare. non vero lacrimabat, multos iam annos non vero lacrimaverat, sed sciebat si vultu contorto ululatum emisisset, matrem sibi daturam esse quidquid vellet.

'Dinky Duddidule, ne lacrimaveris, Matercula non ei permittet perdere diem tuum festivum!' clamavit, bracchiis eum amplexa.

'ego ... nolo ... eum ... v-v-venire!' clamavit Dudley inter plangores magnos et simulatos. 'semper omnia p-perdit!' per hiatum patentem in amplexu matris maligne Harrio subrisit.

tum maxime, insonuit tintinabulum liminare – 'pro di immortales, adsunt!' inquit Matertera Petunia furibunda – et post momentum, intravit amicus optimus Dudlei, Piers Polkiss, cum matre sua. Piers erat puer macer cum facie ratti. solebat post tergum bracchia tenere eorum quos Dudley pulsabat. Dudley statim a lacrimis simulatis abstinuit.

dimidia post hora, Harrius, qui fortunae suae credere non poterat, sedebat in posteriore parte autocineti Dursleorum, iter faciens ad saeptum ferarum quod nunquam antea viserat. matertera enim et avunculus non potuerant excogitare quomodo aliter eum curarent, sed priusquam discesserunt, Avunculus Vernon Harrium seduxerat.

'te admoneo,' dixerat, faciem amplam et purpuream ori Harii prope admovens, 'nunc te admoneo, puer – ne quid temptes ridiculi, qualecumque – nisi vis morari in armario isto usque ad diem natalem Christi.'

'nil faciam,' inquit Harrius, 'sine fraude dico ...'

sed Avunculus Vernon non ei credidit. nemo unquam ei credebat.

causa erat, quod res mirae saepe circum Harrium factae sunt, nec ullo modo ei proderat Dursleis dicere se ipsum extra culpam esse.

olim, Matertera Petunia, pertaesa quod Harrius redibat a tonsore intonsis, ut videbatur, capillis, forficibus culinariis arreptis tam breves fecerat capillos eius ut paene calvus esset praeter fimbrias quas reliquit 'ut cicatricem illam horribilem celaret.' Dudley Harrium irriserat, qui totam noctem pervigilaverat imaginatus quid postridie futurum esset in schola, ubi iam ludibrio erat ob vestes ampliores et perspicilla conglutinata. postridie mane, tamen, cum surrexisset, invenit crinem haudquaquam breviorem esse quam fuisset priusquam Matertera Petunia eum totondisset. in armario per hebdomadem inclusus poenam dederat, quamquam conatus erat explicare se non *posse* explicare quomodo crines iterum tam celeriter crevissent.

alio tempore, Matertera Petunia conata erat eum compellere in laneam tuniculam Dudlei obsoletam et foedam (fusca erat cum globulis lutei coloris). quo fortius eam supra caput eius trahere conata est, eo artior visa est fieri, dum postremo, quamquam potuit cum pupa manuali convenire, certe non convenit cum Harrio. Matertera Petunia, arbitrata eam in machina lavatoria contractam esse, poenas de Harrio non sumpsit, quod ei magno solamini erat.

at contra, calamitate afflictus erat quod repertus est in tecto culinarum quae in schola erant. Dudleani eum persequebantur, ut fieri solebat, cum Harrius subito sensit se in camino sedere, quod non minus admirationis Harrio ipsi attulit quam ceteris hominibus. Durslei epistolam iratissimam a moderatrice scholae acceperant quae eos certiores fecit Harrium in aedificia scholastica ascendisse. sed nihil aliud temptaverat (quod Avunculo Vernon clamavit per ianuam occlusam armarii sui) quam salire post receptacula magna extra fores culinae posita. Harrius arbitratus est ventum nescio quo modo in medio saltu se sursum sustulisse.

sed hodie, nulli futuri erant errores. dummodo careret schola, armario suo, sessorio Dominae Figg caulibus redolente, etiam tolerabile erat degere diem cum Dudleo et Piero.

dum autocinetum dirigit, Avunculus Vernon questus est cum Matertera Petunia. libebat ei de rebus queri: praecipuas inter querelas, ut pauca modo referam, erant collegae, Harrius, decuriones, Harrius, argentaria, Harrius. hodie mane querebatur de birotulis automatariis.

'... frementes et ruentes modo furioso, adulescentuli e flagitiosorum grege,' inquit ubi birotula automataria eos praetervecta est.

'somnium habui de birotula automataria,' inquit Harrius, subito recordatus. 'volabat illa.'

Avunculus Vernon paene collisionem fecit cum autocineto quod a fronte erat. toto corpore in sede conversus Harrio clamavit vultu simili betae, ingentis et mystaciosae, 'BIROTULAE AUTOMATARIAE NON VOLANT!'

Dudley et Piers summissim riserunt.

'id scio,' inquit Harrius. 'somniabam modo.'

sed eum paenitebat quidquam dixisse. si Durslei curiositatem eius oderant, etiam peius id oderant si locutus erat de rebus contra fas agentibus vel in somnio vel etiam in libello pictographico – videbantur enim timere ne nova et periculosa sentiret.

illo die Saturni caelum erat serenum et saeptum ferarum erat confertum familiis. in introitu Durslei emerant Dudleo et Piero sorbitiones magnas et gelidas e socolata factas et tum, quod mulier subridens in autoplaustro stans Harrium rogaverat quid vellet priusquam eum abriperent, vili pretio emerant ei cuppediolum gelatum citrei saporis. 'neque malum est,' arbitratus est Harrius, id lambens dum spectant gorillam caput radentem et, si modo flavos habuisset pilos, Dudleum miro modo referentem.

Harrius diu non habuerat meliorem diem matutinum. curabat ut parvo intervallo disiunctus a Dursleis iret ne Dudley et Piers quos, hora prandii appropinquante, ferarum taedebat se conferrent in studium quod maxime diligebant ipsius pulsandi. pranserunt in caupona saepti ferarum et cum Dudley tumultuaretur quod sorbillum glaciatum transatlanticum non satis magnum esset, Avunculus Vernon ei alterum emit et Harrio permissum est ut primum conficeret.

Harrius sensit, postea, se debuisse scire sibi non licere diutius beate vivere.

post prandium adierunt domum reptilium. ibi frigidum erat et tenebrosum, fenestris illuminatis secundum muros. post vitrum, lacertae et angues omnis generis serpebant et labebantur supra ligna quaedam et lapides. Dudley et Piers volebant videre ingentes colubras venenatas et pingues pythones, hominum oppressores. Dudley celeriter anguem invenit qui maximus ibi inclusus est. ille poterat se bis implicare autocineto Avunculi Vernon et id compellere in receptaculum sordium domesticarum – sed eo momento id facere velle non videbatur. re vera arte dormiebat.

Dudley stabat naso contra vitram presso, spiras intuens fuscas et splendentes.

'fac ut moveatur,' questus patrem oravit. Avunculus Vernon leviter vitrum pulsavit, sed anguis noluit se movere.

'pulsa iterum,' Dudley iussit. Avunculus Vernon vitrum fortiter condylis percussit, sed anguis nihilominus dormiebat.

'me taedet,' ingemuit Dudley et passibus lentis aberravit.

Harrius ante cisternam prodiit et anguem intente contemplavit. non miratus esset si ipse taedio mortuus esset – sine comitatu solus relictus nisi a stultis per totum diem vitrum digitis pulsantibus ut eum vexarent. peius erat quam in armario dormire, a nullo visitatus nisi a Matertera Petunia ianuam feriente ut te excitaret – ipsi saltem licebat aliquando reliquam domum visitare.

anguis ocellos splendentes subito aperuit. lente, lentissime, caput sustulit dum oculi oculos Harrii adaequaverunt.

*nictatus est.*

Harrius oculos defixit. tum celeriter circumspexit ne quis spectaret. nemo spectabat. anguem respexit et nictatus est ipse.

anguis subito motu caput vertit ad Avunculum Vernon et Dudleum, tum oculos sursum ad tectum sustulit. Harrium ita contemplavit quasi manifeste diceret: '*id semper patior.*'

'novi,' per vitrum Harrius mussavit, quamquam nesciebat an anguis se audire posset. 'debet molestum esse.'

anguis fortiter adnuit.

'at ubinam natus es?' rogavit Harrius.

anguis cauda titulum parvum iuxta vitrum positum fodicavit.

*Boa Constrictor, Brasilia.*

'an iucundum ibi erat?'

boa constrictor titulum rursus cauda fodicavit et Harrius plura legit: *hoc exemplum in saepta ferarum natum est.* 'intellego – itaque nunquam in Brasilia fuisti?'

angue abnuente, clamor ingens post Harrium ortus utrumque perterruit. 'DUDLEY! DOMINE DURSLEY! HUC VENITE HUNC ANGUEM INSPECTURI! NUNQUAM *CREDETIS* QUID FACIAT!'

Dudley ad eos quam celerrime anatis modo incessit.

'heus, noli me obstare,' inquit, Harrium in pectore fodicans. ex improviso oppressus, Harrius in pavimentum concretum graviter concidit. quod proxime accidit tam celeriter factum est ut nemo videre posset quomodo fieret. Piers et Dudley modo proxime adstantes ad vitrum se inclinabant, modo clamoribus horrendis resiluerant.

Harrius sedere coepit et anhelavit; frons vitrea cisternae boae constrictoris evanuerat. anguis ingens rapide evolvebatur et in pavimentum elabebatur – passim per domum reptilium orti sunt clamores exitus celeriter petentium.

Harrius, angue cito praeterlabente, iurare potuit se audivisse vocem summissam et sibilantem, 'iter in Brasiliam facio … tibi gratiasss ago, amigo.'

curator domus reptilium obstupefactus est.

'sed vitrum,' dictitabat, 'quo tandem vitrum abiit?'

moderator saepti ferarum ipse fecit theanam potionem fortem et dulcem Materterae Petuniae dum iterum atque iterum sese excusat. Piers et Dudley nil poterant facere nisi stridorem edere. quod Harrius viderat, anguis praeteriens ludibundus modo calces eorum hianti ore petiverat, sed cum omnes ad autocinetum Avunculi Vernon rediissent, Dudley narrabat quomodo paene crus suum demorsisset, Piers autem iurabat eum conatum esse se premendo interficere. sed quod pessimum erat, quantum ad Harrium quidem attinebat, Piers satis tranquillus fiebat ut diceret, 'Harrius cum eo colloquebatur. itane, Harri?'

Avunculus Vernon, moratus dum Piers sine iniuria domo discederet, Harrium vituperabat. adeo iratus est ut vix loqui posset. haec verba modo edidit, 'abi – armarium – maneto –

sine cibo,' antequam in sellam collapsus est et Matertera Petunia debuit festinare ut ei afferret potionem magnam coniaci.

*

multo postea Harrius in armario tenebroso iacebat, horologium desiderans. nesciebat quota hora esset nec pro certo habebat Dursleos iam dormire. nam priusquam illi dormierunt, ipse non ausus est furtim in culinam ire ut aliquid cibi quaereret.

paene decem annos cum Dursleis vixerat, decem miseros annos, tam diu quam meminisse potuit, ex quo infans fuit et parentes interfecti sunt illa collisione autocinetorum. non potuit meminisse se in autocineto fuisse ubi parentes mortui essent. aliquando, cum memoriam intenderet diutissime in armario inclusus, occurrit ei visum mirabile: fulgor lucis viridis oculos occaecans et dolor ardens frontis. haec erat, ut arbitrabatur, collisio, quamquam non potuit imaginari unde orta esset omnis illa lux viridis. haudquaquam poterat meminisse parentum. matertera et avunculus nunquam de eis locuti sunt, et ipse nimirum vetitus erat curiosus esse. domi nullae erant imagines eorum photographicae.

Harrius, cum natu minor fuisset, semper somniabat propinquum aliquem ignotum venisse qui se abduceret, sed nunquam factum erat; propinquos nullos habebat nisi Dursleos. interdum tamen arbitratus est (aut fortasse speravit) advenas quibus casu obviam ibat videri se novisse, advenas mirissimi generis. olim homunculus petasum violaceum et cylindratum gerens eum capite inclinando salutaverat dum ad mercatum it cum Matertera Petunia et Dudleo. Matertera Petunia, cum furibunda Harrium rogavisset num hominem novisset, eos e taberna festinare coegit priusquam quidquam emerent. olim anus, barbara visu, viridi tecta vestitu in laophorio eum manu iactanda salutaverat. nuper calvus quidam pallio longissimo et purpureo in via manum arripuerat, tunc abierat nihil locutus. hoc genus omne, id quod mirissimum erat, visum est evanescere simul ac Harrius conatus est eos propius inspicere.

in schola, Harrius nullos habebat amicos. omnes enim sciebant gregem Dudleanum odisse Harrium Potterum, puerum illum novi generis, veste sordida et soluta, fractis perspicillis, neque quisquam voluit aliter sentire ac grex Dudleana.

— CAPUT TERTIUM —

# *Epistulae a Nullo Missae*

propter fugam boae constrictoris Brasiliensis Harrius poenam omnium longissimam dedit. cum tandem ei permitteretur rursus armario exire, coeperant feriae aestivae et Dudley iam novam cinematographicam machinulam fregerat, aeroplanum e longinquo directum in terram praecipitaverat, primum in birotula cursoria vectus anum illam, Dominam Figg, deiecerat dum Gestationem Ligustrorum baculis innixa transgreditur.

Harrius gaudebat quod studiis liberatus erat, sed gregem illum Dudleanum non poterat vitare, qui non omittebat domum cottidie visitare. Piers, Dudley, Malcolm, Gordonque omnes erant magni et stulti, sed Dudley, cum esset omnium maximus et stultissimus, erat dux gregis. ceteris admodum placebat interesse ludo, quem Dudley maxime amabat, Harrii venandi.

haec erat causa cur Harrius tantum temporis quantum poterat foris duceret, circumerrans et finem feriarum prospiciens, ubi vestigium rerum meliorum videre poterat. mense Septembri abiturus erat ad scholam secundariam et, quod nunquam antea ei contigerat, sine Dudleo futurus erat. Dudley acceptus erat a schola nomine Smeltings cuius Avunculus Vernon alumnus erat. Piers Polkiss quoque illuc iturus erat. Harrius autem iturus erat ad scholam nomine Lapidomurus Altus, quem omnes liberi regionis frequentabant. quod Dudley ridiculissimum esse arbitrabatur.

'apud Lapidomurenses primo die capita hominum in latrinas detruduntur,' dixit Harrio. 'an vis sursum ascendere ut rem ipse experiaris?'

'benigne,' inquit Harrius, abnuens. 'in latrinam illam miseram nunquam quidquam tam horribile quam caput tuum detrusum est – potest fieri ut aegrescat.' tum aufugit, priusquam Dudley intellegeret quid dixisset.

die quodam mensis Iulii, Matertera Petunia Dudleum Londinium duxit ut habitum scholasticum emeret, Harrio apud Dominam Figg relicto. Domina Figg minus molesta solito fuit. crus enim fregerat in fele obvia lapsa nec videbatur eas ita ut antea amare. Harrio permisit televisionem spectare et frustum libi e socolata facti dedit quod, ut sapor quidem indicabat, multos iam annos servatum erat.

vespere illius diei, Dudley habitum novissimum familiae in sessorio ostendit. discipuli scholae Smeltings vestes caudatas colore purpureo gerebant, bracas solutas transatlantici generis luteo colore, petasos planos et stramenticios nomine lintrarios. baculos quoque nodosos ferebant, quibus alii alios pulsabant imprudentibus magistris. sic enim, ut fert opinio, aetatem adultam providebant.

Avunculus Vernon, cum videret Dudleum novis indutum bracis, rauca negavit voce se unquam tota vita elatiorem fuisse. Matertera Petunia autem lacrimis effusis dixit se hominem tam pulchrum et adultum videre ut vix crediderit eum esse parvulum Diddulum suum. Harrius voce uti non audebat, veritus ne costas duas iam rupisset, conans risum supprimere.

postridie mane, cum Harrius in culinam intravisset ientaturus, ibi erat odor taeterrimus. videbatur venire a labro magno et metallico in fusorio posito. inspectum iit. labrum videbatur plenum esse panniculis sordidis in aqua glauca natantibus.

'quidnam est?' Materteram Petuniam rogavit. illa os contraxit, ut semper fiebat, si Harrius ausus erat curiosus esse.

'tibi paratur habitus novus scholasticus,' inquit.

Harrius labrum rursus inspexit.

'oh,' inquit. 'nesciebam eum debere esse tam madidum.'

'noli tam stultus esse,' acriter respondit Matertera Petunia. 'tibi vestes Dudlei tritas glauco inficio colore. opus cum confecero similes erunt vestibus ceterorum discipulorum.'

quod iudicium sententia Harrii maxime dubitandum erat, sed ratus melius fore si rem non disputavisset, ad mensam consedit conatus ex animo expellere imaginem sui primo die in scholam

Lapidomurum Altum advenientis – nimirum similis gerenti frusta dilabida pelliculae elephantinae.

ingressi sunt Dudley et Avunculus Vernon, uterque naso rugoso quod eos pigebat odoris habitus novi Harrii. Avunculus Vernon, ut solebat, acta diurna explicuit et Dudley mensam baculo scholastico, quod secum ubique ferebat, pulsavit.

crepitum arcus cursualis et sonitum epistularum in tapete calceis purgandis cadentium audiverunt.

'afferto epistulas, Dudley,' inquit Avunculus Vernon actis diurnis celatus.

'iube Harrium eas afferre.'

'afferto epistulas, Harri.'

'iube Dudleum eas afferre.'

'fodicato eum baculo isto scholastico, Dudley.'

Harrio, baculo scholastico eluso, epistulas petebat. in tapeti tres res iacebant: publici cursus chartula a Margareta sorore Avunculi Vernon ferias in insula Vecte agente missa et involucrum fuscum in quo mercium venditarum ratio inesse videbatur et – *epistula ad Harrium missa.*

quam sublatam Harrius intuebatur, corde sonitum imitante ingentis catenae elasticae. nemo enim tota vita unquam ad eum scripserat. nesciebat autem quis scripturus esset. nullos amicos habebat, nullos praeter Dursleos propinquos – bibliothecae non adscriptus est, itaque ne libellos quidem impolitos acceperat librorum redditionem postulantes. haec tamen epistula aderat tam claris litteris inscripta ut error non posset fieri:

*Dominus H. Potter*
*Armarium sub Scalis*
*IV Gestatio Ligustrorum*
*Querela Parva*
*Comitatus Surreyiae*

involucrum erat crassum et grave, membrana flaventis coloris confectum, inscriptio autem atramento smaragdino scripta est. pittacium cursuale deerat.

involucro manu tremente inverso, Harrius ceram purpuream vidit insigni gentilicio impressam; leo, aquila, meles, anguisque cingebant litteram quadratam 'H'.

'festina, puer!' clamavit Avunculus Vernon e culina. 'quid agis? num epistulas materia explosiva confertas quaeris?' cacchinavit facetiis suis elatus.

Harrius ad culinam rediit, adhuc epistulam suam intuens. mercium venditarum ratione et publici cursus chartula Avunculo Vernon traditis, consedit et lente coepit involucrum flavum aperire.

Avunculus Vernon, ratione mercium venditarum divulsa, fastidio motus fremitum fecit et invertit publici cursus chartulam.

'Margarita aegrotat,' Materteram Petuniam certiorem fecit. 'malum buccinum undatum consumpsit ...'

'pater!' inquit Dudley subito. 'pater, Harrius aliquid habet!'

Harrius epistulam suam, quae in membrana gravi eiusdem generis ac involucrum scripta est, explicaturus erat, cum repentino motu Avunculi Vernon e manu erepta est.

'ista epistula est *mea*!' inquit Harrius, ereptam recuperare conatus.

'quis tibi velit scribere?' inquit Avunculus Vernon voce maligna, epistulam una manu excutiens et breviter inspiciens. color vultus a rubro abiit in viridem celerius quam semaphorus. neque ibi mansit. paucis secundis habuit colorem cineraceum veteris pultis.

'P-P-Petunia!' anhelavit.

Dudley epistulam captabat ut ipse legeret, sed alte sublatam ab Avunculo Vernon non attingere poterat. Matertera Petunia eam curiosa cepit et verba prima legit. momentum temporis visa est collapsura. gutture manu prensato sonitum strangulatum edidit.

'Vernon! pro deum fidem – Vernon!'

intuebantur alter alteram obliti, ut videbatur, Harrium et Dudleum adhuc adesse in conclavi. Dudley non solebat neglegi. caput patris acriter baculo scholastico fodicavit.

'volo epistulam illam perlegere,' inquit voce magna.

'et *ego* eam perlegere volo,' inquit Harrius furibundus, 'quod *mea* est.'

'exite foras ambo!' rauca voce inquit Avunculus Vernon, in involucrum epistulam retrudens.

Harrius noluit moveri.

'DA MIHI EPISTULAM MEAM!' clamavit.

'ostendenda est *mihi*!' postulavit Dudley.

'EXITE!' exclamavit Avunculus Vernon, et cervicibus arreptis et Harrium et Dudleum in atrium eiecit. quo facto ianuam culinae magno cum fragore clausit. statim Harrius et Dudley inter se certabant pugna feroci sed tacita uter ad foramen in quo clavis insereretur aurem applicaturus esset; Dudleo victore, Harrius, perspicillis ab una aure pendentibus, pronus in ventre iacebat ut aurem alteram ad rimam inter ianuam et pavimentum patentem applicaret.

'Vernon,' Matertera Petunia voce tremente dicebat, 'vide inscriptionem – quo tandem modo cognoverunt ubi dormiat? num putas eos domum observare?'

'observantes – speculantes – potest fieri ut nos sequantur,' mussavit Avunculus Vernon insane.

'sed quid faciamus, Vernon? an rescribamus eis nos nolle –?'

Harrius calceos Avunculi Vernon nigros et splendidos huc illuc in culina spatiantes videre poterat.

'minime,' denique inquit. 'minime, rem neglegemus. nisi responsum acceperint … ita vero, id melius erit … nihil faciemus …'

'sed –'

'nemini eius generis permittam domum inire, Petunia! nonne iuravimus ubi eum excepimus nos nugas illas periculosas abolituros esse?'

vespere illius diei domum ab officio regressus aliquid fecit quod nunquam antea fecerat; Harrium in armario visitavit.

'ubi est epistula mea?' inquit Harrius ubi primum Avunculus Vernon per ianuam se insinuavit. 'quis ad me scripsit?'

'nemo. inscriptio tua erat error,' inquit Avunculus Vernon breviter. 'epistulam incendi.'

'*non* erat error,' inquit Harrius iratus. 'in inscriptione erat armarium meum.'

'FAC SILEAS!' clamavit Avunculus Vernon, et duo aranei de tecto ceciderunt. aliquotiens fortiter anhelavit, deinde faciem in risum diduxit, quod videbatur aliquid doloris afferre.

'hem – ita vero, Harri – de hoc armario. ego et matertera tua rem cogitavimus ... armarium iam paulo angustius tibi videtur esse ... fortasse melius sit si in alterum cubiculum Dudlei movearis.'

'cur?' inquit Harrius.

'noli curiosus esse!' acriter respondit avunculus. 'sursum fer tua, statim.'

domus Dursleana quattuor cubicula habebat: unum erat cubiculum Avunculi Vernon et Materterae Petuniae, unum erat hospitibus reservatum (plerumque Margaritae sorori Avunculi Vernon), in uno dormiebat Dudley, in uno servabat instrumenta lusoria et cetera quibus non erat spatium in primo cubiculo. semel modo Harrio sursum ascendendum erat ut omnia sua ab armario in hoc cubile transferret. in lecto consedit et circumspexit. ibi fere omnia fracta sunt. machinula cinematographica uno antea mense accepta iacebat supra parvum currum loricatum machina propulsum quem Dudley olim supra canem finitimi propulerat; in angulo erat instrumentum televisificum quod Dudley primum habuerat et pede laeserat, emissione quam maxime amabat sublata; inerat cavea magna quae quondam psittacum ceperat quem Dudley in schola mutaverat vera manuballista aere compresso acta quae nunc relicta est in pluteo alto tubo distorto quod Dudley in ea consederat. alia plutea erant libris plena. rerum omnium quae in cubili erant libri soli, ut videbatur, nunquam attrectati erant.

ab inferiore parte domus vox Dudlei audiebatur matri clamantis: '*nolo* eum ibi inesse ... mihi *necessarium* est illud cubile ... iube eum discedere ...'

Harrius suspiravit et se in lecto extendit. quidnam heri non dedisset si modo ei permissum esset huc ascendere? hodie autem malebat in armarium regressus epistulam habere quam hic sursum adesse illa carens.

postridie mane hora ientaculi, omnes admodum tranquilli erant. Dudley obstupefactus est. ululaverat, patrem baculo scholastico pulsaverat, vomitum consulto eiecerat, matrem calce petiverat, testudinem suam per tectum viridarii iecerat, sed nihilominus cubile non recuperaverat. Harrium quid eadem hora pridie evenisset secum reputantem paenitebat quod in atrio epistulam non aperuerat. Avunculus Vernon et Matertera Petunia alter alteram ambigue intuebantur.

adventu tabellarii, Avunculus Vernon, qui, ut videbatur, conabatur iucundus esse Harrio, iussit Dudleum epistulas afferre. secundum atrium euntem et res baculo scholastico ferientem audiverunt. deinde clamavit, 'en! altera venit epistula! *Dominus H. Potter, Cubile Minimum, iv Gestatio Ligustrorum* –'

voce strangulata, Avunculus Vernon sede exsiluit et secundum atrium cucurrit, Harrio proxime secuto. necesse erat Avunculo Vernon cum Dudleo luctari et eum in terram iacere priusquam epistulam ei adimeret, quod eo difficilius erat quod Harrius a tergo cervicem Avunculi Vernon oppresserat. post minutum pugnae et tumultus, quo omnes plagas multas baculi scholastici acceperunt, Avunculus Vernon surrexit anhelans et Harrii epistulam firma manu tenens.

'abi in armarium – immo in cubiculum,' Harrium anhelans allocutus est. 'Dudley – abi – abi modo.'

Harrius spatiabatur circum conclave novum. aliquis sciebat eum armarium reliquisse et videbantur scire eum non accepisse epistulam primam. nonne rem iterum temptaturi erant? nunc potissimum tamen rem non male gesturi erant. consilium enim ceperat.

*

postridie mane horologium monitorium refectum, ubi sexta hora insonuit, Harrius celeriter sistit et silentio vestes induit. Durslei non excitandi erant. gradus furtim descendit nullis lucernis accensis.

tabellarium in angulo Gestationis Ligustrorum exspectaturus erat ut primus epistulas numero quattuor destinatas acciperet. corde micante per atrium obscurum ad ostium serpebat –

'AAAAARRRGH!'

Harrius in aera saliit – pede presserat aliquid magnum et mollescens in tapeti iacens – aliquid *vivum*!

lucernis sursum accensis Harrius horrore perculsus sensit aliquid illud magnum et mollescens fuisse faciem avunculi. Avunculus Vernon cubitum ierat iuxta ostium sacco dormitorio involutus, eo consilio ut Harrium id ipsum facere prohiberet quod facere conatus erat. circa dimidiam horam Harrium voce magna vituperavit et tum eum iussit abire potionem theanam paratum. Harrius tristis in culinam pede incerto abiit, et regressus invenit epistulas iam advenisse in medium sinum Avunculi Vernon. Harrius tres potuit videre atramento viridi scriptas.

'volo –' loqui coepit, sed Avunculus Vernon ante oculos eius epistulas dilaniabat.

illo die Avunculus Vernon non abiit in officium. domi mansit et arculam cursualem clavis obstruxit.

'vide modo,' per os clavis confertum rem Materterae Petuniae exposuit, 'nisi epistulas reddere poterunt, rem profecto omittent.'

'sententia mea, de re illa dubitatio aliqua est, Vernon.'

'oh, haec gens miram animi naturam habet, Petunia. dissimiles sunt mihi ac tibi,' inquit Avunculus Vernon, conatus clavum impellere segmento libi fructibus conditi quod Matertera Petunia modo ei attulerat.

*

die Veneris, non minus duodecim epistulae advenerunt Harrio destinatae. cum non possent ire per arculam cursualem, aliae sub ianuam trusae erant, aliae per latera insertae, paucae etiam per fenestram parvam latrinae inferioris compulsae.

Avunculus Vernon iterum domi mansit. omnibus epistulis incensis, malleo et clavis depromptis, rimas ostii et postici ita obstruxit ut nemo exire posset. laborans carmen bombiebat 'Pedibus Suspensis per Tulipas Eamus,' et saliebat cum parvum audiverat sonitum.

*

die Saturni, tumultus fiebat. viginti quattuor epistulae Harrio destinatae domum intraverunt, convolutae et celatae singillatim in viginti quattuor ovis quae lactearius, vir maxime perturbatus, per fenestram sessorii tradiderat. dum Avunculus Vernon furibundus telephonice colloquitur cum epistularum diribitorio et cella lactaria aliquem quaerens quocum quereretur, Matertera Petunia epistulas machina mixtoria dilaniavit.

'quisnam tam cupidus est *tecum* loquendi?' rogavit Dudley admiratus.

*

die Solis mane, Avunculus Vernon ad mensam ientaculum sumpturus consedit, fessus, ut videbatur, et aegrior, sed beatus.

'die Solis non advenit tabellarius,' laetus eos admonuit, liquamine malosinensi acta diurna oblinens. 'hodie nullae reddentur epistulae istae damnabiles –'

aliquid ruit de canali fumario culinae et loquentis occipitium vi percussit. deinde triginta vel quadriginta epistulae e foco emicuerunt glandium modo. Durslei capita inclinaverunt, sed Harrius in aera saliit unam capturus –

'exi! EXI!'

Avunculus Vernon medium corpus manibus complexus Harrium in atrium eiecit. cum Matertera Petunia et Dudley bracchiis ora operientibus aufugissent, Avunculus Vernon strepitu magno ianuam clausit. epistulas audiebant adhuc in conclave fluentes, a parietibus et pavimento resilientes.

'id satis habeo,' inquit Avunculus Vernon, voce placida conatus loqui, sed simul crines multos de mystace extrahens. iubeo vos omnes huc quinque minutis redire, ad exitum paratos. hinc discedemus. ne quis dissentiat!'

tam ferox videbatur dimidio mystace carens ut nemo dissentire ausus sit. decem post minutis, cum viam per ianuas obstructas vi patefecissent, in autocineto sedebant, ad viam autocineticam festinantes. Dudley in sede posteriore querebatur, capite a patre pulsato quod eos moratus erat conatus instrumentum televisificum, exceptaculum televisificum, instrumentumque computatorium in sacco lusorio imponere.

in autocineto contendebant. et contendebant. ne Matertera Petunia quidem ausa est rogare quo irent. aliquando, itinere in obliquum verso, Avunculus Vernon in adversum aliquamdiu contendebat.

quod cum fecerat, 'excutiendi sunt … excutiendi,' mussabat.

illo die nunquam iter interruperunt ut famem sitimque dispellerent. nocte cadente Dudley ululabat. tota vita nunquam diem peiorem passus erat. esuriebat, quinque caruerat emissionibus televisificis quas videre voluerat neque unquam tantum intermiserat tempus quin alienum quendam instrumento computatorio aboleret.

Avunculus Vernon tandem constitit extra deversorium tristi

aspectu in suburbana regione urbis magnae. Dudley et Harrius in eodem cubiculo dormiverunt lectis geminis instructo et linteis umore et situ corruptis. Dudley stertuit sed Harrius vigilavit, sedens in proiectura fenestrae, despiciens lucernas autocinetorum praetereuntium et rem in animo volvens …

*

postridie ientantes cerealia vetera habuerunt et lycopersica frigida e capsa deprompta cum pane tosto. quibus vix consumptis hospita mensae appropinquavit.

'bona venia rogo an hic adsit Dominus H. Potter. nam in scrinio priore habeo circum centum epistulas sic inscriptas.'

manu epistulam sustulit ut inscriptionem atramento viridi scriptam legerent.

*Dominus H. Potter*
*Conclave xvii*
*Deversorium Ferriviam Aspiciens*
*Carbonedignum*

Harrius epistulam captabat sed Avunculus Vernon manum plaga avertit. femina stupebat.

'ego illas colligam,' inquit Avunculus Vernon, celeriter surgens et feminam a triclinio sequens.

*

'nonne melius sit si tantum domum redeamus, carissime?' Matertera Petunia timide admonuit, aliquot post horas, sed Avunculus Vernon non videbatur eam audire. quidnam quaereret nemo eorum sciebat. in silvam mediam eos vexit, ex autocineto exiit, circumspexit, motu capitis abnuit, in autocinetum rediit, iterumque profecti sunt. idem factum est in medio arato, cum dimidiam partem pontis suspensi transiissent, in tabulato summo areae stativae.

'nonne Paterculus insanit?' serius postmeridiano tempore Dudley animo demisso Materteram Petuniam rogavit. Avunculus Vernon autocinetum in ora maritima statuerat, omnes intus incluserat, evanuerat ipse.

imber coepit. guttae magnae tectum autocineti pulsaverunt. Dudley querelam edidit.

'dies est Lunae,' inquit matri. 'hodie vesperi emittetur Humberto ille Magnus. utinam ad locum devertamur ubi est *televisio*.'

dies Lunae. haec verba Harrium rei alicuius admonuerunt. si *re vera* dies Lunae erat – et plerumque confidas Dudleum scire quis sit dies, propter emissiones televisificas – cras, dies Martis, erat undecimus dies natalis Harrii. scilicet dies natales eius nunquam erant admodum iucundi – proximo anno Durslei fulcimen vestiarium et bina tibialia trita Avunculi Vernon ei dederant. nihilominus, non omnibus diebus in duodecimum aetatis annum ingressus es.

Avunculus Vernon regressus subridebat. sarcinam quoque ferebat longam et tenuem neque respondit Materterae Petuniae roganti quid emisset.

'locum perfectum inveni!' inquit. 'agite! exite omnes!'

extra autocinetum frigus erat maximum. Avunculus Vernon digito ostendit quod videbatur esse saxum magnum procul in mari situm. in summo saxo stabat casula quam credas omnium miserrimam. hoc quidem certum erat, nullum inesse instrumentum televisificum.

'meteorologi tempestatem hac nocte praedicunt!' inquit Avunculus Vernon laete, manibus plaudens. 'et ita est huius viri benignitas ut nobis lintrem suam accommodaturus sit.'

senex dentibus carens ad eos ambulavit, et, malignius subridens, eis lintrem veterem ostendit remis agendam quae in undis ferrariis deorsum fluentibus iactabatur.

'commeatum nostrum iam habeo,' inquit Avunculus Vernon, 'itaque conscendite omnes!'

in lintre gelu rigebant. glacialis maris spuma pluvio immixta per colla stillabat et ventus frigidus ora pulsabat. post iter, ut videbatur, multarum horarum ad saxum pervenerunt ubi Avunculus Vernon incertis iens pedibus et saepe labens eos ad domum ruinosam duxit.

pars interior erat horribilis; graviter alga olebat, ventus per rimas murorum ligneorum sibilabat, focus erat madidus et inanis. duo modo erant conclavia.

commeatus ab Avunculo Vernon comparatus constitit, ut evenit, in singulis fasciculis frustrorum fragilium et quattuor bananae. conatus est ille ignem accendere, sed fasciculae inanes frustrorum fragilium fumum modo emiserunt et retorridae factae sunt.

'si modo aliquas epistularum illarum nunc haberemus!' inquit animo laeto.

hilarissimus erat. arbitrabatur enim nullam cuiquam fore occasionem huc media tempestate veniendi ad epistulas reddendas. privatim Harrius cum eo consentiebat quamquam nullam e re laetitiam capiebat.

nocte cadente, circa eos orta est tempestas praedicta. spuma undarum altarum muros casulae aspergebat et ventus ferox fenestras sordidas agitabat. Matertera Petunia lodices paucas situ corruptas in altero conclavi inventas Dudleo stravit in grabato blattis pereso. ipsa et Avunculus Vernon se contulerunt in lectum nodosum in conclavi vicino situm. Harrio autem relicto invenienda erat pars quam mollissima pavimenti in qua quiesceret sub lodice omnium tenuissima et maxime lacera.

illa nocte violentia tempestatis semper crescebat. Harrius non poterat dormire. algens horrebat et huc illuc se vertebat conatus corpus curare, stomacho ob famem murmurante. Dudleo stertenti obstrepebat summissa vibratio tonitrus prope mediam noctem coorta. facies illuminata Dudlei horologii pendentis supra extremum grabatum et obeso carpo eius infixi Harrium certiorem fecit ipsum decem minutis perventurum esse ad duodecimum annum aetatis. iacebat in horologio spectans natalem suum appropinquantem et secum reputans num Durslei non diem natalem suum omnino oblituri essent, secum reputans ubi nunc esset auctor epistularum illarum.

iam deerant quinque minuta. Harrius audivit aliquid foris stridere. sperabat tectum non concisurum esse quamquam ruina tecti ipsi potuit aliquid caloris afferre. quattuor iam deerant minuta. quid si ad Gestationem Ligustrorum regressi domum invenirent tam plenam epistularum ut unam aliquo modo furari posset?

tria iam deerant minuta. an mare tanta vi saxum percutiebat? et (iam duo deerant minuta) quid erat crepitus ille novi generis? an saxum friatum in mare labebatur?

iam deerat unum minutum. in annum duodecimum ingressurus erat. triginta secundis … viginti … decem – novem – an excitaret Dudleum somno, ut eum vexaret modo? – tribus – duobus – uno secundo –

BOMBUS.

casula tota intremuit et Harrius coepit sedere erectus, ianuam intuens. aliquis foris stabat, introitum pulsando petens.

— CAPUT QUARTUM —

# *Custos Clavium*

BOMBUS. iterum pulsaverunt. Dudley repente excitatus est somno.

'ubi est tormentum?' inquit stulte.

tum fragor post tergum auditus est et Avunculus Vernon pedum impotens in conclave lapsus est. pyroballistum manibus tenebat – nunc sciebant quid fuisset in fasciculo longo et tenui quem secum attulerat.

'quis adest?' clamavit. 'cave – armatus sum!'

intervallum erat. tum –

FRAGOR!

ianua tanta vi percussa est ut tota a cardinbus avulsa crepitu maximo in solum prona ceciderit.

stabat in limine vir giganteus. vultus paene omnis celatus est crinibus longis et incomptis atque barba horrida et inculta, sed discernas oculos, splendentes more scarabeorum nigrorum sub crinibus promissis.

gigas se aegre in casulam inseruit, caput ita inclinans ut tectum modo stringeret. corpore demisso ianuam facile rursus in forma inclusit. sonitu tempestatis externae paulo minore facto, conversus omnes intuebatur.

'an potest fieri ut nobis potionem theanam paretis? difficile enim erat iter …'

spatiatus est ad grabatum in quo sedebat Dudley metu gelidus.

'fac loco cedas, o res ponderosa,' inquit ignotus.

Dudley stridorem edidit et ruit se post matrem celatum quae, perterrita ipsa, post Avunculum Vernon subsidebat.

'en Harrius!' inquit gigas.

Harrius in vultum eius ferocem, barbaricum, obscurum suspiciens vidit oculos illos scarabaeicos contortos esse et sibi subridere.

'infans eras cum te novissime vidi,' inquit gigans. 'simillimus es patri, sed oculos habes matris.'

Avunculus Vernon sonitum fecit mirum et asperum.

'tibi impero, domine, ut statim discedas!' inquit. 'in loca privata vi intrasti!'

'fac taceas, Dursley, stultissime hominum,' inquit gigas. manum supra posteriorem partem grabati porrexit, subito motu pyroballistam e manibus Avunculi Vernon eripuit, in nodum flexit, haud aliter quam si e cummi facta esset, in angulum conclavis abiecit.

Avunculus Vernon iterum sonitum mirum fecit similem muri pede alicuius obtrito.

'sed ad rem – Harri,' inquit gigas, a Dursleis aversus, 'felicissimus sis die natali. ecce! habeo aliquid tibi. potest fieri ut aliquando in eo consederim, sed sapor erit iucundus.'

de sinu interiore lacernae nigrae cistam paulo deformiorem deprompsit quam Harrius digitis trementibus aperuit. intus habebat libam magnam et glutinosam e socolata factam et saccharo viridi inscriptam *Felix Sis Die Natali, Harri.*

Harrius gigantem suspexit. 'gratias tibi ago,' dicere voluit, sed his verbis priusquam ad os pervenirent perditis, potius dixit, 'quisnam tu es?'

gigas cacchinavit.

'num omisi tibi dicere nomen meum? ego sum Rubeus Hagrid, Custos Clavium et Camporum apud Hogvartenses.'

manu ingenti porrecta bracchium totum Harrii agitavit.

'ubinam est illa potio theana?' rogavit, manu manum fricans. 'quodsi potionem paulo robustiorem habes, recusare nolim.'

camino inani cum fasciculis retorridis frustrorum fragilium aspecto infremuit. supra focum se inclinavit; non videre poterant quid faceret sed cum post secundum pedem referret, en, ignis ibi flagrabat. totam casulam illam tam madidam lumine micanti complevit et Harrius sensit teporem se superlabentem quasi in balneum calidum immersus esset.

gigas in grabato resedit, qui pondere oppressus cedebat, et

res varias de sinu depromere coepit: fervefactorium aeneum, fasciculum mollescens tomaculorum, rutabulum, vasculum theae decoquendae, cantharos nonnullos vix integros, ampullam nescio cuius liquoris sucini cuius haustum sumpsit antequam potionem theanam parare coepit. mox casula erat plena sonitus et odoris tomaculorum ferventium. nemo loquebatur dum gigas laborabat, sed ubi prima sex pinguia, sucosa, subusta tomacula de rutabulo deduxit, Dudley paulo inquietior factus est. Avunculus Vernon acriter dixit, 'noli quidquam tangere tibi ab isto datum, Dudley.'

gigas cacchinavit ambigue.

'tam obesus est filius tuus, Dursley, ut non sit magis saginandus. non opus est ut crucieris.'

tomacula Harrio tradidit, qui ita esuriebat ut nil unquam melius gustavisset, sed nihilominus oculos a gigante avertere non poterat. denique, cum nemo, ut videbatur, quidquam explicaturus esset, inquit, 'da veniam, quaeso, sed re vera adhuc nescio quis tu sis.'

gigas, haustu theanae potionis sumpto, os manu aversa tersit.

'me Hagrid appella,' inquit, 'omnes id faciunt. et sicut dixi, ego sum Custos Clavium apud Hogvartenses – scilicet Scholam Hogvartensem bene novisti.'

'hem – non novi eam,' inquit Harrius.

Hagrid videbatur stupere.

'me paenitet,' inquit Harrius celeriter.

'te *paenitet*?' latravit Hagrid conversus ut Dursleos intueretur qui in umbras refugerunt. 'oportet eos paenitere! cognoveram te epistulas non accipere sed nunquam, pro dolor, in mentem incidit te ne novisse quidem Scholam Hogvartensem! an nunquam animo agitavisti ubi parentes omnia didicissent?'

'quidnam didicerunt illi?'

'QUID DIDICERUNT?' intonuit Hagrid. 'manedum secundum modo unum!'

surrexerat saliens. iratus casulam totam implere videbatur. Durslei tremebant iuxta parietem summissi.

'num vultis mihi dicere,' fremens Dursleos allocutus est, 'hunc puerum – hunc puerum! – nihil scire de RE ULLA?'

Harrius putavit eum nimium dixisse; se scholam frequentavisse, se magistris satis placuisse.

'*nonnulla* scio,' inquit. 'mathematicae et rebus huius generis studeo.'

sed Hagrid tantum manum iactavit et inquit, 'de *nostro* mundo dico. de *tuo* mundo. de *meo* mundo. *de mundo parentum tuorum.*'

'de quo mundo dicis?'

Hagrid videbatur diruptum iri.

'DURSLEY!' bombivit.

Avunculus Vernon, qui expallidus factus erat, ineptias aliquas sensu carentes sibilavit. Hagrid Harrium insane intuitus est.

'nonne de matercula et paterculo cognovisti? *celeberrimi* enim sunt. *tu* quoque celeberrimus es.'

'quid dicis? num matercula et paterculus celeberrimi erant?'

'nescis … nescis …' Hagrid digitos per crinem movit et stupens Harrium intuitus est.

'tu nescis quid *sis*?' denique dixit.

Avunculus Vernon subito loqui ausus est.

'fac taceas!' imperavit. 'noli plura dicere, domine! veto te quidquam puero dicere!'

vir fortior quam Vernon Dudley aciem ferocem ab Hagrido nunc in eum coniectam sustinere non potuit; ubi Hagrid locutus est, adeo tremebat ut non esset syllaba quin iracundiam praeferret.

'nunquam eum certiorem fecisti? nunquam eum certiorem fecisti quid esset in epistula a Dumbledore ei relicta? ipse aderam. ipse vidi Dumbledorem eam relinquere, Dursley! num tot annos eam puerum celavisti?'

'*quid* me celavit?' inquit Harrius intente.

'FAC TACEAS! VETO TE PLURA LOQUI!' clamavit Avunculus Vernon perterritus.

Matertera Petunia obstupefacta anhelavit.

'abite in malam rem, vos ambo,' inquit Hagrid. 'Harri – tu es magus.'

in casula fuit silentium. solum mare et ventus stridens audiebantur.

'*quid* dixisti me esse?' rogavit Harrius anhelans.

'scilicet es magus,' inquit Hagrid, in grabato residens, qui ingemuit et etiam longius subsedit, 'et sententia mea magus eris optimi generis cum peritiam aliquam adeptus eris. nam talibus ortus parentibus, quomodo aliter evadas? et nunc puto tempus adesse legendae epistulae tuae.'

Harrius tandem manum porrexit ut involucrum flaventis coloris caperet atramento smaragdino inscriptum: *Dominus H. Potter, Pavimentum, Casula-in-Saxo, ad Mare.* epistulam extractam legit:

*SCHOLA HOGVARTENSIS ARTIUM*
*MAGICARUM ET FASCINATIONIS*

*Praeses: Albus Dumbledore*
*(Primo Classi Ordinis Merlini Adscriptus, Incantator Grandis, Princeps Magorum, Mugwump Maximus Confederationis Internationalis Magicae)*

*Minerva McGonagall Praeses Vicaria Salutem Dicit Domino Pottero.*

*placet nobis te certiorem facere locum tibi assignatum esse in Schola Hogvartensi Artium Magicarum et Fascinationis. cum hac epistula indicem mittimus librorum et apparatus quibus tibi opus erit.*

*schola aperietur Kalendis Septembribus. strigem tuam exspectamus non serius quam Pridie Kalendas Augustas.*

in animo Harrii quaestiones velut pyromata displodebantur nec sciebat quid primum rogaret. pauca post minuta balbutiens inquit, 'quid significat eos strigem meam exspectare?'

'Gorgones galopantes, hoc locutus me admonuisti,' inquit Hagrid, tanta vi frontem pulsans quae iumentum sterneret, et ab alio sinu lacernae strigem deprompsit – strigem veram, vivam, incomptiorem – pennam longam volumenque membraneum. lingua intra dentes inserta, epistulam brevem et inconditam scripsit quam inversam Harrius legere poterat:

*Hagrid Salutem Dicit Domino Dumbledori.*

*epistulam Harrio dedi. cras in forum ibimus ad res emendas. horribile est caelum. cura ut valeas.*

Hagrid epistulam convolutam strigi dedit, quae eam fortiter in rostro infixit, ad ianuam iit, strigemque in tempestatem eiecit. tum regressus consedit quasi nihil insolentius fecisset quam colloquium telephonicum.

Harrius sensit os suum apertum esse et celeriter clausit.

'quid modo dicebam?' inquit Hagrid, sed tum maxime, Avunculus Vernon, adhuc pallens sed vultu iratissimo, in spatium igne illuminatum processit.

'non ibit,' inquit.

Hagrid grundivit.

'Muggle magnus similis tui vix eum prohibebit.'

'quid eum appellavisti?' inquit Harrius, animo erecto.

'eum appellavi Muggle,' inquit Hagrid. sic enim appellamus homines non magicos similes illorum. et fortuna usus adversa in familia educatus es Mugglium quos maximos unquam his oculis vidi.'

'iuravimus ubi eum excepimus nos nugas illas abolituros esse,' inquit Avunculus Vernon, 'iuravimus nos eas ex animo eius exstirpaturos esse! huncine magum esse!'

'an *sciebatis*?' inquit Harrius. '*sciebatis* me – me esse magum?'

'num rogas?' clamavit Matertera Petunia subito. 'num *id* rogas? scilicet sciebamus! non potuit aliter fieri cum soror mea, mulier infamis, talis esset. epistula eiusdem generis accepta, abiit in illam – illam *scholam* – et feriatis diebus regressa semper habebat sinus ranarum ovis refertos et pocula theana in rattos vertebat. ego sola cognovi qualis re vera esset – monstrum! sed parentibus deliciae eadem atque ocellus erat, maga familiari superbiebant!'

breviter loqui desivit ut spiritum altum traheret et tum plura delirabat. visa est multos annos voluisse haec omnia dicere.

'tum in schola Pottero isti occurrit et inde egressi nuptias celebraverunt et te genuerunt, et scilicet sciebam te eundem fore, non minus mirabilem, non – non minus – *prodigiosum* – et tum, o rem inauditam, illa effecit ut disploderetur et tu relictus es nobiscum!'

color omnis ab ore Harrii abierat. ubi primum vox reddita est, inquit, 'num displosa est? mihi dixisti eos collisione autocinetorum interfectos esse!'

'quid dicis de COLLISIONE AUTOCINETORUM?' infremuit Hagrid, tanta ira e sede saliens ut Durslei trepidi in angulum recurrerent. 'quomodo collisio autocinetorum poterat interficere Lily et James Potterum? pro facinus indignum! Harriumne Potterum historiam suam nescire, liberos autem omnes nostri mundi nomen eius scire!'

'sed quae fuit causa? quid factum est?' Harrius instans rogavit.

ira a vultu Hagridi recessit. subito anxius videbatur.

'hoc nunquam speravi,' inquit, voce summissa et sollicita. 'nesciebam, ubi Dumbledore mihi dixit fortasse difficile futurum esse te apprehendere, quantum ignorares. ah, Harri, nescio an is sim qui tibi rem exponat – sed ab aliquo tibi dicenda est – non potest fieri ut hinc ad Scholam Hogvartensem abeas ignarus.'

Dursleos vultu accusatorio aspexit.

'melius erit si tibi quantum possum dicam – scilicet non possum omnia dicere, nam mysterium est magnum, partim ...'

consedit et ignem secunda pauca contemplatus loqui coepit: 'res coepit, ut mihi videtur, ab – ab homine appellato – sed incredibile est te non nomen eius novisse – nemo enim est in mundo nostro quin noverit –'

'quem dicis?'

'nomen eius dicere nolo si id vitare possum. nemo vult nomen dicere.'

'quidni?'

'gargolli glutientes, Harri, homines adhuc metuunt. edepol, hoc est difficile dictu. erat olim magus qui factus est ... corruptior. quam potuit corruptissimus. peior. peior quam peior. nomen ei erat ...'

Hagrid gluttivit, sed verba nulla secuta sunt.

'an possis nomen scribere?' admonuit Harrius.

'minime – non possum litteras recte ordinare. esto! – *Voldemort*.' Hagrid inhorruit. 'ne me coegeris id iterum dicere. sed ad rem! hic – hic magus circa viginti abhinc annos assectatores quaerebat. et inveniebat – alii timebant, alii tantum volebant partem eius potentiae habere, nam non dubium erat quin sibi potentiam obtineret. de nigris diebus dico, Harri. nesciebam quibus crederem, neque audebam familiariter versari cum magis ignotis utriusque sexus. facta sunt terribilia. rerum iste potiebatur. scilicet, nonnulli ei resistebant – quos necavit. taetre. refugium (neque multa relicta erant) erat Schola Hogvartensis. sententia mea Quidam Dumbledorem nec quemquam alium timebat. itaque non ausus est scholam occupare, saltem non illo tempore.

'nunquam autem novi magam et magum meliores matercula et paterculo tuo. quondam Praefectus et Praefecta Scholae Hogvartensis! non satis liquet cur Quidam nunquam antea eos ad partes suas allicere conatus sit … verisimile est eum scivisse eos Dumbledori coniunctiores esse quam ut cum Partibus Nigris conversarentur.

'fortasse putabat se posse eis persuadere … fortasse in animo modo habebat eos e medio tollere. hoc tantum compertum est eum ad vicum in quo vos omnes habitabatis Vespere Sancto decem abhinc annos advenisse. tu modo unum natus es annum. domum tuum advenit et – et –'

Hagrid subito sudarium deprompsit maculosum et sordidissimum et de naribus sonitu tanto spiritum efflavit ut crederes navem instrumento praenuntio in nebula personare.

'ignosce,' inquit. 'sed rem tristissimam narro. parentes tuos noveram nec usquam erant homines amabiliores – sed –

'Quidam eos interfecit. et deinde – rem difficilem et inexplicabilem – te quoque interficere conatus est. noluit, ut mea fert opinio, reliquias ullas familiae superesse, aut fortasse ad id furoris tum processerat ut occideret occidendi gratia. sed te non potuit occidere. nonne te rogavisti quomodo cicatricem illam in fronte acceperis? non erat vulnus cottidianum. effectum est contactu exsecrationis potentis et malignae quae materculam et paterculum necnon et domum tuam pessum dedit – sed tibi non potuit nocere, et haec est causa cur celeberrimus sis, Harri. nemo unquam vixit quem iste occidere constituit, nemo nisi tu, et inter eos erant magae et magi nostrae aetatis optimi – illi McKinnons, illi Bones, illi Prewetts – et tu, quamquam modo infans eras, tu tamen vixisti.'

luctuosissimum aliquid animo Harrii obversabatur. cum Hagrid finem faceret narrandi, rursus vidit, clariorem quam prius vidisse meminerat, fulgorem illum lucis viridis oculos occaecantem – et aliud quoque nunc primum meminerat – risum acutum, frigidum, crudelem.

Hagrid tristi vultu eum aspiciebat.

'a domo ruinosa ipse te abstuli, Dumbledoris iussu. ad hos homines te attuli ...'

'nugas meras dicis,' inquit Avunculus Vernon. Harrius saliit, paene oblitus Dursleos adesse. Avunculus Vernon certe videbatur virtutem recuperavisse. oculis torvis Hagridum intuebatur et compressis digitis pugnum fecerat.

'age vero, puer, audi verba mea,' inquit hirriens. 'confiteor te aliquid insolitum habere, sed, ut mihi videtur, te vehementer caedendo id sanare potuimus – et quod ad parentes tuos attinet, non dubium est quin monstra fuerint, et sententia mea eis remotis omnia meliora reddita sunt – pro merito suo poenas dederunt, his hominibus magicis immixti – id est quod exspectabam, semper sciebam eos pessum datum iri –'

sed eo puncto, Hagrid grabato desiluit et umbellam ruptam rosei coloris ex interiore parte lacernae extraxit, qua Avunculo Vernon quasi gladio minatus inquit, 'te moneo, Dursley – te moneo – ne plura ...'

veritus ne umbella extrema gigantis barbati transfigeretur Avunculus Vernon, virtute iterum deficiente, se contra parietem compressit et conticuit.

'sic melius est,' inquit Hagrid, graviter suspirans et in grabato residens, qui nunc usque ad solum demissus est.

interea Harrius adhuc multa rogare voluit, immo permulta.

'sed quid Vol – ignosce – quid Cuidam accidit?'

'quod rogas bene est, Harri. ex oculis abiit. evanuit. eadem nocte qua te occidere conatus est. quo etiam celebrior factus es. mysterium enim maximum est ... semper potentiam maiorem acquirebat ... cur discessit?

'alii dicunt eum mortuum esse. quod, ut mihi quidem videtur, sane ineptum est. nescio an satis mortalitatis in eo relictum sit ut morte periret. alii dicunt eum adhuc aliquo loco regione in extera latere, occasionem, ut ita dicam, exspectantem, quod non credo. qui partibus illius favebant ad nostras redierunt. nonnulli, animis nescio quo modo a corpore abstractis, se colligerunt. quod sententia mea non facere potuerunt si ille rediturus erat.

'plerique nostrum putant eum adhuc in extera regione latere, potentia tamen amissa. infirmior est quam ut rem bene gerat. tu enim, Harri, aliquid habebas quod eum confecit. ea nocte aliquid fiebat quod ille non exspectaverat – nescio quid fuerit neque quisquam id scit – sed sine dubio aliquid habebas quod ille superare non potuit.'

Hagrid Harrium aspexit oculis flagrantibus, amorem et reverentiam praeferentibus, sed Harrius tantum afuit ut laetus esset et elatus ut non dubitaret quin horribilis factus esset error. sene magum esse? non poterat fieri. per totam vitam a Dudleo pulsatus erat et a Matertera Petunia et Avunculo Vernon lacessitus. si re vera magus erat, cur non mutabantur in bufones verrucosos cum eum in armarium includere conati erant? si quondam maximum magorum omnium vicerat, quomodo evenerat ut Dudley eum semper huc illuc pedibus propelleret sicut follem in campo lusorio?

'Hagrid,' inquit voce summissa, 'sententia mea errorem fecisti. nam, ut mihi quidem videtur, non possum esse magus.'

quo dicto Hagridum ridentem miratus est.

'num negas te esse magum? an nunquam territus aut iratus mira effecisti?'

Harrius ignem intuitus est. occurrit ei rem secum reputanti omnia quibus materteram et avunculum vexavisset facta esse cum ipse aut perturbatus aut iratus esset … cum Dudleani se persequerentur, nescio quo modo se effugisse e periculo … veritum ad scholam redire capite modo ridiculo tonso se capillos novos genuisse … et nuperrime cum Dudley se pulsavisset, nonne se ultionem exegisse neque sensisse quidem se id facere? nonne se boam constrictorem in eum immisisse?

Harrius Hagridum respexit, subridens, et eum vidit se ore renidenti contemplantem.

'videsne?' inquit Hagrid. 'num negas Harrium Potterum esse magum? scilicet in Schola Hogvartensi inter celeberrimos eris.'

sed Avunculus Vernon non sine pugna cessurus erat.

'nonne tibi dixi eum non discessurum esse?' sibilavit. 'ibit ad Lapidomurum Altum et gratiam pro beneficio habebit. epistulas istas perlegi et opus est illi quisquiliis omnis generis – libris incantamentorum et baculis magicis et –'

'si vult ad scholam ire, Muggle magnus similis tui non eum prohibebit,' infremuit Hagrid. 'tene prohibere filium Lily et James Potteri ire ad Scholam Hogvartensem! deliras. nomen eius ascriptum est eo die quo natus est. ibit in scholam artium magicarum et fascinationis quae optima est in orbe terrarum. cum ibi septem annos studuerit, se ipsum non noverit. inter iuvenes sui generis versabitur, vicem mutans, et informabitur a Praeside quem optimum Schola Hogvartensis unquam habuit, Albo Dumbled–'

'NON PECUNIAM SENI ALICUI VESANO NUMERABO UT PUERUM PRAESTIGIAS MAGICAS DOCEAT!' clamavit Avunculus Vernon.

sed tandem modum excesserat. Hagrid umbellam raptam supra caput vibravit. 'NUNQUAM –' intonuit, '– MALE – DIXERIS – ALBO – DUMBLEDORI – CORAM – ME!'

umbellam per aera detulit cum sonitu sibilanti ut Dudleum indicaret – erat fulgor violaceus, sonus similis pyrobolo chartaceo, stridor acutus et post secundum Dudley in vestigio saltabat manibus nates obesas amplexus, dolorem ululatu manifestans. cum tergum ab eis avertisset, Harrius caudam suis curvatam per foramen bracarum protrusam vidit.

Avunculus Vernon fremitum edidit. trahens Materteram Petuniam et Dudleum in alterum conclave, Hagridum oculis territis novissime contemplavit et fragore magno ianuam post ipsos clausit.

Hagrid in umbellam despexit et barbam palpavit.

'non debui irasci,' inquit paenitentia motus, 'at praestigiae meae in irritum ceciderunt. in animo habebam eum in suem vertere, sed, ut mea fert opinio, tam similis erat suis ut vix quidquam reliqui faciendum esset.'

sub superciliis hirsutis Harrium oculis limis contemplavit.

'te amabo,' inquit, 'si de hac re apud Hogvartenses silebis. non mihi permittitur, ut accurate dicam, artem magicam exercere. licebat mihi pauca facere ut te persequerer et tibi epistulas redderem et cetera – ea erat inter causas cur tam cupidus essem officio fungendi –'

'cur tibi non licet artem magicam exercere?' rogavit Harrius.

'quid dicam? – ipse eram discipulus in Schola Hogvartensi

sed – fatebor enim – expulsus sum. tertio anno. baculum fractum et in partes duas divisum est et alia quoque passus sum. sed per Dumbledorem mihi licebat manere et animalia custodire. vir admirandus est Dumbledore.'

'cur expulsus es?'

'advesperascit et cras multa nobis agenda sunt,' inquit Hagrid voce magna. 'eundum est ad urbem et libri omnes et cetera comparanda sunt.'

lacernam nigram et crassam exutam ad Harrium iecit.

'sub ea dormire poteris,' inquit. 'noli timere si paulum movebitur. haud scio an glires duo in sinu adhuc lateant.'

## — CAPUT QUINTUM —

# *Angiportum Diagonion*

postridie mane Harrius mature somno solutus est. quamquam sensit lucem adesse, oculos arte compressos tenebat.

'somnium erat,' sibi dixit firmiter. 'somniavi gigantem nomine Hagridum advenisse qui nuntiaret me ad scholam magorum iturum esse. cum oculos aperuero, domi ero in armario meo.'

subito erat sonitus magnus plagarum digitis factarum.

'et Matertera Petunia adest et ianuam pulsat,' Harrius putavit, animo demisso. nec tamen oculos aperuit. tam bonum fuerat somnium.

ictus. ictus. ictus.

'sit ita!' Harrius murmuravit. 'surgo.'

coepit sedere et lacerna gravis Hagridi ab eo lapsa est. casula erat plena solis, tempestas abierat, Hagrid ipse in grabato collapso dormiebat, strixque ungula fenestram pulsabat, rostro acta diurna tenens.

Harrius surrexit festinans, ita elatus ut sentiret quasi intus haberet follem magnum et tumescentem. recta ad fenestram iit et motu rapido eam aperuit. strix involavit et acta diurna supra Hagridum demisit, qui non experrectus est. deinde strix in solum volitavit et lacernam Hagridi oppugnare coepit.

'noli id facere.'

Harrius strigem manibus iactandis abigere conatus est, sed illa, cum rostro feroci ei minata esset, nihilominus in lacernam Hagridi saeviebat.

'Hagrid!' inquit Harrius voce magna. 'adest strix –'

'solve pecuniam ei debitam,' in grabatum grundivit Hagrid.

'quid?'

'vult pecuniam quod acta diurna reddidit. scrutare sinus.'

lacerna Hagridi visa est nil *nisi* sinus habere – claves in anulis suspensas, pilulas limaces repellentes, glomera lini, bellariola menta condita, saccos theanos … denique pugillum nummorum novi generis Harrius deprompsit.

'da ei quinque Knuces,' inquit Hagrid somnolentus.

'quales sunt?'

'illi nummuli aenei.'

Harrius quinque nummulos aeneos numeravit et strix crus porrexit ut ille pecuniam insereret in sacculum scorteum cruri alligatum. tum per fenestram apertam avolavit.

Hagrid magno sonitu oscitavit, sedere coepit seque extendit.

'melius erit abire, Harri. multa hodie agenda sunt. eundum est Londinium. apparatus omnis scholasticus tibi emendus est.'

Harrius nummos illos magicos vertebat et inspiciebat. cogitatio quaedam animum subierat et follis ille interior plenus felicitatis punctus esse videbatur. 'Hagrid, dic mihi –'

'quid est?' inquit Hagrid, qui caligas ingentes sibi inducebat.

'nulla est mihi pecunia – audivisti quid heri vespere Avunculus Vernon diceret – se non pecuniam numeraturum esse ut abeam ad artes magicas discendas.'

'noli te de hac re sollicitare,' inquit Hagrid surgens et caput scabens. 'num putas parentes nihil tibi reliquisse?'

'sed si domus eorum deleta est –'

'aurum non domi servaverunt, puer! primum visemus Gringotts, argentariam magorum. habe tomaculum, non mala sapiunt si sunt frigida – neque nolim accipere paululum libi propter diem natalem tuam facti.'

'num magi *argentarias* habent?'

'unam modo. Gringotts. a daemonibus administratur.'

Harrius demisit quod tomaculi tenebat.

'num *daemones* dixisti?'

'ita vero – et profecto, si quis locum spoliare conetur, certe insaniat. noli unquam manus cum daemonibus miscere, Harri. nullus est locus in orbe terrarum tutior quam Gringotts si quid vis conservare – nisi fortasse schola Hogvartensis. ut accidit, necesse est mihi ad argentariam Gringotts ob rem aliam adire. Dumbledoris causa. datum est mihi negotium Hogvartense.' statu proceriorem se fecit superbiens. 'solet enim me praeficere rebus magni momenti. me iussit te arcessere et res ab argentaria Gringotts auferre. nam bene scit se posse mihi confidere, ut vides.

'an omnia habes? tempus est abire.'

in saxum Harrius Hagridum foras secutus est. iam caelum erat serenissimum et mare radiis solis relucebat. adhuc aderat linter ab Avunculo Vernon conducta, plena sentinae in ima parte post tempestatem collectae.

'quomodo huc advenisti?' rogavit Harrius, circumspiciens et lintrem alteram quaerens.

'volavi,' inquit Hagrid.

'num *volavisti*?'

'ita vero – sed in lintre redibimus. non mihi licet arte uti magica te adepto.'

in lintre consederunt, Harrio adhuc Hagridum contemplante et volatum eius imaginari conante.

'subpudet autem remigari,' inquit Hagrid, oculis limis Harrium rursus aspiciens, 'si iter – hem – paulum acceleravero, rogo ut apud Hogvartenses de re sileas.'

'scilicet silentium tenebo,' inquit Harrius, cupiens plus artis magicae videre. Hagrid umbella rosea rursus extracta latus lintris bis fodicavit et ad terram cucurrerunt.

'cur dixisti si quis argentariam Gringotts spoliare conaretur, eum insanum fore?' rogavit Harrius.

'carminbus utuntur et incantamentis,' inquit Hagrid, acta diurna explicans dum loquitur. 'dicunt dracones cellas munitissimas custodire. deinde locus est inveniendus – nam argentaria Gringotts latet centena milia sub urbe Londinio. multo altior est quam ferrivia subterranea. fame moriaris dum effugere conaris etiamsi quid praedae manibus teneas.'

Harrius sedens rem reputabat dum Hagrid acta diurna nomine *Vatis Cottidianus* legebat. ab Avunculo Vernon didicerat homines nolle turbari dum hoc faciunt, sed difficillimum erat quod nunquam antea tota vita tot rogare voluerat.

'Ministerium Magicum, ut solet fieri, res conturbat,' murmuravit Hagrid, paginam versans.

'num exstat Ministerium Magicum?' Harrius prius rogavit quam se cohiberet.

'scilicet exstat,' inquit Hagrid. 'nempe Dumbledorem Ministrum fieri volebant, sed nolebat unquam a schola Hogvartensi discedere, itaque senex ille Cornelius Fudge ministerio praepositus est. nunquam fuit vir inscitior. itaque cottidie mane striges multas ad Dumbledorem quasi conicit, consilium quaerens.'

'sed quid facit Ministerium Magicum?'

'quid? praecipuum munus est Muggles celare magas magosque ubique versari.'

'cur?'

'*cur*? edepol, Harri, omnes velint difficilia solvere arte magica utendo. melius est si non perturbamur.'

hoc momento linter molem portus leviter tetigit. Hagrid acta diurna implicuit et gradus lapideos in vicum ascenderunt.

ei qui praeteribant Hagridum multum intuebantur dum per oppidum parvum ad stationem ibant. Harrius non poterat eos culpare. Hagrid non solum erat altero tanto maior quam aliquis alius, sed etiam stationis autocineticae instrumenta mensuralia et alia usitata semper demonstrabat et voce magna dicebat, 'videsne, Harri? qualia Muggles comminiscuntur!'

'Hagrid,' inquit Harrius, paulum anhelans et currens ut cursum aequaret, 'an dixisti *dracones* adesse in argentaria Gringotts?'

'sic fama est,' inquit Hagrid. 'edepol, utinam draconem haberem!'

'num vis draconem *habere*?'

'draconem volui ex quo puer eram – en, huc advenimus.'

ad stationem pervenerant. hamaxostichus Londinium quinque minutis abiturus erat. Hagrid, qui 'Mugglensem pecuniam' (his enim verbis utebatur) non intellexit, nummos chartaceos Harrio dedit ad tesseras vectorias emendas.

in hamaxosticho homines etiam acrius Hagridum intuebantur. duas enim sedes occupabat et sedebat acibus binis intexens quod visum est tentorium circense coloris fringillae canaris.

'an epistulam tuam adhuc habes, Harri?' rogavit, tractus acuum numerans.

Harrius involucrum membraneum de sinu deprompsit.

'bene est,' inquit Hagrid. 'habes igitur indicem rerum omnium quibus tibi opus est.'

Harrius chartam alteram explicavit quam priore nocte non animadverterat et legit:

*SCHOLA HOGVARTENSIS ARTIUM MAGICARUM ET FASCINATIONIS*

Vestimentum

*Opus erit discipulis primi anni:*

*i. trinae vestes simplices cottidianae (nigrae)*
*ii. petasus simplex et acutus (niger) diurnum in usum*
*iii. par digitabulorum protegentium (e tergo draconis aut materia simili)*
*iv. pallium hibernum (nigrum argenteis vinculis)*

*Quaesumus ut vestimenta omnia nomine discipuli signentur.*

Libri Necessarii

*Disciplui omnes debent habere exempla librorum insequentium:*

Liber Ordinarius Incantamentorum (Gradus Primus) *a Miranda Goshawk*
Historia Artis Magicae *a Bathilda Bagshot*
Theoria Magica *ab Adalberto Waffling*
Expositio Elementorum Transfigurationis *ab Emerico Switch*
Mille Magicae Herbae et Fungi *a Phyllida Spore*
Haustus et Potiones Magicae *ab Arsenio Jigger*
Bestiae Imaginariae et Ubi Inveniendae Sunt *a Newt Scamander*
Vires Tenebrosae: Liber Expositorius Se Defendendi *a Quentin Trimble*

Apparatus Alius

*baculum unum*
*lebes unus (e stanno plumboque mixtus, ordinariae magnitudinis secundae)*
*synthesis una phialarum vitrearum aut crystallinarum*

*telescopium unum*
*libra aenea una*

*Discipulis quoque licet afferre strigem AUT felem AUT bufonem*

*PARENTES MONENTUR UT NON PERMITTATUR DISCIPULIS PRIMI ANNI PROPRIUM HABERE MANUBRIUM SCOPARUM*

'an poterimus haec omnia Londinii comparare?' Harrius voce dixit id quod animo volvebat.

'ita vero,' inquit Hagrid. 'dummodo scias quo eundum sit.'

*

Harrius nunquam antea Londinium ierat. quamquam Hagrid videbatur scire quo iret, manifestum erat eum non solere illuc modo ordinario ire. in Ferrivia Subterranea haesit in claustris ad tesseras inspiciendas institutis et voce magna questus est sedes esse minores, hamaxostichos autem tardiores.

'mirum est quomodo Muggles sine arte magica rem suam gerant,' inquit, dum pedibus ascendunt escalatorem defectum ferentem ad viam frequentem tabernis saeptam.

Hagrid erat tam ingens ut turbam facile divideret; Harrius nil debebat facere nisi eum proxime subsequi. librarias et emporia musica, thermopolia hammaburgorum et cinematographea praeterierunt sed nusquam erat locus ubi bacula magica visa sunt venire. haec erat tantum ordinaria via hominum ordinariorum plena. num acervi auri magici multa milia passuum sub ipsis sepulti sunt? num tabernae erant ubi libri incantamentorum et manubria scoparum venibant? an poterat fieri ut hic esset iocus ingens a Dursleis commentus? nisi Harrius scivisset Dursleos omnino facetiis carere, fortasse id credidisset; sed nescio quo modo, quamquam omnia adhuc ab Hagrido narrata incredibilia erant, Harrius non poterat facere quin ei crederet.

'en, hic est locus quem petimus,' inquit Hagrid, gressum comprimens, 'Lebes Rimosus. celeber est.'

sordida erat cauponula, quam nisi Hagrid demonstravisset, Harrius non animadvertisset. qui praeteribant festinantes, eam non aspexerunt. oculi lapsi sunt a libraria magna ab uno latere sita ad emporium discorum sonantium ab altero quasi haudquaquam Lebetem Rimosum viderent. re vera, modo mirissimo Harrius sensit se tantum et Hagridum eum videre posse. quod priusquam commemoraret, Hagrid eum intus duxerat.

ut locus celeber, erat nigerrimus et sordidissimus. anus paucae in angulo sedebant, bibentes pocula exigua vini Astensis Hispani. quaedam ex infundibulo longo fumum hauriebat. homunculus petaso cylindrato tectus cum cauponis famulo sene loquebatur, qui admodum calvus erat et similis iuglandi gummosae. susurrus levis colloquentium, eis ingressis, conticuit. omnes Hagridum novisse videbantur; manus iactaverunt et ei subriserunt, et famulus manum ad poculum porrexit dicens, 'an solitam vis potionem, Hagrid?'

'non possum potionem capere, Tom. negotium enim Hogvartense facio,' inquit Hagrid, umerum Harrii manu magna pulsans et genua eius labefaciens.

'di immortales,' inquit famulus, oculis Harrium inspiciens, 'num – potest fieri –?'

subito in Lebete Rimoso facta est summa quies et silentium.

'pro deum atque hominum fidem,' sibilavit famulus senex. 'Harrius Potter … quantus honor.'

a tergo cancelli venit festinans, ad Harrium ruit, manumque arripuit, lacrimis obortis.

'te regressum salutamus, Domine Potter, te salutamus.'

Harrius nesciebat quid diceret. omnes enim eum aspiciebant. anus infindibulo utens fumum hauriebat neque sensit ignem exstinctam esse. Hagrid renidebat.

deinde magnus erat stridor sellarum et mox accidit ut Harrius dextram iungeret cum omnibus qui in Lebete Rimoso aderant.

'ego sum Doris Crockford, Domine Potter. vix credere possum me tandem obviam tibi esse.'

'ita elatus sum, Domine Potter, ut elationem vix verbis exprimere possim.'

'semper tecum dextram iungere volui – toto trepido corpore.'

'gaudeo, Domine Potter. deest quod dicam. nomen meum est Diggle, Dedalus Diggle.'

'te antea vidi!' inquit Harrius cum petasus cylindratus Dedali

Diggle delapsus est prae animi commotione. 'in taberna me quondam salutavisti capite inclinando.'

'meminit!' clamavit Dominus Diggle, omnes circumspiciens. 'an id audivistis? me meminit!'

Harrius iterum atque iterum dextram iunxit – Doris Crockford redibat atque redibat plura petens.

iuvenis pallens prodiit, trepidationis plenus. oculus alter tremebat.

'Professor Quirrell!' inquit Hagrid. 'Harri, Professor Quirrell erit inter eos qui te in Schola Hogvartensi docebunt.'

'P-P-Potter,' inquit Professor Quirrell balbutiens, manum Harrii complexus, 'non p-possum d-dicere quantum g-gaudeam tecum congressus.'

'qualem magiam doces, Professor Quirrell?'

'q-quomodo Artes T-T-Tenebrosae arceantur,' murmuravit Professor Quirrell quasi nollet rem cogitare. 'n-num tibi opus est id discere, P-P-Potter?' risit trepidans. 'nempe apparatum omnem c-comparas? m-mihi liber novus de sanguisugis scriptus c-colligendus est.' perterritus visus est rem modo reputans.

sed ceteri Professori Quirrell non permiserunt Harrium ipsi reservare. paene decem minuta praeterierunt priusquam omnes effugeret. tandem, Hagrid effecit ut vox supra fremitum exaudita sit.

'progrediendum est – multa emenda sunt. agedum, Harri.'

Doris Crockford manum cum Harrio novissime iunxit et Hagrid eos per cauponulam eduxit in aulam parvam et muretam ubi nihil erat nisi receptaculum sordium et nonnullae herbae steriles.

Hagrid Harrio subrisit.

'nonne te admonui? nonne tibi dixi te esse celebrem? etiam Professor Quirrell tremebat tecum congressus – scilicet plerumque tremit.'

'an semper sic trepidus est?'

'ita vero. homo est misellus. ingenio abundat. rem bene gerebat dum libris studebat, sed tum vacationem unius anni sumpsit ut ipse rerum peritior fieret ... ferunt eum sanguisugis obviam fuisse in Silva Nigra atque ei molestam fuisse nescio quo modo anum horribilem – ex quo nunquam eiusdem coloris fuit. timet discipulos, artem suam timet – ubinam est umbella mea?'

quid significaverunt sanguisugi illi? quid anus illae? mens Harrii, ut ita dicam, natabat. interea Hagrid lateres muri supra receptaculum sordium surgentis numerabat.

'ter sursum ... duo transversum ...' murmuravit. 'sit ita. pedem refer, Harri.'

ter murum umbella extrema fodicavit.

later quem tetigerat intremuit – sinuatus est – in medio, foramen parvum apparuit – semper crescebat – post secundum stabant pro fornice satis magno vel Hagrido, fornice qui ferebat ad viam lapillis rotundatis stratam quae torquebatur et flectebatur dum e conspectu abiit.

'salvus sis,' inquit Hagrid, 'in Angiportu Diagonio.'

Harrio admiranti subrisit. pedibus per fornicem ierunt. Harrius celeriter supra umerum respiciens vidit fornicem statim contrahi et in murum solidum submergi.

in lebetes extra tabernam proximam acervatos sol fulgebat. *Lebetes – Formarum Omnium – Ex Aere – Ex Orichalco – E Mixtura Stanni Plumbique – Ex Argento – Permixtores Spontanei – Contractabiles* inscriptum est in titulo supra eos suspenso.

'ita vero, opus erit tibi lebete,' inquit Hagrid, 'sed primum debemus pecuniam tuam nancisci.'

Harrius circa octo oculos duobus suis addere volebat. in omnes partes caput vertebat dum adversa via ibant, omnia simul aspicere conatus: tabernas, res extra ostentas, eos qui emebant. femina pinguis extra pharmacopolium stans caput quassabat dum praeteribant dicens, 'iecurne draconis unciarium septendecim Falcibus venire! delirant ...'

cantus submissus et mollis ortus est a taberna obscura cum titulo inscripto *Eeylops Strigum Emporium – Striges Fulvae, Ululae, Horreariae, Brunnae, Niveae.* pueri complures plus minus aequales Harrii nasos in fenestram presserant in qua erant scoparum manubria. 'ecce,' Harrius audivit puerum dicentem, 'novus Nimbus MM – nunquam fuit manubrium celerius –' tabernae ibi erant ubi venibant vestes longae, ubi venibant telescopia et instrumenta mira et argentea quae Harrius nunquam antea viderat, fenestrae confertae vasibus lienum vespertiliorum et oculorum anguillarum plenis, acervis titubantibus librorum incantamentorum, pennis et voluminibus membraneis, ampullis potionum, sphaeris lunaribus …

'Gringotts,' inquit Hagrid.

ad aedificium niveum pervenerant quod tabernulis ceteris imminebat. stans iuxta valvas aere fulgentes, vestimento indutus coccino et aureo, erat –

'ita vero, est daemon,' inquit Hagrid voce parva dum gradus albos e lapidibus factos ad eum ascendunt. daemon erat plus minus capite brevior Harrio. vultum habebat nigriorem et callidum, barbam acutam, et, ut Harrius animadvertit, digitos et pedes longissimos. ingredientes capite inclinando salutavit. nunc stabant pro valvis alteris, argenteis et sic inscriptis:

*hospes, ini, doctus quae mox patietur avarus;*
*qui rapit immeritas res dabit ipse vicem.*
*quaerere divitias alienas parce sepultas,*
*plura opibus ne sint invenienda tibi.*

'ita est ut dixi. deliret si quis hinc thesaurum furari conetur,' inquit Hagrid.

daemones bini capite inclinando eos salutaverunt euntes per valvas argenteas, et nunc erant in atrio ingenti et marmoreo. daemones alii plus minus centum in scamnis altis post mensam longam sedebant, in libris magnis rationum scribentes, nummos in lanceis aeneis pendentes, gemmas perspicillis amplificatoriis inspicientes. ianuae plures quam ut numerarentur ab atrio ferebant, et daemones alii utroque homines dirigebant. Hagrid et Harrius mensam petiverunt.

'salvus sis,' Hagrid daemonem otiosum allocutus est. 'huc venimus aliquid pecuniae ab arca Domini Harrii Potteri ablatum.'

'an clavem illius habes, domine?'

'aliquo loco habeo,' inquit Hagrid et sinus vacuefacere et res in mensa ponere coepit, aliquot crustula canina putrescentia supra tabulas daemonis spargens. daemon nasum contraxit. Harrius daemonem dexterum spectavit acervum gemmarum rubidarum pendentem instar carbunculorum ferventium.

'habeo,' inquit Hagrid tandem, clavem exiguam ex auro factam ostendens.

daemon eam accurate inspexit.

'bene habere videtur.'

'et hic quoque epistulam habeo a Professore Dumbledore scriptam,' inquit Hagrid graviter, pectore dilato. 'attinet ad Rem Quandam in camera DCCXIII positam.'

daemon epistulam diligenter perlegit.

'esto,' inquit, epistulam Hagrido reddens, 'curabo vos deducendos ad utramque cameram. Griphook!'

Griphook erat etiam alius daemon. Hagrid, cum sinus iterum crustulis caninis refersisset, et Harrius daemonem Griphook ad ianuam quandam ex aula ferentem secuti sunt.

'quid est Res Quaedam in camera DCCXIII posita?' rogavit Harrius.

'id non possum dicere,' inquit Hagrid ambagibus usus. 'res est maxime arcana. negotium ago Hogvartense. Dumbledore mihi confisus est. vix operae pretium est id tibi dicere.'

Griphook ianuam eis apertam tenuit. Harrius, qui plus marmoris exspectaverat, miratus est. in angusto transitu erant e lapidibus facto et facibus flagrantibus illuminato. alte declinabat et in solum defixae sunt orbitae parvae ferriviae. Griphook sibilo signum dedit et plaustrum parvum ad eos adversis orbitis appropinquavit festinans. conscenderunt – Hagrid non sine difficultate – et profecti sunt.

primum per labyrinthum viarum variarum admodum volabant. Harrius conatus est meminisse quo iter ferret, ad sinistram, ad dextram, ad dextram, ad sinistram, in medium trivium, ad dextram, ad sinistram, sed non poterat. plaustrum crepitans sponte sua scire viam videbatur, quod Griphook cursum non regebat.

oculi Harrii aere frigido praetervolante irritabantur, sed eos apertissimos tenuit. semel, putavit se eruptionem ignium in transitu extremo videre et se contorsit si forte draco adesset, sed sero erat – etiam altius submergebantur, lacum subterraneum praetereuntes ubi stalagmitides et stalactites ingentes e tecto et solo crescebant.

'nunquam scio,' Harrius Hagrido clamavit sono plaustri

obstrepens, 'quid intersit inter stalagmitidem et stalactitem.'

'in stalagmitide inest littera "m",' inquit Hagrid. 'neque nunc ipsum me interrogaveris. nescio an vomiturus sim.'

certe viridissimus videbatur et cum tandem plaustrum constitisset iuxta ianuam parvam in muro transitus positam, Hagrid egressus se contra murum inclinare debebat ut genuum tremorem prohiberet.

Griphook ianuam reseravit. fumus viridis multus exhalatus est, et eo evanescente, Harrius anhelavit. intus erant montes nummorum aureorum. columnae argenti. acervi parvarum Knucum aenearum.

'haec omnia tua sunt,' inquit Hagrid subridens.

haecine omnia Harrium habere – incredibile erat. Durslei si hoc comperissent omnia ei celerius quam oculorum nictatio ademissent. quotiens questi erant quanti essent alimenta Harrii, et semper fortunam parvam habuerat sub urbe Londinio sepultam.

Hagrido subveniente Harrius saccum farsit aliqua parte pecuniae.

'aurei nummi appellantur Galleones,' explanavit Hagrid. 'septendecim Falces argenteae Gallonem et undetriginta Knuces Falcem faciunt. non est difficile. sic bene habet. nummi quos habes terminis duobus debent sufficere. ceteros tibi conservabimus.' ad daemonem Griphook versus est. 'nunc, quaeso, ad cameram DCCXIII eamus, neque tanta celeritate.'

'semper eadem celeritate utimur,' inquit Griphook.

nunc etiam altius ibant et iter accelerabant. volantes circum angulos angustos senserunt aera semper frigidiorem fieri. supra fauces subterraneas ierunt crepitantes et Harrius se extrinsecus inclinavit ut videret quid esset in tenebris profundis sed Hagrid collo arrepto cum gemitu eum retraxit.

camera DCCXIII nullum habebat foramen in quo clavis insereretur.

'vos recipite,' inquit Griphook graviter. ianua digito longo eius leniter tractata subito evanuit.

'si quis nisi daemon Gringottensis id conetur, per ianuam sorbitus intus includatur,' inquit Griphook.

'quotiens cameram inspicis, si quis intus sit?' Harrius rogavit.

'decimo quoque anno plus minus,' inquit Griphook, subridens malignius.

Harrius non dubitavit quin aliquid miri in hac camera summae securitatis lateret, et animo alacri prorsum se inclinavit sperans se saltem gemmas fabulosas visurum esse – sed primum putavit cameram esse inanem. deinde fasciculam sordidam charta fusca involutam animadvertit in solo iacentem, quam Hagrid sublatam penitus in lacernam inseruit. Harrius maxime cupiebat cognoscere quid esset, sed sciebat melius fore si non rogaret.

'agedum, in hoc plaustrum infernum iterum conscendamus, neque mecum locutus sis dum redimus, melius erit si os clausero,' inquit Hagrid.

*

post iter tumultuosum in plaustro factum stabant oculis nictantes extra argentariam Gringotts. Harrius nesciebat quo primum curreret nunc habens saccum plenum pecuniae. nescius quot Galleones libram facerent, tamen sciebat se plus pecuniae manibus tenere quam prius vita tota – plus pecuniae quam vel Dudley unquam habuisset.

'quid si vestimentum tuum comparemus?' inquit Hagrid, nutu monstrans *Vestes Magistrae Malkin ad Occasiones Omnes Aptas*. 'audi, Harri, nisi tibi molestum est, ipse abibo in Lebetem Rimosum potionem restitutricem petens. plaustra illa argentariae Gringotts odi.' re vera adhuc paulum nauseare videbatur, itaque Harrius solus in vestiarium Magistrae Malkin intravit, non sine trepidatione.

Magistra Malkin erat maga parva et obesa, subridens, tota vestibus purpureis induta.

'an Hogvartensis es, carissime?' inquit, ubi Harrius loqui coepit. 'omnia hic habeo – forte iuvenis alter modo vestitu instruitur.'

in ulteriore parte tabernae, puer facie pallida et acuta in scamno stabat dum maga altera vestes longas et nigras acibus figebat. Magistra Malkin Harrium in scamno proximo constituit, supra caput vestem longam induxit quam acibus figere coepit ut rectam haberet longitudinem.

'salve,' inquit puer, 'an tu es Hogvartensis?'

'ita vero,' inquit Harrius.

'pater est in taberna vicina libros meos comparans et mater hinc adversa via iit bacula inspectura,' inquit puer voce pertaesa et languida. 'tum eos abstraham ut manubria scoparum cursoria inspiceremus. non mihi liquet cur non permittatur primanis sua habere. in animo habeo patrem cogere ut mihi manubrium comparet et nescio quo modo clam introducam.'

in memoriam Harrii rediit imago vivida Dudlei.

'an *tu* manubrium scoparum proprium habes?' inquit puer, plura quaerens.

'minime,' inquit Harrius.

'an unquam interfuisti ludo Quidditch?'

'minime,' inquit Harrius iterum, nescius quidnam esset Quidditch.

'equidem peritus sum ludi – pater dicit scelestissimum fore nisi adscriptus erim turmae domesticae et, fatebor enim, cum eo consentio. iamne scis cuius domus futurus sis socius?'

'minime,' inquit Harrius, sentiens se stultiorem in minutum fieri.

're vera nemo id scit priusquam eo advenit, nonne? equidem tamen scio me Slytherinum fore sicut cognati omnes nostri. inter Hufflepuffos allectus nescio an ibi mansurus sim. quid tibi videtur?'

Harrius ambiguo respondit sono, volens aliquid paulo gravius posse dicere.

'en, vide hominem illum!' inquit puer subito, fenestram anticam nutu demonstrans. Hagrid ibi stabat, Harrio subridens et duas gelidas sorbitiones magnas ostendens ut se inire non posse demonstraret.

'ille est Hagrid,' inquit Harrius, gavisus quod aliquid ipse sciebat quod puer nesciebat. 'operarius est in schola Hogvartensi.'

'oh,' inquit puer, 'nomen eius audivi. nonne famulus qualiscumque est?'

'saltuarius est,' inquit Harrius. puerum minus ac minus amabat quotquot ibant secunda.

'ita vero. audivi eum esse *barbarum* nescio cuius generis – in casa campestri prope scholam vivit et aliquando inebriatus magicam artem exercere conatur et denique lectum incendit.'

'sententia mea praeclarus est,' inquit Harrius frigide.

'*quid* ais?' inquit puer, fastidiosius. 'cur iste te comitatur? ubi sunt parentes tui?'

'mortui sunt,' inquit Harrius breviter. noluit enim cum puero de re loqui.

'me tui miseret,' inquit alter, voce vix misericordiae plena. 'nonne tamen *nostri* generis erant?'

'erant maga et magus, si id vis dicere.'

'num alieni admittendi sunt? dissimiles nobis sunt. mores nostros nunquam didicerunt. nonnulli eorum ne nomen quidem Hogvartense audiverunt priusquam epistulam accipiunt. an credere potes? sententia mea debent solum eos admittere qui a vetustis familiis magorum orti sunt. quidnam est nomen tuum?'

sed priusquam Harrius responderet, Magistra Malkin inquit, 'negotium tuum confectum est, carissime,' et Harrius, laetus quod occasio data est sermonis illius interrumpendi, de scamno desiluit.

'itaque, ut videtur, te in Schola Hogvartensi videbo,' inquit puer languidus.

Harrius haud multum loquebatur dum gelidam sorbitionem edebat quam Hagrid ei emerat (confectam e socolata et rubis Idaeis cum nucibus minute concisis).

'quid est?' inquit Hagrid.

'nihil,' Harrius mentitus est. constiterunt ut membraneum et pennas emerent. Harrius paulum laetior factus est cum lagonam atramenti invenit quod colorem mutabat dum scribebas. cum a taberna discessissent, inquit, 'Hagrid, quid est Quidditch?'

'edepol, Harri, semper obliviscor quot rerum sis ignarus. tene ludum Quidditch ignorare!'

'ne feceris ut etiam peius habeam,' inquit Harrius. Hagridum certiorem fecit de puero pallido qui apud Magistram Malkin fuerat.

'– et affirmavit homines a Mugglibus ortos ne admittendos quidem esse –'

'tu non es *a* Mugglibus ortus. si modo scivisset quis *esses* – adolevit non ignarus nominis tui si parentes sunt homines magici – eos vidisti in Lebete Rimoso. sed ipse de re nihil scit.

inter eos quos optimos vidi magos erant nonnulli orti a linea longa Mugglium omnino artis magicae imperitorum – vide matrem tuam! vide qualem habuerit sororem!'

'quid igitur est Quidditch?'

'ludus est noster. ludus magorum. similis est – similis ludo follis pedumque apud Muggles – omnes ludum Quidditch sequuntur – campus lusorius est in caelo – in scoparum manubriis vehuntur lusores et quattuor pilis utuntur – difficilius est regulas explicare.'

'et quae sunt Slytherin et Hufflepuff?'

'domus scholasticae. sunt quattuor. omnes dicunt Hufflepuffos esse catervam inutilem, sed –'

'sponsionem faciam me fore inter Hufflepuffos,' inquit Harrius voce tristi.

'melius erit inter Hufflepuffos esse quam inter Slytherinos,' inquit Hagrid obscure. 'nec maga nec magus corruptus est factus quin esset inter Slytherinos. inter eos erat Quidam.'

'num Vol– da veniam – Quidam erat discipulus Hogvartensis?'

'multos abhinc annos,' inquit Hagrid.

libros scholasticos Harrii emerunt in taberna nomine Vibramen et Litturae cuius in pluteis acervati sunt usque ad tectum libri similes saxis viis sternendis tegumentis corii muniti; libri sericati instar pittaciorum cursualium; libri pleni signis novi generis; libri pauci omnino inanes. vel Dudley, qui nunquam quidquam legebat, insane cupivisset aliquot eorum tractare. Harrius Hagrido paene abstrahendus erat ab *Imprecationes et Imprecationes Imprecationibus Oppositae (Fascina Amicos et Devove Inimicos Ultionibus Novissimis: Fac Capilli Decidant, Crura Tremiscant, Lingua Haereat et multa, multa alia)* a Professore Vindicto Viridian.

'conabar invenire quomodo Dudley esset exsecrandus.'

'non nego rem illam laudandam esse, sed ars magica non est tibi apud Muggles exercenda nisi in rebus extraordinariis,' inquit Hagrid. 'neque iam poteris talibus imprecationibus uti. multo magis tibi studendum erit priusquam ad gradum illum pervenis.'

nec licebat Harrio per Hagridum emere lebetem e solido auro ('in indice scribitur e mixtura stanni plumbique'), sed libram pulchram comparaverunt idoneam ad examinanda elementa compositoria potionum et telescopium aeneum contractabile. tum apothecam adierunt cuius blandimenta odorem horribilem, mixturam ovorum malorum et brassicarum putrescentium compensaverunt. vasa rebus mucosis plena in solo posita sunt, amphorae plenae herbis, radicibus siccatis, pulveribusque splendidis secundum parietes ordinatae sunt, fasces pinnarum, dentes ferarum linea colligatae, unguesque inter se implicati de tecto pendebant. dum Hagrid hominem qui post mensam stabat copiam elementorum simplicium potionum rogabat quibus Harrius uteretur, Harrius ipse inspiciebat cornua argentea monocerotum quae venibant vicenis singulis Galleonibus et oculos minimos scarabeorum nigrantes et splendentes quorum cochlear quinque Knucibus venibat.

extra apothecam Hagrid indicem Harrii iterum scrutatus est.

'solum reliquum est baculum tuum – nec tibi donum emi diei natalis celebrandi causa.'

Harrius se erubescere sensit.

'nil opus tibi –'

'scio nil opus mihi esse. dicam quid facturus sim. animal tuum comparabo. non erit bufo. multos abhinc annos bufones obsoleverunt, ludibrio sis – nec feles amo, nam sternutamentum in me excitant. strigem tibi comparabo. liberi omnes striges habere volunt. utilissimae sunt ad epistulas reddendas et cetera.'

viginti post minutis, ab Eeylops Strigum Emporio discesserunt, quod fuerat tenebrosum et plenum susurris et oculis micantibus et gemmantibus. Harrius iam caveam magnam ferebat in qua inclusa est pulchra strix nivea, arte dormiens capite sub ala celato. sine fine gratias balbutiens agebat, sonans haud aliter ac Professor Quirrell.

'aufer mihi ista,' inquit Hagrid aspere. 'dubito an multa dona a Dursleis istis acceperis. solum reliquum est ut Ollivandros adeamus. nusquam meliora bacula sunt invenienda, apud Ollivandros dico, et tibi opus est baculo optimo.'

baculum magicum … hoc maxime Harrius desiderabat.

taberna ultima erat angusta et sordida. supra ianuam inscriptum est litteris auri situ recedentibus *Ollivandri: Baculorum Pulchrorum Fabricatores ex Anno CCCLXXXII AC.*

baculum unum in pulvino colorem purpureum deperdente iacebat in fenestra pulverulenta.

alicubi in intima taberna eis ingressis tintinabulum tinniit. spatium erat exiguum, nil intus habens praeter sellam unam cruribus longis in qua Hagrid consedit exspectans. Harrius sibi visus est miro modo intravisse bibliothecam legibus severis subiectam; quaestiones novas quae plurimae in mentem modo venerant suppressit et potius milia cistarum angustarum usque ad tectum ordinatim acervata aspexit. aliquam ob causam, collum a tergo pruriebat. pulvis ipse et silentium loci videbantur fervere nescio quo spiritu magico et occulto.

'salvus sis!' inquit vox summissa. Harrius saluit. Hagrid visus est quoque saluisse quod fragore magno audito celeriter a sella cruribus longis surrexit.

stabat ante eos senex oculis latis et pallidis fulgentibus more lunarum per tenebras tabernae.

'ave,' inquit Harrius haerens.

'ita, ut dicis,' inquit senex, 'ita vero. sperabam me te mox visurum esse. Harrius Potter es.' ea non erat percontatio. 'oculos habes similes matri. modo, modo, ut mihi videtur, ipsa hic aderat, primum emens baculum. longum erat decem uncias et quartam partem, sibilum, saligneum. baculum aptissimum ad illecebras exercendas.'

Dominus Ollivander Harrio appropinquavit. 'utinam oculis conniveat!' Harrius sibi dixit. oculi enim illi argentei paulum eum perturbabant.

'patri autem placebat baculum e ligno moganico. undecim uncias longum. flexibile. paulo potentius et maxime idoneum ad transfigurationem. dixi baculum patri placuisse, sed re vera baculum eligit magum, scilicet.'

Dominus Ollivander tam prope accesserat ut naso suo Harrii nasum paene tangeret. Harrius imaginem suam oculis illis nebulosis redditam videre potuit.

'et hic est locus ubi ...'

Dominus Olivander cicatricem fulguri similem in fronte Harii digito longo et candido tetigit.

'me paenitet (fatebor enim) baculum vendidisse nocens,' voce inquit summissa. 'tredecim uncias et dimidiam partem longum.

taxeum. baculum potens, potentissimum, et manibus impiis tractatum … si scivissem quid baculum illud inter homines facturum esset …'

caput quassavit et tum, quod magno levamento erat Harrio, Hagridum conspexit.

'Rubeus! Rubeus Hagrid! gaudeo te rursus videre … nonne baculum habebas querceum, sedecim uncias longum, flexibilius?'

'ita vero, domine,' inquit Hagrid.

'pulchrum erat baculum illud. sed credo, te expulso, id fractum et in partes duas divisum esse,' inquit Dominus Ollivander, repente severa usus voce.

'ehem – ita vero factum est,' inquit Hagrid, pedibus dissolute per humum tractis. 'sed partes adhuc habeo,' addidit alacriter.

'num eis *uteris*?' inquit Dominus Ollivander acriter.

'minime, domine,' inquit Hagrid celeriter. Harrius animadvertit eum hoc loquentem umbellam manibus artissime complecti.

'hmmm,' inquit Dominus Ollivander, acie acuta Hagridum contemplans. 'agedum, Domine Potter. opus incipiamus.' e sinu extraxit institam longam mensoriam notis argenteis signatam. utro bracchio baculum vibras?'

'ehem – manu dextra utor,' inquit Harrius.

'bracchium extende. sic bene est.' Harrium ab umero ad digitum, a carpo ad cubitum, ab umero ad solum, a genu ad alam, circum caput mensus est. dum metitur, inquit, 'bacula omnia Ollivandria habent in medio materiam potentem et magicam, Domine Potter. crinibus utimur monocerotum, pennis phoenicum caudis ablatis, nervisque cordum draconum. ut nunquam invenies duos monocerotes aut dracones aut phoenices non aliquid inter se differentes, sic nunquam invenies duo bacula Ollivandria quae non inter se differunt. et scilicet, ut magus, semper rem melius geres baculo proprio quam alieno.'

Harrius subito sensit institam mensoriam sponte sua spatium inter nares metiri. Dominus Ollivander inter pluteos volitabat, cistas deferens.

'satis est,' inquit, et instita mensoria imbecillior facta est et in solum lapsa cumulata iacebat. 'bene est, Domine Potter. hoc tempta. factum est e fago et nervo cordis draconis. novem uncias. maxime flexibile. manu captum vibra modo.'

Harrius baculum cepit et (sentiens se stultum esse) paulum vibravit, sed paene statim e manu eripuit Dominus Ollivander.

'factum ex acere et penna phoenicis. septem uncias. admodum lentum. tempta –'

Harrius temptavit – sed vix baculum sustulerat cum id quoque a Domino Ollivandro iterum raptum est.

'non ita, non ita – ecce, factum ex ebeno et crinibus monocerotis, octo uncias et dimidiam partem, resiliens. agedum, agedum tempta illud.'

Harrius temptavit. et rursus temptavit. nesciebat quid Dominus Ollivander exspectaret. acervus baculorum temptatorum semper maior fiebat in sella cruribus longis, sed quo plura bacula Dominus Ollivander e pluteis extraxit, eo beatior visus est fieri.

'an cliens es difficilis? noli perturbari, consortionem perfectam alicubi inveniemus – quid tum? – quippe ni? – mixtura insolita – baculum ex aquifolia et penna phoenicis, undecim uncias, bellum et molle.'

Harrius baculum cepit. subito sensit calorem esse in digitis. baculum supra caput sustulit et per aera pulverulentum detulit cum sonitu sibilanti et torrens igniculorum rubrorum et aureorum ab extrema parte eruptus est similis spectaculo pyrotechnico, scintillas saltantes in muros iaciens. Hagrid ululavit et plausit et Dominus Ollivander exclamavit, 'euge! ita vero, optime factum est. sed quid sibi hoc vult? mirum est … immo mirissimum …'

baculum Harrii in cistam repositum charta fusca involvit, adhuc murmurans, 'mirum … mirum …'

'obsecro mihi ignoscas,' inquit Harrius, 'sed *quid* est mirum?'

Dominus Ollivander oculos pallidos in Harrio fixit.

'nullum est baculum a me venditum quin meminerim, Domine Potter. unum quidque memini. accidit ut phoenix illa cuius penna caudea est in baculo tuo aliam dedit pennam – modo unam aliam. re vera mirissimum est te huic baculo destinatum esse cuius frater – ne plura, cuius frater cicatricem illam tibi dedit.'

Harrius vocem gluttivit.

'ita vero, tredecim uncias et dimidiam partem. e taxo. mirissimum est quomodo talia eveniant. memento baculum magum eligere. sententia mea, debemus exspectare te magna facturum esse, Domine Potter. nam Ille Qui Non Nominandus Est magna fecit – terribilia, fatebor enim, sed nihilominus magna.'

Harrius inhorruit. nesciebat an Dominum Ollivandrum nimis amaret. baculum septem Galleonibus aureis emit et discedentes a taberna Dominus Ollivander capite inclinando salutavit.

*

postmeridiano tempore sol inclinabat in caelo cum Harrius et Hagrid secundum Angiportum Diagonion redierunt, pedem referentes per murum et Lebetem Rimosum, nunc vacuefactum. Harrius nihil locutus est dum secundum viam eunt; ne animadvertit quidem quantum homines ipsos intuerentur in Ferrivia Subterranea, oneratos tot fasciculis novae figurae, strige nivea in Harrii gremio dormiente. alias scalas moventes ascenderunt et exierunt in stationem Paddingtonem; nec Harrius prius sensit ubi essent quam Hagrid umerum fodicavit.

'tempus erit aliquid edendi priusquam abit hamaxostichus,' inquit.

hammaburgum Harrio emit et consederunt in sedibus plasticis ut ea comessent. Harrius usque circumspiciebat. omnia enim tam mira videbantur, nescio quo modo.

'an bene habes, Harri? taciturnissimus es,' inquit Hagrid.

Harrius nesciebat an rem explicare posset. modo diem natalem celebraverat totius vitae optimum – at tamen – hammaburgum manducabat, verba idonea invenire conatus.

'omnes putant me extraordinarium esse,' tandem inquit. 'homines qui in Lebete Rimoso erant, Professor Quirrell, Dominus Ollivander … sed artis magicae omnino ignarus sum. quomodo exspectare possunt me magna facturum esse? celeber sum nec meminisse quidem possum causam cur celeber sim. nescio quid factum sit ubi Vol– da veniam – dicere volui illa nocte ubi parentes mortui sunt.'

Hagrid trans mensam inclinatus est. post barbam et supercilia incompta benignissime subridebat.

'noli te sollicitare, Harri. satis cito disces. omnes ab initio incipiunt in schola Hogvartensi. salvus eris. talis esto qualis es.

scio id difficile esse. electus es, quod semper difficile est. sed tu belle habebis in schola illa – equidem belle habebam – et adhuc (fatendum enim est) belle habeo.'

Hagrid Harrio auxiliatus est ascendenti in hamaxostichum quo rediturus erat ad Dursleos et involucrum ei tradidit.

'habe tesseram ut veharis ad scholam Hogvartensem,' inquit. 'Kalendis Septembribus – necesse est adsis in statione Regis Crucis – omnia in tessera scripta sunt. si qua Durslei molesti erunt, mihi epistulam cum strige tua mitte. illa sciet ubi inveniendus sim. mox te videbo, Harri.'

hamaxostichus stationem relinquere coepit. Harrius Hagridum spectare volebat dum e conspectu abiret; a sede surrexit et nasum contra fenestram pressit, sed oculos connivuit, et Hagrid evanuerat.

— CAPUT SEXTUM —

# *Iter a Crepidine Novem cum Tribus Partibus*

mensis ultimus quem Harrius cum Dursleis egit non erat iucundus. Dudley vero Harrium nunc adeo timebat ut in eadem conclavi manere nollet, Matertera Petunia autem et Avunculus Vernon eum neque in armario incluserunt neque quidquam facere coegerunt neque inclamaverunt – re vera nunquam eum allocuti sunt. partim territi, partim irati, si in sella Harrius sederat, illam pro inani habebant. quae si multis modis meliora erant quam priora, tamen aliquando Harrius animum paulum demittebat.

in conclavi moratus est cum strige nova. constituerat eam Hedvigam appellare, quod nomen in *Historia Magica* invenerat. libros scholasticos amabat et legens iacebat in lecto multam in noctem, Hedviga ad libitum intra extra per fenestram apertam volante. feliciter evenit ut Matertera Petunia non iam cum pulveris hauritorio ingrederetur, quod Hedviga semper mures mortuos referebat. noctu priusquam dormivit, Harrius semper diem alium erasit e charta quam in pariete fixerat, dies numerans ad Kalendas Septembres.

pridie Kalendas Septembres ratus melius fore si colloqueretur cum matertera et avunculo de itinere ad stationem Regis Crucis postero die faciendo ad conclave sessorium descendit, ubi illi quaestiones lusorias instrumento televisifico usi spectabant. tussim parvam edidit ut scirent ipsum adesse, et Dudley ululavit et e conclavi aufugit.

'hem – Avuncule Vernon?'

Avunculus Vernon grundivit significans se audire.

'hem – necesse est mihi cras mane adesse in statione Regis Crucis ut – ut iter ad scholam Hogvartensem faciam.'

Avunculus Vernon iterum grundivit.

'an vis me illuc in autocineto vehere?'

grunditus erat. Harrius putavit eum esse signum affirmationis.

'gratias tibi ago.'

sursum rediturus erat cum Avunculus Vernon etiam locutus est.

'si vis iter facere ad scholam magorum, parum idoneum vehiculum est hamaxostichus. an omnia tapetia magica puncta habent?'

Harrius nihil dixit.

'ubinam est haec schola?'

'nescio,' inquit Harrius, id primum animo comprehendens. e sinu deprompsit tesseram sibi ab Hagrido datam.

'hamaxostichum undecima hora abiturum a crepidine novem cum tribus partibus modo conscendam,' legit.

matertera et avunculus oculos fixerunt.

'a qua crepidine?'

'a crepidine novem cum tribus partibus.'

'noli garrire,' inquit Avunculus Vernon, 'non est crepido novem cum tribus partibus.'

'scriptum est in tessera mea.'

'delirant,' inquit Avunculus Vernon, 'mente alienata est hoc genus omne. videbis. exspecta modo. esto, te ad Crucem Regis vehemus. nisi Londinium aliam ob causam eamus, non id faciamus.'

'cur Londinium ibitis?' rogavit Harrius, conatus cum eo familiariter agere.

'Dudleum in valetudinarium ducemus,' infremuit Avunculus Vernon. 'amputanda est illa cauda exsecrabilis priusquam ad scholam Smeltings it.'

*

postridie mane quinta hora experrectus Harrius fervidior atque commotior erat quam ut rursus dormiret. surrexit et bracas linteas caeruleas induit quod noluit in stationem ire vestitum magicum gerens – in animo habebat in hamaxosticho vestem mutare. indicem Hogvartensem iterum scrutatus est ne quid oblitus esset, curavit Hedvigam in cavea includendam, deinde huc illuc per conclave spatiatus est exspectans dum Durslei surgerent. duabus post horis, vidulus Harrii ingens et gravis in Dursleorum autocineto impositus erat, Matertera Petunia Dudleo persuaserat ut iuxta Harrium sederet profectique erant. ad Crucem Regis decima hora et dimidia pervenerunt. Avunculus Vernon vidulum Harrii in carrulo impositum propulit in stationem. Harrius putavit hanc esse insolitam benevolentiam dum Avunculus Vernon repente ante crepidines constitit maligne subridens.

'itaque advenisti, puer. hic sunt crepidines novem et decem. crepido tua debet esse alicubi in medio, sed nondum, ut mihi videtur, aedificata est. quid putas?'

neque erravit ille. supra crepidinem unam erat numerus magnus novem e plastico et supra alteram numerus magnus decem e plastico, neque quidquam omnino in medio.

'sit tibi terminus felix,' inquit Avunculus Vernon etiam malignius subridens. discessit haud plura locutus. Harrius conversus tres Dursleos vidit in autocineto abeuntes et inter se ridentes. admodum siccum fiebat os eius. quidnam faceret? multi eum oculis mirantibus intuebantur, ob Hedvigam. debebat aliquem rogare.

custodem praetereuntem consistere iussit, neque ausus est mentionem facere crepidinis novem cum tribus partibus. custos nunquam de schola Hogvartensi audiverat et cum Harrius ne dicere quidem posset in qua regione esset, irascebatur, quasi Harrius consulto stultus esset. desperans, Harrius quaesivit de hamaxosticho undecima hora abituro, sed custos negavit talem esse. denique custos discessit, de tempus perdentibus mussans. nunc Harrius conabatur se continere neque pavori cedere. horologium magnum supra tabulam hamaxostichorum adventiciorum positum eum admonuit ut decem minutis hamaxostichum ad scholam Hogvartensem abiturum deberet conscendere nec sciebat omnino quomodo id faciendum esset; solus relictus est in media statione cum vidulo vix tollendo, sinu pleno pecuniarum magicarum magnaque strige.

Hagrid, ut videbatur, oblitus erat praeceptum aliquod ei

tradere, ut ingredienti in Angiportum Diagonion necesse erat laterem tertium a sinistra fodicare. nesciebat an baculo deprompto diribitorium intra crepidines novem et decem positum fodicaret.

illo momento turba hominum a tergo eum praeteribant et pauca verba quae dicebant audivit.

'– confertus Mugglibus, scilicet –'

Harrius se circumegit. femina pinguior pueros quattuor omnes fulgentibus capillis rubri coloris alloquebatur quorum quisque ante se propellebat vidulum similem illius Harrii – et *strigem* habebat.

Harrius, corde saliente, carrulum post eos propulit. ubi constiterunt Harrius quoque constitit, satis prope ut audiret quid dicerent.

'qui est numerus crepidinis?' inquit puerorum mater.

'novem cum tribus partibus!' voce acuta respondit puella parva, capillis quoque rubris, quae manum eius tenebat. 'matercula, nonne mihi licet ire ...?'

'non satis aetatis habes, Ginny, nunc tace. bene est, Persi, tibi primum eundum est.'

puer qui visus est natu maximus ad crepidines novem et decem contendit. Harrius spectavit, cavens ne oculis connivendis occasionem amitteret – sed simul ac puer eo pervenit ubi divisio in duas crepidines facta est, turba magna peregrinatorum voluptariorum ante oculos glomerata est, et cum tandem ultimum sacciperium dorsuale e conspectu abiisset, puer evanuerat.

'Frederice, tu proximus ibis,' inquit femina pinguior.

'ego non sum Fredericus, sum Georgius,' inquit puer. 'pro fidem, femina, tene appellas matrem nostram? nonne *agnoscis* me esse Georgium?'

'da veniam, Georgi carissime.'

'iocabar modo, ego sum Fredericus,' inquit puer, et profectus est. geminus discedentem voce magna festinare iussit, quod fecisse videbatur, nam post secundum evanuerat – sed quomodo id fecerat?

nunc frater tertius alacriter ad claustrum tesseris inspiciendis ibat – eo paene pervenerat – et tum, admodum subito, nusquam erat.

nihil aliud reliquum erat.

'obsecro mihi ignoscas,' dixit Harrius feminae pinguiori.

'salve, carissime,' inquit. 'an primanus es Hogvartensis? Ronaldus quoque scholam incipit.'

filiorum ultimum et natu minimum ostendit. procerus erat, macer, inhabilis, cum lenticulis, manibus et pedibus magnis nasoque longo.

'ita vero,' inquit Harrius. 'sed – sed nescio quomodo –'

'quomodo in crepidinem ingrediaris?' inquit voce benigna, et Harrius adnuit.

'noli te sollicitare,' inquit. 'necesse est solum ut recta eas in claustrum intra crepidines novem et decem situm. ne constiteris neve timueris ne in claustrum incurras. id maxime refert. si trepidas, rem melius geres paulum festinans. agedum, i ante Ronaldum.'

'hem – sit ita,' inquit Harrius.

carrulo circumacto claustrum intuitus est. solidissimum videbatur.

coepit ad claustrum ire. ei qui crepidinibus novem et decem appropinquabant eum trudebant. Harrius celerius ibat. in diribitorium illud infracturus erat calamitatem sibi inferens – in carrulum innixus nervis intentis cursum accelerabat – claustrum semper propius fiebat – non possit se cohibere – non carrulo moderabatur – aberat iam pedem unum – oculos clausit collisionem exspectans –

non facta est collisio ... adhuc currebat ... oculos aperuit.

machina vectoria vaporalis coccini coloris iuxta crepidinem hominibus confertam stabat. in signo sublato inscriptum est *Hamaxostichus Rapidus Hogvartensis, Undecima Hora*. Harrius respiciens ubi diribitorium fuerat arcum e ferro procuso vidit, cum titulo *Crepido Novem cum Tribus Partibus*. rem bene gesserat.

fumus e machina surgens supra capita turbae garrientis lente volabat, feles autem variorum colorum huc illuc inter crura hominum vagabantur. striges aliae alias ululatu querentium modo salutabant, clamori hominum et vidulorum gravium stridori obstrepentes.

currus primae partis hamaxostichi iam discipulis conferti

erant, aliis de fenestris pendentibus ut cum familiis loquerentur, aliis de sedibus certantibus. Harrius carrulum secundum crepidinem propulit sedem vacuam quaerens. puerum facie rotunda praeteriit dicentem, 'avia, rursus bufonem amisi.'

'oh, Neville,' audivit anum suspirantem.

puer crinibus Rastafarianorum turba parva circumdatus est.

'cedo, Lee, da nobis aspectum.'

puer operculum sustulit cistae quam bracchiis tenebat et circulus ululavit et clamavit ubi aliquid ex interiore crus longum et villosum extendit.

Harrius per turbam se impulit dum loculum inanem prope hamaxostichum extremum invenit. primum Hedvigam intus imposuit, deinde vidulum ad ianuam hamaxostichi trudere atque trahere coepit. conatus eum sursum per scalas tollere vix potuit extremam partem sublevare et bis in pedem demisit quod ei dolorem magnum attulit.

'an vis auxilium?' locutus erat unus geminorum capillis rubris quos per diribitorium secutus erat.

'benigne facis,' Harrius anhelavit.

'heus tu, Frederice, huc veni! fer auxilium!'

geminis subvenientibus, vidulus Harrii tandem in angulo loculi repositus est.

'gratias vobis ago,' inquit Harrius, capillos sudore madentes ex oculis trudens.

'quid est illud?' subito inquit geminus unus, ostendens cicatricem Harrii fulguri similem.

'edepol,' inquit geminus alter. 'num es –?'

'*est*,' inquit geminus primus. 'nonne es ille?' Harrio addidit.

'quid?' inquit Harrius.

'*Harrius Potter,*' gemini simul clamaverunt.

'oh, illum dicitis,' inquit Harrius. 'immo, fateor me esse illum.'

pueri duo hiantes eum aspexerunt et Harrius sensit se erubescere. tum vox exaudita est illapsa per apertam hamaxostichi ianuam, levamen ei praebens.

'Frederice? Georgi? an ibi estis?'

'venimus, Mater.'

postremum Harrium intuiti, gemini de hamaxosticho desiluerunt.

Harrius iuxta fenestram consedit unde, semicelatus, familiam capillis rubris in crepidine stantem videre poterat et audire quid dicerent. mater sudarium modo deprompserat.

'Ronalde, aliquid in naso habes.'

puer natu minimus motu subito effugere conatus est, sed complexa eum nasum extremum fricare coepit.

'*Mater* – abito.' sinuando se liberavit.

'eheu, an Ronaldulus aliquid in nasunculo habet?' inquit geminorum unus.

'tace,' inquit Ronaldus.

'ubi est Persius?' inquit mater.

'appropinquat.'

puer natu maximus fortibus longisque passibus in conspectum venit. vestitu iam mutato vestes longas Hogvartenses nigras et undulantes gerebat et infixum in pectore Harrius insigne fulgens ex argento factum et littera P notatum animadvertit.

'non possum diu morari, Mater,' inquit. 'sum in prima parte ubi loculi duo Praefectis reservati sunt –'

'num es *Praefectus*, Persi?' inquit geminus unus, visus maxime admirari. 'debebas aliquid dicere, id omnino ignorabamus.'

'immo,' inquit geminus alter, 'videor meminisse eum aliquid de re dixisse semel –'

'aut bis –'

'per minutum –'

'tota aestate –'

'tacete modo,' inquit Persius ille Praefectus.

'cur tandem Persius vestes novas nactus est?' dixit unus e geminis.

'quod est *Praefectus*,' inquit mater amans. 'sic bene habet, carissime. sit terminus tibi felix – mitte mihi strigem cum adveneris.'

Persius, osculo matris in gena accepto, abiit. deinde ad geminos illa versa est.

'nunc, vos ambo – iubeo vos hoc anno vitam honestam agere. si unam modo strigem accepero nuntiantem vos – vos latrinam pulvere dirupisse aut –'

'quid dicis de latrina pulvere diripienda? nunquam latrinam pulvere dirupimus.'

'sed consilium optimum proposuisti. gratias tibi agimus, Mater.'

'non est *res iocosa*. et vos iubeo Ronaldum curare.'

'noli te sollicitare. nobis custodientibus salvus erit parvulus Ronaldulus.'

'tace,' iterum inquit Ronaldus. iam paene tam procerus erat quam gemini et nasus adhuc erat rubidus ubi mater eum fricuerat.

'scisne quid modo factum sit, Mater? scisne cui modo in hamaxosticho obviam iverimus?'

Harrius celeriter reclinatus est ne ipsum se spectantem viderent.

'novistine puerum illum capillis nigris qui in statione prope nos erat? novistine quis sit?'

'quis?'

'*Harrius Potter!*'

Harrius vocem puellulae audivit.

'oh, Mater, licetne mihi in hamaxostichum ascendere ut eum videam? oh, Mater te oro obsecroque ...'

'iam eum vidisti, Ginny, neque puer ille miserrimus spectandus est sicut animal in vivario. an re vera est ille, Frederice? quomodo id scis?'

'rogavi eum. cicatricem vidi. illa re vera ibi est – similis fulguri.'

'me miseret *carissimi* – nec mirum est eum solum fuisse. ego mirabar. summa cum comitate rogavit quomodo in crepidinem iniret.'

'nihil id interest. putasne eum meminisse qui sit aspectus Cuiusdam?'

mater subito severissima facta est.

'veto te eum rogare, Frederice. noli tam audax esse. num vult hanc rem primo scholae die commemorari?'

'bene est, ne sis irata.'

fistula cecinit.

'festinate!' inquit mater, et tres pueri hamaxostichum conscenderunt. e fenestra se inclinaverunt ut illa osculis dandis sibi valediceret et soror natu minor lacrimare coepit.

'noli lacrimare, Ginny, striges multas tibi mittemus.'

'tibi sedem latrinae Hogvartensis mittemus.'

'*Georgi!*'

'iocabar modo, Mater.'

hamaxostichus moveri coepit. Harrius vidit matrem puerorum manus iactare et sororem, partim ridentem, partim lacrimantem, currere ut cursum hamaxostichi adaequaret dum nimis facta est acceleratio; tum cessit illa et manus iactavit.

hamaxosticho flectente iter, Harrius puellam et matrem evanescentes spectavit. domus praeter fenestram volitabant. Harrius sensit magnam animi concitationem. nesciebat quid adiret – sed non dubitabat quin melius esset quam quod relinqueret.

ianua loculi lapsu aperta est et natu minimus puerorum capillis rubris intravit.

'an aliquis ibi sedet?' rogavit, sedem Harrio adversam ostendens. 'alibi sedes omnes occupatae sunt.'

Harrio abnuente, puer sedit. Harrium intuitus est et tum celeriter e fenestra prospectavit, simulans se non intuitum esse. Harrius animadvertit eum adhuc in naso habere maculum nigrum.

'salve, Ronalde.'

redierant gemini.

'audi, nos abibimus in medium hamaxostichum – Lee Jordan tarantulam maximam ibi habet.'

'sit ita,' mussavit Ronaldus.

'Harri,' inquit geminus alter, 'an nos introduximus? sumus Fredericus et Georgius Vislius. et hic est Ronaldus, frater noster. itaque mox vos revisemus.'

'avete,' dixerunt Harrius et Ronaldus. gemini abeuntes ianuam loculi lapsu clauserunt.

'num es Harrius Potter?' subito exclamavit Ronaldus.

Harrius adnuit.

'oh – putavi fieri posse ut Fredericus et Georgius iocarentur,' inquit Ronaldus. 'num quoque habes – tenesne quid dicam … ?'

frontem Harrii digito demonstravit.

Harrius fimbrias retraxit ut cicatricem fulguri similem ostenderet. Ronaldus oculos defixit.

'iste igitur est locus ubi Quidam –?'

'ita vero,' inquit Harrius, 'sed non memini.'

'an nihil meministi?' inquit Ronaldus alacriter.

'multum lucis viridis memini, sed praeterea nihil.'

'euoe,' inquit Ronaldus. sedens pauca momenta Harrium contemplavit, deinde, subito visus sentire quid faceret, celeriter e fenestra rursus prospectavit.

'an omnes cognati tui magi sunt?' rogavit Harrius, cui Ronaldus non minus iucundus erat quam ipse Ronaldo.

'hem – id credo,' inquit Ronaldus. credo matrem habere consobrinum secundum qui sit calculator, sed nunquam de eo loquimur.'

'itaque multum artis magicae iam scire debes.'

manifestum erat Vislios esse inter familias illas vetustas magorum de quibus puer pallidus in Angiportu Diagonio locutus erat.

'audivi te iisse inter Muggles victurum,' inquit Ronaldus. 'quales sunt?'

'horribiles – nec tamen omnes. sed matertera, avunculus, consobrinus sunt horribiles. utinam tres fratres magicos habuissem.'

'quinque,' inquit Ronaldus. ob aliquam causam tristis videbatur. 'sextus familiae nostrae scholam Hogvartensem frequento. profecto exempla summa mihi sequenda sunt. Gulielmus et Carolus iam abierunt – Gulielmus erat Caput Scholae et Carolus ludo Quidditch praesidebat. nunc Persius Praefectus est. Fredericus et Georgius saepe tumultuantur, sed nihilominus notas accipiunt optimas et ab omnibus facetissimi habentur. nunc omnes exspectant me ceteros aemulaturum esse, quodsi fecero, non erit notabile quod illi id prius fecerunt. neque unquam aliquid novi accipies si fratres quinque habes. habeo vestes veteres Gulielmi, baculum vetus Caroli, rattumque veterem Persii.'

Ronaldus manu in tunicam inserta rattum pinguem et canum et adhuc dormientem extraxit.

'appellatur Scabbers, inutilis est, vix unquam expergiscitur.

Persius Praefectus creatus strigem praemium a patre accepit, sed non habebant pecun – volebam dicere me Scabberum pro strige accepisse.'

aures Ronaldi erubuerunt. videbatur credere se nimis dixisse quod rursus e fenestra prospectare coepit.

Harrius non putabat nefas esse non satis pecuniae habere ad strigem emendam. ipse usque ad mensem proximum nunquam tota vita ullam pecuniam habuerat, id quod Ronaldo dixit, addens se vestes abiectas Dudlei induere coactum esse neque unquam die natali dona idonea accepisse. quibus auditis Ronaldus visus est laetior fieri.

'... neque priusquam Hagrid me certiorem fecit quidquam sciebam de statu meo magico, de parentibus meis, de Voldemorte –'

Ronaldus anhelavit.

'quid?' inquit Harrius.

'*dixisti nomen Cuiusdam!*' inquit Ronaldus, voce et stupentis et reverentis. 'crediderim te potissimum –'

'non conor *fortis* esse aut aliquid nomine dicendo,' inquit Harrius. 'nunquam enim cognovi id nefas esse. tenesne quid dicam? multa mihi discenda sunt ... sponsionem faciam,' addidit, primum verbis aliquid exprimens quod nuper anxium eum habuerat, 'sponsionem faciam me pessimum fore in classe.'

'erras. multi adsunt e familiis Mugglium et satis cito discunt.'

dum loquuntur, hamaxostichus eos Londinio evexerat. nunc praeter agros vaccarum et ovium plenos festinabant. paulisper tacebant, spectantes agros et vias vicinales praetervolare.

circa duodecima hora et dimidia, crepitu magno extra in transitu audito, femina subridens vultu lacunato lapsu ianuam aperuit et inquit, 'an vultis aliquid e carrulo, carissimi?'

Harrius, qui non ientaverat, saltu surrexit, sed Ronaldus auribus iterum erubescentibus murmuravit se quadrulas duplices panis secum attulisse. Harrius in transitum exiit.

apud Dursleos nunquam pecuniam habuerat bellariolis emendis et nunc cum sinus auro argentoque conferti essent paratus est ad tot Quadras Martis emendas quot ferre poterat – sed femina nullas habebat Quadras Martis. habebat tamen

Fabas Alberti Botti Omnium Saporum, Cummem Drooblensem Optime Dilatandam, Ranas Socolatas, Crustulas Peponis, Libas e Lebete, Bacula e Glycyrrhiza et nonnullas res alias miri generis quas nunquam tota vita Harrius viderat. ne quid omitteret, exempla omnium bellariolorum emit et feminae pependit undecim argenteas Falces et septem aeneas Knuces.

oculis defixis Ronaldus Harrium contemplavit haec omnia in loculum referentem et in sedem inanem deponentem.

'an fame laboras?'

'esurio,' inquit Harrius, morsu partem magnam crustulae peponis capiens.

Ronaldus fasciculam glebosam depromptam explicuerat. inerant quattuor quadrulae duplicis panis. quarum una divulsa inquit, 'illa semper obliviscitur me non amare bubulam salitam.'

'inter nos fiat permutatio,' inquit Harrius, crustulam tollens. 'en, hoc tibi dabo –'

'sed num vis hanc quadrulam? siccata enim est,' inquit Ronaldus. 'scilicet non multum temporis habet illa,' addidit festinans, 'nos quinque curans.'

'agedum, crustulam sume,' inquit Harrius, qui nunquam prius aliquid partiendum habuerat neque, vero, aliquem quocum partiendum erat. iucundum erat ibi cum Ronaldo sedere atque omnes crustulas et libas Harrii consumere (quadrulae duplices iacebant relictae).

'quae sunt haec?' Harrius Ronaldum rogavit, fasciculum Ranarum Socolatarum tollens. 'num *re vera* ranae sunt?' incipiebat sentire nihil admirationem sibi moturum esse.

'minime,' inquit Ronaldus. 'sed vide quae sit charta. deest mihi Agrippa.'

'quid?'

'oh, nempe rem ignoras – Ranae Socolatae chartas intus habent, tenesne? colligendas – Magas Magosque Celebres. habeo circa quingentos sed neque Agrippam neque Ptolemaeum.'

Harrius Ranam Socolatam detexit et chartam sustulit. faciem ostendit perspicilla semilunaria gerentis cum naso longo et distorto, capillis argenteis et promissis, necnon barba et mystace. sub pictura scriptum est nomen *Albus Dumbledore.*

'itaque *hic* est Dumbledore!' inquit Harrius.

'ne mihi dixeris te nunquam de Dumbldore audivisse!' inquit Ronaldus. 'an licet mihi ranam habere? potest fieri ut mihi Agrippa contingat – gratias tibi ago –'

Harrius, charta inversa, legit:

*Albus Dumbledore, nunc Praeses Scholae Hogvartensis. magus nostrae aetatis maximus, ut fert opinio multorum hominum, Professor Dumbledore praecipue inclaruit ob magum sinistrum Grindelwald anno MCMXLV victum, ob duodecim modos utendi sanguine dracontis inventos, ob studia alchemistica cum socio Nicolas Flamelo suscepta. Professor Dumbledore symphoniacis in camera canentibus et decem conorum ludo fruitur.*

Harrius, charta iterum inversa, miratus est quod vultus Dumbledoris evanuerat.

'abiit!'

'non potes exspectare eum totum diem moraturum esse,' inquit Ronaldus. 'redibit. non ita, iterum habeo Morganam cuius iam sex exempla habeo … an tu chartam vis? potes ipse collectionem incipere.'

oculi Ronaldi ad acervum Ranarum Socolatarum nondum detectarum erraverunt.

'velim tu ipse sumas,' inquit Harrius. 'sed apud Muggles, si scire vis, imagines hominum photographice expressae eodem loco morantur.'

'satin hoc certum est? num dicis eas haudquaquam moveri?' inquit Ronaldus voce plena admirationis. '*rem miram!*'

Harrius Dumbledorem in picturam chartae suae relabentem et sibi paulum subridentem oculis defixis contemplavit. Ronaldus ranas esse malebat quam chartas inspicere Magarum et Magorum Celebrorum, sed Harrius oculos ab eis avertere non poterat. mox non solum Dumbledorem et Morganam habebat, sed etiam Hengistum de Woodcroft, Albericum Grunnionem, Circem, Paracelsum, Merlinumque. denique a druida Cliodna nasum scabente oculos avellit ut saccum aperiret Fabarum Alberti Botti Omnium Saporum.

'fabae illae tibi summa cum cura tractandae sunt,' Ronaldus

Harrium admonuit. 'cum dicunt omnes sapores, id ipsum *significant* – non solum solitos sapores socolatae, menthae piperatae, liquaminis malosinensis, sed etiam spinaciae, iecoris, omenti. Georgius credit se semel fabam edisse mucum sapientem.'

Ronaldus fabam viridem sustulit, accurate inspexit, angulum unum dente momordit.

'vae – viden? saporem habet cauliculorum.'

laetabantur inter se Fabas Omnium Saporum edentes. Harrius adeptus est saporem panis tosti, nucis palmae, fabarum coctarum, fragorum, prandii Indorum, herbarum, cafaei, sardarum, et satis audaciae habebat ut extremam partem momorderit fabae cineraceae a Ronaldo spretae, quae tandem piperata evasit.

rus iam fenestram praetervolans incultius fiebat. arva culta abierant. nunc aderant silvae, flumina obliqua, colles obscuri et viridantes.

ianua loculi pulsata, intravit puer vultu rotundo quem Harrius in crepidine novem cum tribus partibus praeterierat. lacrimosus videbatur.

'obsecro mihi ignoscatis,' inquit, 'sed bufonem usquam vidistis?'

abnuentibus illis, ululavit, 'amisi eum! semper a me aufugit!'

'rursus apparebit,' inquit Harrius.

'ita vero,' inquit puer miser. 'si eum videritis …'

discessit.

'nescio cur tam sollicitus sit,' inquit Ronaldus. 'bufonem si attulissem quam celerrime amittere vellem. Scabbero tamen allato, vix me decet sic loqui.'

rattus in gremio Ronaldi adhuc dormiebat.

'si mortuus esset, nil interesset,' inquit Ronaldus fastidiose. 'heri conatus sum eum in flavum mutare colorem ut mihi magis placeret, sed incantamentum parum processit. en, tibi ostendam …'

vidulum rimatus baculum deformissimum extraxit quod nonnullas cicatrices habebat et aliquid candidi in extrema parte fulgens.

'crinis monocerotis paene extrusus est. attamen –'

baculum modo sustulerat cum ianua loculi iterum lapsu

aperta est. puer bufone carens redierat, sed nunc puella eum comitabatur quae vestes novas Hogvartenses iam induerat.

'an aliquis bufonem vidit? Neville suum amisit,' inquit. vocem habebat arrogantiorem, multum crinium densorum fulvi coloris, dentes priores aliquanto maiores.

'iam negavimus nos eum vidisse,' inquit Ronaldus, sed puella non audiebat, baculum spectabat quod ille manu tenebat.

'an artem magicam exerces? cedo, quaeso, artificium ostende.'

locuta consedit. Ronaldus videbatur stupere.

'hem – sit ita.'

tussim parvulam edidit.

'miteque butyrum bellesque et lumina solis
alloquor et precibus numina vestra colo.
rattum habeo pinguem et stolidum. vultisne colorem
mutare in croceum? numina vestra colam.'

baculum iactavit, sed nihil accidit. Scabbers cinereus manebat et sopitus.

'an certum scis id verum esse incantamentum?' inquit puella. 'at non videtur efficacissimum esse. egomet incantamenta pauca et simplicia temptavi solum ut peritior fiam et res mihi semper bene gesta est. in familia mea nulli fuerunt homines magici. maxime mirata sum epistulam meam nacta, sed scilicet valde gaudebam. nusquam enim exstat schola melior magicae artis, ut audivi – scilicet omnes libros necessarios edidici. spero modo id satis fore – ego sum Hermione Granger, ne quid omittam, dicite mihi nomina vestra.'

haec omnia celerrime dixit.

Harrio Ronaldum contemplanti magno erat solacio quod vultu obstupefacto ostendit se quoque non omnes libros necessarios edidicisse.

'ego sum Ronaldus Vislius,' mussavit Ronaldus.

'Harrius Potter,' inquit Harrius.

'ain tu?' inquit Hermione. 'scilicet omnia de te scio – libros aliquos extraordinarios comparavi ut scientiam legendo augerem, et tu es in *Historia Recens Magicae Artis* et *Ortus atque Occasus Artium Obscurarum* et *Casus Praestigiosi Saeculi Vicesimi*.'

'an verum dicis?' inquit Harrius obstupefactus.

'tene hoc nescire! in locum tuum assumpta ego omnia

cognovissem,' inquit Hermione. 'an alteruter vestrum scit in qua domo futurus sis? quaestione habita, spero me fore inter Gryffindorenses, domus enim illa longe optima esse videtur, audio Dumbledorem ipsum Gryffindorensem fuisse, sed credo domum Ravenclaw non ita malam futuram esse ... melius tamen sit si abeamus bufonem Nevilli quaesitum. vos ambos admoneo ut iam vestes mutetis. spero enim nos mox illuc adventuros esse.'

et discessit, secum ducens puerum bufone carentem.

'quacunque in domo ero, spero eam procul afuturam esse,' inquit Ronaldus. baculum in vidulum reiecit. 'incantamentum stultum – Georgius mihi dedit, sponsionem faciam eum scivisse id inutile esse.'

'in qua domo sunt fratres tui?' rogavit Harrius.

'Gryffindor,' inquit Ronaldus. visus est rursus tristitia opprimi. 'in illa quoque erant Matercula et Paterculus. nescio quid dicturi sint si domus alia mihi assignata sit. non credo domum Ravenclaw *fore* ita malam, sed puta me inter Slytherinos positum.'

'an ea est domus in qua Vol– dicere volebam Quidam fuit?'

'ita vero,' inquit Ronaldus. in sedem relapsus est, tristitiam vultu praeferens.

'arbitror mystaces extremos Scabberi paulo candidiores factos esse,' inquit Harrius, animum Ronaldi a contemplatione domorum avocare conatus. 'at quid faciunt fratres tui natu maximi iam e schola egressi?'

Harrius secum agitabat quid schola relicta faceret magus.

'Carolus in Romania draconibus studet et Gulielmus negotium aliquod in Africa curat sibi ab argentaria Gringotts datum. audivistine de argentaria Gringotts? scriptum est ubique in *Vate Cottidiano*, sed non credo te eum habere apud Muggles – aliquis arcam munitissimam spoliare conatus est.'

Harrius oculos defixit.

'quid ais? quid eis accidit?'

'nihil. haec est causa cur nuntius tanti sit momenti. non capti sunt. pater dicit sine dubio invasionem illam argentariae Gringotts factam esse a Mago Nigro summae potentiae, sed non putant eos quidquam abstulisse, quod mirum est. scilicet omnes timent cum res huius modi accidit ne Quidam sit auctor.'

Harrius hunc nuntium animo volvebat. incipiebat timore angi cum mentio Cuiusdam facta erat. arbitrabatur eam esse partem ineundi in mundum magicum, sed multo facilius fuerat dicere 'Voldemort' animo tranquillo.

'cui turmae faves in ludo Quidditch?' Ronaldus rogavit.

'hem – nullam novi,' Harrius confessus est.

'quid?' Ronaldus visus est stupere. 'mane modo, non est in orbe terrarum ludus melior –' iam coeperat omnia explanare de quattuor follibus et de locis septem lusorum, narrans de certaminibus notis quae cum fratribus frequentaverat et de scoparum manubrio quod dixit se velle emere si satis pecuniae haberet. subtilitates ludi modo Harrio interpretabatur cum ianua loculi rursus lapsu aperta est, sed nunc aderant neque Neville, puer ille bufone carens, neque Hermione Granger.

tres pueri intraverunt quorum medium Harrius statim agnovit: erat puer pallidus cui obviam ierat in vestiario Magistrae Malkin. Harrium multo diligentius contemplabatur quam in Angiportu Diagonio.

'an verum est?' inquit. 'omnes in inferiore parte hamaxostichi dicunt Harrium Potterum esse in hoc loculo. tune igitur ille es?'

'ita vero,' inquit Harrius. pueros ceteros spectabat. ambo erant corpore compacto atque robusto et malignissimi videbantur. latera pueri pallidi claudebant ita ut corporis stipatores esse viderentur.

'oh, hic est Crabbe et hic est Goyle,' obiter inquit puer pallidus, animadvertens quo Harrius spectaret. 'et nomen meum est Malfoy, Draco Malfoy.'

Ronaldus tussim parvam edidit, quae cacchinum celare potuit. Draco Malfoy eum intuitus est.

'an putas nomen meum ridiculum esse? nil opus est rogare quis tu sis. pater mihi dixit omnes Vislios crines rubros habere et lentiginem et liberos plures quam alere possent.'

ad Harrium reversus est.

'mox invenies familias alias magorum multo meliores aliis esse, Potter. te admoneo ne sis familiaris peioribus. hac re tibi auxiliari possum.'

manum porrexit ad Harrium, sed ille manus coniungere noluit.

'puto me ipsum agnoscere posse qui sint peiores. benigne facis,' inquit Harrius frigide.

Draco Malfoy non erubuit, sed genae pallidae roseo tinctae sunt colore.

'te moneo ut caveas, Potter,' inquit lente. 'nisi te paulo comiorem praebueris, eadem patieris ac parentes. illi quoque nesciebant quid sibi profuturum esset. si inter homines infimos, Vislios et Hagridum istum, versatus eris, similis eis fies.'

et Harrius et Ronaldus surrexerunt. vultus Ronaldi non minus erubuerat quam crines.

'itera quod dixisti,' inquit.

'num nobiscum pugnabitis?' inquit Malfoy fastidiens.

'nisi statim abibitis,' inquit Harrius voce forti, pectore autem minus firmo, quod Crabbe et Goyle multo maiores erant quam Ronaldus et ipse.

'sed nobis non placet abire. quid censetis, pueri? nos cibum omnem consumpsimus, vos autem aliquid reliqui habere videmini.'

Goyle manum porrexit ad Ranas Socolatas Ronaldo propinquas – prosiluit Ronaldus, sed priusquam Goylem vel tangeret, ille clamorem horribilem edidit.

rattus ille Scabbers de digito eius pendebat, dentibus parvis et acutis in Goylis condylo immersis – Crabbe et Malfoy pedem rettulerunt, Goyle Scabberum magno cum ululatu circumagente, et cum tandem Scabbers avolavisset et fenestrae incursavisset, tres illi statim evanuerunt. fortasse putabant rattos plures inter bellariola latere, fortasse sonum pedum audiverant quod post secundum, ingressa est Hermione Granger.

'quid *tandem* factum est?' inquit, bellariola passim per solum sparsa aspiciens et Ronaldum cauda comprehensa Scabberum tollentem.

'puto eum exanimatum esse,' Ronaldus Harrio dixit. Scabberum propius inspexit. 'non ita – vix credibile est – rursus obdormivit.'

quod verum erat.

'an prius obviam Malfoni iisti?'

Harrius eum certiorem fecit de congressu in Angiportu Diagonio.

'de familia eius audivi,' inquit Ronaldus ambagibus usus. 'inter primos erant qui ad partes nostras redierunt postquam Quidam evanuit. dixerunt se fascinatos esse. pater id non credit. negat patrem Malfonis causam requisivisse cur ad Partes Nigras secederet.' ad Hermionem versus est. 'quid nos vis facere?'

'melius erit si festinantes vestes induetis, modo ii ad frontem rectorem hamaxostichi consultum et ille dicit nos mox illuc adventuros esse. num pugnavistis? vos in mala incidetis etiam antequam advenimus!'

'Scabbers pugnabat, nos non pugnabamus,' inquit Ronaldus, frontem contrahens. 'an vis abire dum vestem mutamus?'

'sit ita – solum huc ingressa sum quod extra homines se pueriliter gerunt, huc illuc in transitu currentes,' inquit Hermione voce arroganti. 'sciebasne quoque te sordes in naso habere?'

Ronaldus eam discedentem oculis torvis aspexit. Harrius e fenestra prospectabat. tenebrae fiebant. sub caelo purpureo montes silvasque videre poterat. retardare visus est hamaxostichus.

ille et Ronaldus tunicis exutis vestes longas et nigras induerunt. vestes Ronaldi paulo breviores erant ita ut calceos gymnasticos videres extrusos.

per hamaxostichum vox insonuit. 'quinque minutis in stationem Hogvartensem adveniemus. quaesumus impedimenta in hamaxosticho relinquatis ut in scholam separata transferantur.'

anxietate animi et stomachi nausea Harrius laborabat; Ronaldum autem animadvertit sub lentigine pallescere. bellariolis reliquis sinus farserunt et turbae in transitum influenti se addiderunt.

hamaxostichus, celeritate tardata, denique constitit. homines ad ianuam contenderunt et exierunt in crepidinem parvam et tenebrosam. Harrius frigore noctis inhorruit. tum lucerna advenit sursum deorsum supra capita discipulorum mota et vocem notam Harrius audivit: 'primani! primani huc venite! an bene habes, Harri?'

vultus Hagridi magnus et villosus supra capita fluctuantia renidebat.

'agite, me sequimini – pluresne sunt primani? cavete ne cadatis! primani, me sequimini!'

labentes et titubantes, Hagridum secundum tramitem arduum et angustum, ut videbatur, secuti sunt. tantae erant utrimque tenebrae ut Harrius putaret arbores densas ibi adesse. nemo multum locutus est. Neville, puer ille qui semper bufonem amittebat, semel atque iterum de naribus edidit sonum.

'mox primum conspectum scholae Hogvartensis habebitis,' Hagrid respiciens clamavit, 'hic ubi flectit iter.'

maximus erat clamor admirationis.

semita angusta in ripam lacus magni et nigri subito patuerat. in summo monte alto in altera ripa, fenestris in caelo stellato fulgentibus, insidebat castellum ingens multis turribus turriculisque instructum.

'lintres non plus quattuor capiunt!' clamavit Hagrid, classem lintrium parvarum ostendens sedentem in aqua litori propinquam. Harrium et Ronaldum in lintrem secuti sunt Neville et Hermione.

'an omnes conscendistis?' clamavit Hagrid, qui propriam sibi lintrem habebat, 'esto – PROGREDIAMUR!'

et tota classis lintrium simul profecta est, trans lacum tam levem quam vitrum labens. conticuere omnes, intuentes castellum magnum sibi imminens dum ad rupem in qua stabat semper propius vehebantur.

'capita demittite!' clamavit Hagrid ubi lintres primae ad rupem advenerunt; omnes, capitibus demissis, vecti sunt per velum hederae, quod foramen latum in fronte rupis celavit, et secundum cuniculum obscurum quod videbatur eos recta sub castellum ferre, dum ad portum subterraneum nescio cuius generis pervenerunt, qua in saxa et lapillos aegre exierunt.

'heus, te voco! an tuus est hic bufo?' inquit Hagrid, qui lintres, hominibus egredientibus, inspiciebat.

'Trevor!' clamavit Neville laetitiae plenus, manibus porrectis. deinde transitum in rupe factum aegre ascenderunt, lucernam Hagridi secuti, tandem exeuntes in herbas leves et madidas umbra castelli omnino obscuratas.

scalas lapideas ascenderunt et ostio ingenti e quercu facto circumfusi sunt.

'an omnes adestis? heus tu, an adhuc bufonem habes?'

Hagrid, pugno enormi sublato, ter ostium castelli pulsavit.

— CAPUT SEPTIMUM —

# *Petasus Distribuens*

cardine versato ostium statim apertum est. maga grandis capillis nigris, vestibus induta smaragdinis ibi stabat. vultum habebat severissimum et statim Harrio succurrit eam non esse lacessandam.

'adsunt primani, Professor McGonagall,' inquit Hagrid.

'gratias tibi ago, Hagrid. hinc eos abducam.'

ostium illa late patefecit. tantum erat Vestibulum ut in eo totam domum Dursleorum imponere posses. muri lapidei facibus flagrantibus illuminati erant haud aliter ac in argentaria Gringotts, tectum erat altius quam ut pervideretur, adversae eis scalae magnificae e marmore factae ad tabulata superiora ferebant.

Professorem McGonagall trans pavimentum lapidibus stratum secuti sunt. Harrius murmur vocum centenarum a ianua dextera veniens audivit – intellexit discipulos ceteros iam adesse – sed Professor McGonagall primanos in conclave parvum et inane propinquum atrio duxit. influebant, turba solito confertior, animis anxiis circumspectantes.

'vos salvere iubeo in schola Hogvartensi,' inquit Professor McGonagall. 'dapes primae termini mox incipient, sed priusquam in Atrio Magno sedes occupatis, in domos distribuemini. Distributio est caerimonia maximi momenti quod, dum vos hic aderitis, contubernales erunt similes familiae vestrae in schola Hogvartensi. cum contubernalibus magistros audietis, in dormitorio cum contubernalibus dormietis, otium in loco communali cum contubernalibus agetis.

'nomina quattuor domorum sunt Gryffindor, Hufflepuff, Ravenclaw Slytherinque. domus quaeque historiam suam nobilem habet et magas magosque egregios genuit. dum in schola Hogvartensi eritis, triumphis vestris puncta pro domo merebitis, praeceptis autem violandis puncta domestica amittetis. ad finem anni domus quae plurima puncta adepta erit, Poculum Domesticum accipiet, honorem praecipuum. spero unumquemque vestrum famam aucturum esse domus illius quae vobis assignata erit.

'Distributio paucis minutis coram discipulis ceteris fiet. vos admoneo ut cutem quantum possitis curetis dum exspectatis.'

oculi eius in pallio Nevilli, quod sub aure sinistra alligatum est, et in naso inquinato Ronaldi paulisper morati sunt. Harrius trepidans crines planos facere conatus est.

'redibo cum vobis parati erimus,' inquit Professor McGonagall. 'quaesumus sine clamore exspectetis.'

a conclavi discessit. Harrius gluttum fecit.

'quo tandem modo nos inter domos distribuent?' Ronaldum rogavit.

'puto eos de nobis nescio quo modo experimentum facturos esse. Fredericus dixit id multum doloris afferre, sed sententia mea iocabatur.'

ictu horribili mens Harrii concussa est. experimentum illud coram discipulis omnibus timebat. artem enim magicam omnino ignorabat – quid tandem ei faciendum erat? non exspectaverat aliquid huius generis simul ac advenerunt. anxio animo circumspectavit et vidit ceteros quoque perturbatos esse. nemo multum loquebatur nisi Hermione Granger, quae celerrime susurrabat de incantamentis quae plurima didicerat; se nescire quibus opus sibi futurum esset. Harrius aures obstruere conatus est. nunquam magis anxius fuerat, ne tum quidem cum in schola iussus esset domum ad Dursleos referre se aliquo modo capillamentum magistri caeruleo infecisse colore. oculos intentos in ianuam tenebat. iam iam Professor McGonagall reditura erat ut eum ad fatum abduceret.

deinde aliquid accidit quod eum coegit circa pedem sursum salire – complures a tergo stantes ululaverunt.

'pro –?'

et ipse et homines circumstantes anhelaverunt. circa viginti simulacra per murum posticum modo fluxerant. margarito candicantia et paulum translucida, trans conclave lapsa sunt inter se colloquentia et primanos vix aspicientia. visa sunt secum disputare. eidolon simile monacho pingui et brevi dicebat, 'suadeo ut ignoscamus et obliviscamur; occasionem alteram ei dare debemus –'

'Frater carissime, nonne Peevi occasiones omnes quas meruit dedimus? nos omnes infamat nec verum quidem est simulacrum – quid tandem vos omnes hic vultis?'

simulacrum torquem linteum et bracas strictas gerens primanos subito animadverterat.

nemo respondit.

'discipuli novi!' inquit Frater Pinguis, circumspiciens et eis subridens. 'nonne mox disribuemini?'

pauci adnuerunt nihil locuti.

'spero me vos apud Hufflepuffos visurum esse!' inquit Frater. 'illa enim erat domus mea.'

'vos illinc movete,' inquit vox acuta. 'mox incipiet Distributio.'

redierat Professor McGonagall. simulacra diffluxerunt singula per murum adversum.

'nunc, agmine facto,' Professor McGonagall primanos iussit, 'me sequimini.'

mirum in modum oppressus quasi cruribus plumbatis, Harrius, quem Ronaldus subsecutus est, se agmini adiunxit post puerum crinibus rufis, et e conclavi egressi trans vestibulum redierunt et per valvas binas in Atrium Magnum intraverunt.

Harrius locum tam mirum atque splendidum ne unquam quidem imaginatus erat. illuminatus est multis milibus candelarum quae in medio aere supra quattuor mensas pendebant, ubi discipuli ceteri sedebant. hae mensae patinis et poculis auro fulgentibus ornatae sunt. in summo Atrio erat alia mensa longa ubi sedebant doctores. huc Professor McGonagall primanos ita duxit, ut in ordine constiterint discipulis ceteris adversi, doctoribus a tergo instructis. vultus centeni qui eos intuebantur similes erant lucernis pallentibus inter candelas micantes. sparsa inter discipulos, simulacra luce argentea radiabant obscure. praecipue ut omnes oculos illos tam defixos vitaret, Harrius sursum spectavit et tectum lubricum et nigrum stellis aptum vidit.

Hermionem audivit susurrantem, 'fascinatum est ut simile sit caelo externo, id legi in *Scholae Hogvartensis Historia*.'

difficile erat credere ibi tectum aliquod adesse, nec Atrium Magnum apertum caelo esse.

Harrius celeriter oculos iterum demisit ubi Professor McGonagall silentio scamnum quadrupes ante primanos posuit. in summo scamno petasum acutum magi posuit qui erat consutus et tritus et admodum sordidus neque is qui ad domum Materterae Petuniae admitteretur.

fortasse ipsis ex eo cuniculus nescio quo modo extrahandus erat, animo impotenti coniecit, aut aliquid eius generis – ubi animadvertit omnes qui in atrio adessent iam oculos in petasum defixisse, ille quoque in eum oculos defixit. pauca secunda summum erat silentium. tum petasus motum subitum fecit. scissura prope oram accepta haud aliter ac os patuit – et petasus canere coepit:

*discipuli, pulchrum si me non esse putatis,*
*externa specie plus valet ingenium.*
*nam petasus nusquam toto si quaeritis orbe*
*me melior vobis inveniendus erit.*
*lautitias odi: nolo tegmenta rotunda,*
*neve cylindratos tradite mi petasos.*
*Distribuens Petasus vobis Hogvartius adsum*
*cui petasos alios exsuperare datur.*
*Distribuens Petasus scrutatur pectora vestra,*
*quodque videre nequit nil latet in capite.*
*in caput impositus vobis ostendere possum*
*quae sit, vaticanans, optima cuique domus.*
*vos forsan iuvenes Gryffindor habebit alumnos;*
*hanc semper fortes incoluere domum.*
*gens hominum generosa illa est fortisque feroxque;*
*illi nulla potest aequiperare domus.*
*gentibus a iustis et fidis Huffle tenetur*
*Puff. adversa tamen scit domus illa pati.*
*hic homines animisque piis verique tenaces*
*invenietis. erit vestra secunda domus.*
*tertia restat adhuc Ravenclaw nomine dicta;*

*est vetus et sapiens ingeniisque favet.*
*sunt lepus hic hominum cultorum artesque Minervae;*
*discipulos similes hic habitare decet.*
*forsitan in Slytherin veri invenientur amici;*
*improbus es? fallax? haec erit apta domus.*
*ut rata vota habeant scelus omne patrandum est*
*gentibus his; quaerunt nil nisi lucra sua.*
*verticibus iubeo me vos imponere nec non*
*pectoribus firmis rem tolerare velim!*
*'incolumes eritis petasi tutamine,' dicunt,*
*'cum careat manibus, cogitat ille tamen.'*

cum petasus carmen finivisset, omnes qui in Atrio aderant plauserunt, ille quattuor mensas in vicem se inclinando salutavit et tum conticuit.

'itaque solum necesse est ut petasum induamus!' Ronaldus Harrio susurravit. 'Fredericum interficiam de luctando cum trollo locutum.'

Harrius debiliter subrisit. non dubium erat quin petasum induere multo melius esset quam incantamentum facere, sed maluit eum induere e conspectu omnium remotus. petasus admodum multum visus est postulare; illo tempore Harrius sensit se neque fortem esse neque alacrem neque aliquid. si modo petasus mentionem fecisset domus idoneae ad homines aliquid nauseantes, ea Harrio aptissima fuisset.

nunc prodiit Professor McGonagall volumen longum membranae tenens.

'cum nomen tuum pronuntiavero, petaso induto, in scamno sedebis distribuendus,' inquit. 'Abbott, Hannah!'

puella facie rosea et crinibus flavis in formam caudae demissis ex ordine titubavit, petasum supra oculos delapsum induit, consedit. intermissio fuit brevissima –

'HUFFLEPUFF!' clamavit petasus.

ei qui ad mensam dexteram sedebant clamore et plausu Hannam salutaverunt euntem ut cum Hufflepuffis sederet. Harrius simulacrum laetum Fratris Pinguis eam manibus iactandis salutans vidit.

'Bones, Susan!'

'HUFFLEPUFF!' iterum clamavit petasus, et Susan properavit ut iuxta Hannam sederet.

'Boot, Terry!'

'RAVENCLAW!'

nunc ei qui ad mensam secundam a sinistra sedebant plauserunt; nonnulli Ravenclavenses surrexerunt ut manus cum Terrio se sibi adiungente coniungerent.

'Brocklehurst, Mandy' quoque domui Ravenclaw assignata est, sed 'Brown, Lavender' facta est prima Gryffindorensis nova et mensa ultima a sinistra clamoribus resonavit; Harrius potuit videre fratres geminos Ronaldi deridentes.

'Bulstrode, Millicent' tum facta est Slytherina. forsitan Harrius hoc animo fingebat, postquam tot de Slytherinis audivit, sed visi sunt homines iniucundi.

nunc sine dubio nauseare coeperat. electionem turmarum in schola priore meminerat. semper ultimus electus erat, non quia arte careret, sed quod omnes timebant ne Dudley putaret se eum amare.

'Finch-Fletchley, Justin!'

'HUFFLEPUFF!'

Harrius animadvertit petasum aliquando statim domum declarare, aliquando post intervallum aliquod. 'Finnigan, Seamus,' puer ille crinibus rufis, qui in agmine iuxta Harrium steterat, in scamno prope totum minutum prius sedit quam petasus nuntiavit eum esse Gryffindorensem.

'Granger, Hermione!'

Hermione ad scamnum paene cucurrit et petasum alacriter in caput imposuit.

'GRYFFINDOR!' clamavit petasus. ingemuit Ronaldus.

res horribilis Harrio succurrit, quod fieri solet cum anxio es animo. quid si prorsus non electus est? quid si diu sedit oculis petaso opertis dum Professor McGonagall, eo subito motu capiti adempto, nuntiavit errorem factum esse meliusque fore si iterum in hamaxostichum conscenderet?

Neville Longifundus, puer ille qui semper bufonem amittebat, scamno appropinquans decidit. petasus diu cogitavit priusquam domum Nevillo assignavit. ubi tandem 'GRYFFINDOR' clamavit, Neville aufugit capite adhuc tecto, et inter cachinnos ei recurrendum erat ut petasum discipulo proximo 'MacDougal, Morag' traderet.

Malfoy vocatus magnifice incessit et statim voti compos factus est: petasus vix caput tetigerat cum ululavit, 'SLYTHERIN!'

Malfoy iit se amicis suis Crabbe et Goyle adiuncturus, visus sibi admodum contentus.

non multi erant nunc reliqui.

'Moon'...'Nott'...'Parkinson'... tunc geminae puellae, 'Patil' et 'Patil'... tum 'Perks, Sally-Anne'... et tum denique –

'Potter, Harrius!'

dum Harrius progreditur, susurri subito eruperunt passim in atrio similes igniculis sibilantibus.

'an dixit illa *Potter*?'

'Harrius *ille* Potter?'

ubique Harrius homines vidit cervices extendentes ut meliorem ipsius conspectum haberent cum petasus demissus oculos celavit. post secundum partem interiorem nigram petasi spectabat. exspectavit.

'hem,' inquit vox parva in aure. 'difficile. difficillimum. multum virtutis, ut videtur. satis quoque rationis. ingenio abundat, id luce clarius – et studium laudandum habes demonstrandi qualis sis, id est iucundum ... ubi tandem te ponam?'

Harrius marginibus scamni comprehensis putabat, 'non in Slytherinum, non in Slytherinum.'

'an non vis fieri Slytherinus?' inquit vox parva. 'certumne est tibi? tu enim possis fieri magnus, in capite indolem video, et Slytherin te adiuvabit ad maiora nitentem, id non potest dubitari – sed tu non vis? sed, si certum est tibi recusare – melius erit si fies GRYFFINDORENSIS!'

Harrius petasum verbum ultimum Atrio toti exclamantem audivit. petaso exuto pedibus incertis ad mensam Gryffindorensem iit. adeo gaudebat se electum esse neque inter Slytherinos positum ut vix animadverteret se maiore clamore prioribus omnibus exceptum esse. Persius ille Praefectus surrexit et dextram eius vi magna arripuit, gemini autem Vislii clamaverunt, 'Potterum habemus! Potterum habemus!' Harrius considit adversus simulacro torquem linteum gerenti quod antea viderat. simulacrum bracchium eius ita tetigit ut Harrius subito rem horribilem senserit quasi id modo in hama immersisset plena aquae glacialis.

nunc Mensam Superiorem oculis claris videre poterat. in parte Harrio proxima sedit Hagrid, qui oculos eius in se convertit et eum pollice verso salutavit. Harrius respondens subrisit. et ibi, in media Mensa Superiore, in sella magna et aurea, sedebat Albus Dumbledore. Harrius statim eum a charta agnovit quam in hamaxosticho e Rana Socolata extraxerat. praeter simulacra nihil toto Atrio ita splendebat ac crinis argenteus Dumbledoris. Harrius quoque conspexit Professorem Quirrell, iuvenem illum trepidantem cui in Lebete Rimoso obviam ierat. miro erat aspectu mitra indutus magna et purpurea.

et nunc tres modo reliqui erant qui distribuerentur. 'Turpin, Lisa' facta Ravenclavensi, vice functus est Ronaldus. iam viridissimus erat. Harrius sub mensa digitos decussatim posuit et post secundum petasus clamaverat, 'GRYFFINDOR!'

Harrius cum ceteris vehementer plausit ubi Ronaldus in sellam proximam concidit.

'gratulor tibi, Ronalde. euge, perbene!' trans Harrium inquit Persius Vislius magniloquentia usus, dum 'Zabini, Blaise' fit Slytherina. Professor McGonagall, volumine convoluto, Petasum Distribuentem abstulit.

Harrius in patinam suam auream et inanem despexit. iam coeperat sentire quanta fame laboraret. iamdudum, ut videbatur, crustulas illas peponis ederat.

Albus Dumbledore surrexerat. discipulis renidebat bracchiis extensis quasi nil posset ei iucundius esse quam omnes eos ibi videre.

'ineunte anno novo vos salvere iubeo in schola Hogvartensi. priusquam cenamus, pauca verba dicere velim, quae sunt: Caudex! Adeps! Reliquum! Vellicatio!

'gratias vobis ago!'

resedit. omnes plauserunt et clamaverunt. Harrius nesciebat utrum rideret necne.

'an est – insanior?' Persium rogavit incertus.

'insanitne?' inquit Persius magnifice. 'vir est ingeniosissimus! non est toto orbe terrarum magus melior! sed est insanior, fatebor enim. an vis tubera solani, Harri?'

Harrius spectaculum inhiavit. paropsides ante eum positae

iam cibo exstructae sunt. nunquam in una mensa tot viderat quae libenter esset: aderant bubula assa, pulli assi, ofellae suum et agnorum, tomacula, laridum et carnes bovillae, tubera solani elixa, tubera solani assa, globuli solaniani fricti, placenta comitatus Eboracensis, pisa, carotae, ius, condimentum lycopersicorum, nescioque qua causa bellariola menthana.

Durslei nunquam conati erant Harrium, ut ita dicam, fame enecare, sed nunquam ei permissum erat tantum esse quantum libebat. si quid Harrio re vera gratum fuerat id Dudley auferebat, etsi nausea stomacho eius facta est. Harrius patellam portione ciborum omnium exstruxit nisi bellariolis menthanis et esse coepit. nihil erat non omni laude dignum.

'id iucundissimum videtur,' voce tristi inquit simulacrum torquem linteum gerens dum Harrium carnem bovillam secantem contemplatur.

'nonne potes –?'

'paene quingentos annos nihil edi,' inquit simulacrum. 'scilicet non opus est mihi cibo. manet tamen desiderium. num me introduxi? vir egregius Nicholas de Mimsy-Porpington tibi servire vult. sum simulacrum residens in turri Gryffindorensi.'

'scio quis sis!' inquit Ronaldus subito. 'fratres me de te certiorem fecerunt – es Nick Paene Capite Carens!'

'*malim* appellari vir egregius Nicholas de Mimsy –' severe coepit simulacrum, sed rufus ille Seamus Finnegan sermonem interrupit.

'*Paene* Capite Carens? quo modo potes *paene* capite carere?'

vir egregius Nicholas visus est admodum irasci quasi sermunculus eorum haudquaquam ex sententia procederet.

'*ita* fieri potest,' inquit iratus. aurem sinistram arreptam vulsit. caput totum a cervice motum in umerum cecidit quasi cardine verso. manifestum erat aliquem conatum caput eius securi ferire rem male gessisse. aspectu eorum obstupefacto delectari visus, capite in cervicem reiecto, Nick Paene Capite Carens tussim edidit at inquit, 'estis igitur Gryffindorenses novi! spero nos cum auxilio vestro victores hoc anno futuros esse in certaminibus de Principatu Domestico. nunquam antea tantum fuit intervallum ex quo Gryffindor vicit. sex iam continuos annos Slytherini poculum adepti sunt. Baro Cruentus vix tolerandus fit – est ille simulacrum Slytherinum.'

Harrius mensam Slytherinam spectavit et ibi simulacrum horribile sedens vidit oculis vacuis defixis, facie macra, vestibus sanguine argenteo pollutis. proximus erat Malfoni qui, quod Harrius non sine gaudio vidit, ordinationem sedium non nimis amare videbatur.

'quomodo sanguine aspersus est?' rogavit Seamus magno cum studio.

'nunquam rogavi,' urbane inquit Nick Paene Capite Carens.

cum omnes tantum edissent quantum potuerunt, quod cibi superfuit e pateris ita evanuit ut illae non minus purae et mundae quam antea relictae essent. post punctum temporis apparuerunt bellaria. massae gelidae sorbitionis omnium saporum qui animo fingerentur, scriblitae e malis factae, crustula mellaceo condita, lagana turgida socolata, liba transatlantica baccarum conditura conferta, ius Anglicum, fraga, gelatinum, oryza lacte saccharoque condita …

dum Harrius crustulum mellaceo conditum sumit, de familiis colloqui coeperunt.

'partim sum Muggle, partim magus,' inquit Seamus. 'pater est Muggle. non prius mater ei dixit se esse magam ante nupta est. nonnihil attonitus est.'

ceteri riserunt.

'quid tu, Neville?' inquit Ronaldus.

'avia me educavit, quae est maga,' inquit Neville, 'sed diu familia credidit me esse Mugglem. avunculus magnus Algie semper me incautum opprimere conabatur ut imprudens aliquid magicum facerem – semel me de mole Nigri Stagni detrusit, non multum afuit quin submersus essem – sed nihil prius accidit quam octo annos habui. avunculus magnus Algie ad theanam potionem sumendam venit et me e fenestra superiore suspendebat talaria tenens ubi matertera magna Enid ei placentam ovicatam obtulit et ille casu me demisit. ego tamen resilui – iens totum per hortum et in viam. omnes vero gavisi sunt. avia tam laeta erat ut lacrimaret. et vultus eorum videre debuistis ubi huc admissus sum – timebant enim ne non satis magicus essem ut admitterer. avunculus magnus Algie ita gaudebat ut bufonem illum mihi emeret.'

ab altero latere Harrii, Persius Vislius et Hermione de studiis colloquebantur ('*utinam* statim studere incipiamus, tantum enim est discendum, praesertim Transfigurationi studere velim, quae est ars alia in alia mutandi, scilicet dicitur esse difficillima –'; 'a parvo incipies mutans assulas flammiferas in acus et alia huius generis –').

Harrius, qui calidus et somnolentus fiebat, iterum Mensam Superiorem suspexit. Hagrid poculum hauriebat, Professor McGonagall cum Professore Dumbledore loquebatur, Professor Quirrell, mitram illam ridiculam gerens, cum magistro colloquebatur crinibus nigris et unctis, naso unco, colore lurido.

improviso accidit. magister ille naso unco praeter mitram Professoris Quirrell recta in oculos Harrii spectavit – quo facto in fronte Harrii excruciatur et aestuat cicatrix illa.

'vae!' Harrius manum capiti applicuit.

'quid est?' rogavit Persius.

'n-nihil.'

abierat dolor tam cito quam advenerat. difficilius erat augurium in mente inhaerens excutere – magistrum aspectu illo ostendisse se Harrium haudquaquam amare.

'quis est magister ille qui cum Professore Quirrell colloquitur?' Persium rogavit.

'num Professorem Quirrell iam novisti? non mirum si tam anxius videtur. colloquitur enim cum Professore Snape. ille Potiones docet, invitus tamen – omnes enim sciunt eum velle officium Professoris Quirrell usurpare. Artium Obscurarum peritissimus est Snape.'

Harrius Snapem aliquamdiu observavit, sed Snape non iterum eum respexit.

tandem, bellaria quoque evanuerunt et Professor Dumbledore iterum surrexit. in Atrio conticuere omnes.

'hem – vobis cenatis et aquatis pauca insuper dicere velim. ineunte termino nonnulla mihi nuntianda sunt.

'primanos admoneo discipulis omnibus interdictam esse silvam vicinam. et melius sit si nonnulli quoque discipulorum seniorum id meminerint.'

oculos micantes in geminos Vislios Dumbledore direxit.

'a ianitore Domino Filch quoque rogatus sum ut vos omnes

admoneam ne arte magica in transitu ullo inter classes euntes utamini.

'quod ad ludum Quidditch attinet, lusores optimos secunda termini hebdomade quaeremus. quicunque vult partem esse turmae domesticae debet consilium cum Magistra Hooch communicare.

'denique necesse est ut dicam hoc anno transitum tertiae tabulatae in dextera parte omnibus prohibitum esse qui nolint morte gravissima affici.'

Harrius risit, sed non multi alii.

'num serio hoc dixit?' Persio mussavit.

'quidni?' inquit Persius frontem contrahens et Dumbledorem contemplatus. 'mirum est, quod plerumque nobis causam dicit cur aliquo ire vetiti simus – omnes scimus silvam esse plenam bestiis saevissimis. sententia mea, debuit saltem nos Praefectos certiores facere.'

'et nunc, antequam cubitum imus, carmen Hogvartense canamus!' clamavit Dumbledore. Harrius animadvertit risus ceterorum magistrorum rigidiores factos esse.

Dumbledore baculum paulum vibravit quasi muscam ab extremitate abigere conaretur et taenia longa et aurea evolavit, quae supra mensas alte surrexit et se in verba anguis more contorsit.

'suum quisque eligat numerum gratissimum,' inquit Dumbledore, 'et incipiamus!'

et schola fremebat:

*te nostras audire preces, schola cara, iubemus*
*atque docere aliquid discipulos cupidos.*
*sive sumus pueri teneri genibus scabiosis*
*sive coma veteres deficiente sumus,*
*doctrinae studiis animos implere necesse est*
*in quis nunc adsunt pulvis et aura modo*
*muscaeque exanimes. igitur discenda doce nos*
*quodque animo cecidit tu, schola cara, refer!*
*quanta potes fac tu, nam cetera nos faciemus,*
*tabescant animi dum studio nimio.*

alii alias carmen finiverunt. denique, gemini Vislii soli relicti sunt ad lentissimam pompam funebrem canentes. Dumbledore versus ultimos baculo direxit, et cum finivissent, erat inter eos qui vehementissime plauserunt.

'ah, musica,' inquit, oculos detergens. 'haec maiorem habet vim magicam quam quaevis ars nostra. et nunc hora adest somni. discedite!'

primani Gryffindorenses Persium secuti sunt per turbas garrientes, et ex Atrio Magno egressi scalas marmoreas ascenderunt. Harrii crura iterum velut plumbo gravata sunt, sed solum quod tam fessus erat et plenus cibi. somnolentior etiam erat quam ut miraretur imagines pictas hominum in andronibus affixas susurrare et praetereuntes digitis demonstrare, aut Persium ipsos bis ducere per ianuas celatas post tabulas labentes et vela pendentia. scalas plures ascenderunt oscitantes et pedes aegre trahentes, et Harrius modo animo volvebat quantum viae adhuc maneret cum subito constiterunt.

fascis baculorum ambulatoriorum ante eos in medio aere pendebat et ubi Persius gradum ad ea protulit in eum se iacere coeperunt.

'Peeves,' susurravit Persius primanis. 'idolon clamosum.' voce maiore locutus est, 'Peeves, fac te ostendas.'

sonitus magnus et illepidus, similis aeris e folliculo emissi, respondit.

'an vis ut ad Baronem Cruentum eam?'

*stloppus* erat et apparuit homunculus oculis malis et nigris et ore hianti, pendens in aere, poplitibus alternis genibus impositis, bacula ambulatoria complexus.

'oooooooh!' inquit, maligne cacchinans. 'parvuli primani! quot ioca erunt!'

subito in eos devolavit. omnes capita summiserunt.

'abi, Peeves, nisi vis ut Baronem certiorem faciam, non irrita dico!' latravit Persius.

Peeves, lingua extrusa, evanuit, baculis ambulatoriis in caput Nevilli demissis. aufugientem magno cum bombo audiverunt et, dum praeterit, tegumenta ferrea corporis tremefacientem.

'necesse est ut Peevem caveatis,' inquit Persius ubi rursus profecti sunt. 'soli obtemperabit Baroni Cruento, nos Praefectos etiam audire non vult. advenimus.'

ad finem ipsum transitus pendebat imago feminae obesissimae veste rosea et serica indutae.

'quid est signum?' inquit.

'*Caput Draconis*,' inquit Persius, et imago prolapsa est foramen rotundum in pariete ostendens. per quod cum nullo ordine omnes iissent – Nevilli ut ascenderet subveniendum erat – in loco communi Gryffindorensium se invenerunt, conclavi amoeno et rotundo pleno mollium sellarum reclinatoriarum.

Persius puellas per ianuam unam, pueros per alteram ad dormitorium ire iussit. in summis scalis involutis – manifestum erat eos esse in una turrium – lectos quinque sibi paratos tandem invenerunt, quattuor postibus instructos et coccineis velis e velvetto factis ornatos. viduli iam advenerunt. nimis fatigati quam ut multum loquerentur, cubitoriis vestibus induti in lectos ceciderunt.

'nonne optimus est cibus?' Ronaldus Harrio per velamenta mussavit. '*abi*, Scabbers! stragula mordet.'

Harrius Ronaldum rogaturus erat num quid crustuli mellaceo conditi sumpsisset, sed paene statim obdormivit.

fortasse Harrius paulo nimis ederat, quod somnium vidit mirissimum. mitram Professoris Quirrell gerebat, quae semper cum eo loquebatur et eum iubebat statim ad Slytherinos se transferre; illud enim fatum eius esse. Harrius mitrae dixit se nolle inter Slytherinos versari, quae semper gravior fiebat; cum eam avellere conaretur, artior fiebat dolorem magnum afferens – et, ecce, Malfoy aderat eum deridens cum mitra luctantem – tum Malfoy in Snapem, magistrum illum naso unco mutatus est, cuius risus factus est argutus et crudelis – eruptio erat lucis viridis et Harrius experrectus est, sudans et tremens.

conversus iterum obdormivit, et cum postridie experrectus esset, somnium haudquaquam meminerat.

— CAPUT OCTAVUM —

# *Magister Potionum*

'aspice illuc.'

'quo?'

'iuxta puerum procerum crine rutilo.'

'an perspicilla gerit?'

'faciemne vidisti?'

'cicatricemne vidisti?'

postridie simul ac Harrius a dormitorio discessit susurri eum secuti sunt. ei qui extra auditoria in ordine stabant in digitis pedum erecti sunt ut eum aspicerent, aut pedes rettulerunt festinantes ut eum rursus oculis defixis in transitoriis praeterirent. quorum Harrium pigebat quod animum intendere conabatur ad classes inveniendas.

in schola Hogvartensi erant scalae centum quadraginta duae: partim latae et magnificae; partim angustae et instabiles; aliae quae die Veneris alio ferebant; aliae quae in medio gradum evanescentem habebant ut necesse erat meminisse eum tibi transiliendum esse. ianuae quoque erant quae aperiri nolebant nisi comiter rogatae, aut in loco maxime idoneo titillatae, et ianuae quae re vera non erant ianuae, sed muri solidi simulantes se esse ianuas. difficillimum quoque erat meminisse ubi aliquid esset, quod omnia continuo locum mutare videbantur. homines in imaginibus depicti alii semper alios visitabant et Harrius non dubitabat quin tegumenta ferrea corporum se movere possent.

nec simulacra magno erant auxilio. semper horrore afficiebaris cum simulacrum repente per ianuam lapsum est quam aperire conabaris. Nick Paene Capite Carens semper volebat demonstrare quo Gryffindorensibus novis eundum esset, sed Peeves idolon illud clamosum idem valebat ac binae ianuae obseratae et scalae dolosae singulae si ei occurreras tardus ad scholam iens. receptacula abiectaculorum chartaceorum in caput demittebat, tapetia pedibus subtrahebat, frusta cretae in te iaciebat, denique cum clam tibi appropinquavisset, invisibilis, naso arrepto, voce stridula exclamabat, 'HABEO NAREM!'

etiam peior quam Peeves, si quid peius esse poterat, erat ianitor, Argus Filch. iam primo die mane Harrius et Ronaldus eum offenderunt. Filch eos invenit ianuam perfringere conantes quae, ut infeliciter accidit, ad transitum illum vetitum tertii tabulati ferebat. nolebat eis credere dicentibus se erravisse; affirmabat autem se scire eos consulto in eum infringere conari atque minabatur se eos in carcerem inclusurum esse cum liberati sunt a Professore Quirrell, qui praeteribat.

ianitori Filch erat feles nomine Domina Norris, animal macrum colore pulverulento oculisque protrusis et lucentibus haud aliter ac dominus habebat. transitus sola circumibat. si quis coram illa praeceptum violaverat, si delictum vel minimum admiserat, festinabat ad ianitorem arcessendum, qui duobus post secundis apparebat anhelans. nemo transitus occultos scholae melius noverat quam Filch (nisi fortasse gemini Vislii) et omnibus locis tam repente prosilire poterat quam quodvis simulacrum. discipuli omnes eum oderant et multi eorum nil magis volebant quam Dominam Norrem vehementer calce ferire.

et cum tandem auditoria inventa essent, restabant studia ipsa. ars magica, ut Harrius mox intellexit, multo plus postulabat quam baculum vibrare atque dicere verba pauca et mira.

media nocte die Mercurii semper eis caelum nocturnum per telescopia observandum erat et discenda erant nomina stellarum variarum et motus planetarum. ter in hebdomade ad viridaria post castellum sita exierunt ut Herbologiae studerent cum maga pinguiore et parva appellata Professore Caulicula, ubi omnes herbas et fungos novos curare didicerunt et cognoverunt quos usus haberent.

ex omnibus studiis eos maxime taedebat Historiae Artis Magicae, quae sola a simulacro docta est. Professor Binns iam antiquissimus fuerat cum ante focum conclavis magistrorum obdormivit et postridie mane docturus surrexit, corpus suum relinquens. Binns sine intervallo mussabat dum nomina et rerum gestarum ordinem neglegenter scribebant et Emericum illum Improbum cum Urico illo Ridiculo confundebant.

Professor Flitvicus, doctor Carminum Magicorum, erat magus minimae staturae qui in acervo librorum stare debebat ut supra pulpitum prospiceret. ineunte prima classe, ubi nomina discipulorum in album referens ad Harrium pervenit, tantam habebat animi commotionem ut stridore edito e conspectu lapsus sit.

dissimilis eis erat Professor McGonagall. haudquaquam erraverat Harrius ratus eam esse magistram non lacessendam. severa et docta, verba gravia apud eos fecit simulac in prima classe eius consederunt.

'vix ulla pars artis magicae quam in schola Hogvartensi discetis est Transfiguratione difficilior et magis periculosa,' inquit. 'si quis in classe mea perturbationem fecerit, discedet neque redibit. admoniti estis.'

tum pulpito in suem mutato, rursus suem in pulpitum mutavit. quod mentes omnium ita permovit ut sperarent statim se ipsos rem temptaturos esse, sed mox senserunt sibi diu exspectandum fore priusquam supellectilem in animalia mutarent. cum multa et difficilia enotavissent, suam quisque accepit assulam flammiferam quam in acum mutare conabatur. ad finem classis, sola Hermione Granger vel minime assulam suam flammiferam mutaverat; Professor McGonagall classi demonstravit quomodo illa omnis argentea et acuta facta esset et Hermioni subrisit, quod perraro accidit.

classis Professoris Quirrell, Defensio Contra Artes Obscuras, ab omnibus praecipue exspectata subridicula evenit. auditorium alium obolebat, quo omnes dicebant eum uti ut monstrum sanguisugum arceret cui in Romania obviam iisset et quem timeret ne aliquando regressus se opprimeret. mitra, ut eis narravit, ei a principe Africano data erat gratias agente ob zombium molestum remotum, sed nesciebant an huic fabulae crederent. primum enim cum Seamus Finnigan studiose rogavisset ut audiret quomodo Quirrell zombium arcuisset, ille erubuit et de tempestate dicere coepit; deinde animadverterunt odorem insolitum circa mitram versari, et gemini Vislii affirmabant eam quoque alio confertum esse, ut Quirrell defenderetur quocunque iret.

Harrio magno erat solamini cognoscere se non longe a ceteris relictum esse. multi a familiis Mugglium orti, sicut ipse, omnino nesciverant se magas magosque esse. tantum erat discendum ut ne homines quidem similes Ronaldi ab initio multo superiores essent.

dies Veneris erat magni momenti Harrio et Ronaldo. tandem ad Atrium Magnum descenderunt ut ientaculum sumerent nec semel deerraverunt.

'quid hodie habemus?' Harrius Ronaldum rogavit, saccharum in farinam avenaceam fundens.

'Potiones duplices cum Slytherinis,' inquit Ronaldus. 'Snape Slytherinis praesidet. dicunt eum illis semper favere – poterimus videre num vera dicant.'

'utinam McGonagall nobis faveat,' inquit Harrius. Professor McGonagall Gryffindorensibus praesidebat, quod pridie non eam prohibuerat permulta pensa eis imponere.

tum ipsum, epistulae redditae sunt; quod iam usitatum erat Harrio, sed primo die mane eum aliquid perturbaverat cum subito hora ientaculi circa centum striges in Atrium Magnum influxerunt mensas circumvolantes dominos quaerentes epistulasque et fasciculos in gremia eorum demittentes.

Hedvig nihil adhuc Harrio reddiderat. interdum involabat ut aurem eius arroderet et frustum panis tosti sumeret priusquam cubitum in strigarium iit cum ceteris strigibus scholasticis. mane huius diei, tamen, inter liquamen malosinense et vas sacchari devolavit et litterulas in patellam Harri demisit quas ille statim scindendo aperuit.

> *Hagrid salutem dicit Harrio* (scriptum est litteris valde incomptis).
>
> *scio te die Veneris post meridiem otiosum esse. itaque rogo ut apud me circa tertia hora theanam potionem sumas, velim audire quid hebdomade prima feceris. remitte Hedvigam cum responso. vale.*

Harrius pennam Ronaldi mutuatus scripsit festinans '*mihi placet, mox igitur te revisam*' in litterulis aversis et Hedvigam iterum dimisit.

fortunate evenit ut Harrius exspectaret se cum Hagrido theanam potionem sumpturum esse quod, ut accidit, adhuc nihil peius quam horam Potionum passus erat.

in primis dapibus termini, Harrio succurrerat Professorem Snapem se non amare. ad finem primae horae Potionum sciebat se erravisse. nam Snape non eum non amabat – eum *oderat.*

Potiones deorsum in uno carcerum discebant. hic maius erat frigus quam sursum in castello ipso et satis horribilis fuisset locus etsi caruisset animalibus muria conditis ubique circum muros in vasibus vitreis pendentibus.

Snape, sicut Flitvicus, ineunte classe nomina in album referebat et, sicut Flitvicus, constitit ubi ad nomen Harrii pervenit.

'ita vero,' inquit voce summissa, 'Harrius Potter. advena noster – *celeberrimus.*'

Draco Malfoy et amici Crabbe et Goyle cacchinaverunt manibus celati. Snape nomina cetera in album rettulit et classem suspexit. oculi eius erant nigri sicut Hagridi, nec tamen eandem habebant humanitatem. nam frigidi erant et inanes ut de cuniculis tenebricosis putares.

'hic adestis ut scientiam subtilem et artem exquisitam potionum faciendarum discatis,' coepit. voce vix maiore quam susurra loquebatur, sed verba omnia excipiebant – sicut Professor McGonagall, Snape ita ingenio valebat ut facile posset discipulorum silentium servare. 'cum plerumque abhorreamus a stulta ista vibratione baculorum, multi vestrum vix credent hanc esse partem artis magicae. equidem haud spero vos re vera intellecturos esse quam pulcher sit lebes lente fervens et fumos tremulos exhalans aut quam delicati et potentes sint liquores illi qui serpant per venas hominum, fascinantes animum, sensus illicientes … vos docere possum quomodo fama in ampullas infundatur, quomodo gloria coquatur, quomodo mors etiam condatur – nisi vos tales estis caudices quales mihi plerumque docendi sunt.'

plus silentii hanc oratiunculam secutum est. Harrius et Ronaldus oculos alter in alterius vultum coniciebant superciliis sublatis. Hermione Granger in extrema sella sedebat et videbatur magnam habere cupiditatem continuo demonstrandi se non esse caudicem.

'Potter!' inquit Snape subito. 'quid habeam si radicem asphodeli in pulverem contritam infusioni absinthi addam?'

*radicem cuius rei in pulverem contritam infusioni cuius rei?* Harrius oculos in Ronaldum coniciebat qui non minus quam ipse videbatur stupere; manus Hermionis festinans in aera sublata erat.

'nescio, domine,' inquit Harrius.

Snape labra contorsit contemnens.

'eheu – sunt igitur alia praeter famam.'

simulabat se non videre manum Hermionis.

'rem aliam experiamur. Potter, si te lapidem bezoardicum mihi invenire iubeam, quo loco eum quaeras?'

Hermione, si altius manum porrexisset, sellam reliquisset, sed Harrius omnino nesciebat quid esset lapis bezoardicus. oculos a Malfone, Crabbe, Goyle, qui risu quatiebantur, avertere conatus est.

'nescio, domine.'

'an putabas te librum non aperturum esse priusquam huc advenires, Potter?'

Harrius in oculos illos frigidos se recta intueri coegit. *scilicet* libros suos apud Dursleos perspexerat, sed Snape videbatur exspectare eum omnia recordaturum esse quae in *Mille Magicae Herbae et Fungi* scripta essent.

Snape manum trementem Hermionis adhuc ignorabat.

'quid interest, Potter, inter napellum et lycoctonum?'

quo audito, surrexit Hermione, manu ad tectum carceris porrecta.

'nescio,' inquit Harrius voce summissa. 'puto tamen Hermionem id scire, cur non eam rogas?'

nonnulli riserunt; Harrius oculos Seami in se convertit et Seamus nictavit. Snape, tamen, stomachabatur.

'conside,' iratus Hermionem iussit. 'ut certior fias, Potter, asphodelus et absinthium soporem tam potentem faciunt ut appelletur Haustus Mortis Viventis. lapis bezoardicus stomacho capri ablatus venena plurima arcebit. quod attinet ad napellum et lycoctonum, sunt herba eadem quae quoque appellatur aconitum. quid? cur non omnes id describitis?'

subito magno cum strepitu quaerebantur pennae et

membrana. cui sono obstrepens, Snape inquit, 'et ob impudentiam tuam, Potter, punctum Gryffindorensibus auferetur.'

nec res meliores Gryffindorensibus per horam Potionibus deditam fiebant. Snape eos omnes in paria divisos potionem simplicem miscere iussit quae furunculos sanaret. pallio longo et nigro vestitus circumibat festinans, eos spectans urticas siccatas pendentes et dentes anguium conterentes, paene omnes vituperans praeter Malfonem, quem amare videbatur. omnes admirari iubebat cochleas cornigeras optime ab illo elixas cum nubes fumi viridis et aciduli et sibilus magnus carcerem impleverunt. nescio quo modo Neville lebetem Seami ita liquefecerat ut facta esset massa contorta et potio eorum trans pavimentum lapideum manabat, urens et pungens calceos hominum. paucis secundis, classis tota in scamnis stabat, Neville autem, qui lebete collapso potione madefactus erat, prae dolore ululabat dum passim per bracchia et crura erumpebant furunculi rubidi et inflammati.

'puer stultissime!' inquit Snape ganniens et potionem effusam baculo semel vibrando detergens. 'nonne spinas hystricis addidisti priusquam lebetem ab igne removisti?'

Neville vagiebat furunculis ubique per nasum erumpentibus.

'deduc eum in alam valetudinariam,' Snape Seamo praecepit furibundus. deinde Harrium et Ronaldum, qui iuxta Nevillem laboraverant, adortus est.

'tu – Potter – cur tu non eum vetuisti addere spinas? scilicet putabas te meliorem visurum esse discipulum si ille erravisset! punctum aliud iam Gryffindorensibus amisisti.'

quod tam iniquum erat ut Harrius os diduxit rem disputaturus, sed post lebetem Ronaldus eum calce petivit.

'cave ne nimium audeas,' mussavit. 'audivi Snapem posse malignissimum fieri.'

cum gradus e carcere ferentes post horam ascenderent, Harrius animo erat demisso et multa secum volvebat: prima hebdomade se duo iam puncta Gryffindorensibus amisisse – *cur* Snapem se tantum odisse?

'bono sis animo,' inquit Ronaldus. 'Snape semper puncta Frederico et Georgio adimit. an licet mihi tecum Hagridum visere?'

quinque minutis ante tertiam a castello discesserunt et campos transierunt. Hagrid in casula lignea in margine Silvae Interdictae habitabat. extra ianuam anticam erant manuballista et par cumminosorum calceamentorum.

cum Harrius ianuam pulsavisset, ab interiore parte sonitum pedum scabentium et latratus nonnullos bombientes audiverunt. tum insonuit vox Hagridi, dicens, '*pedem refer*, Dentate – *pedem refer.*'

vultus magnus et barbatus Hagridi ianuam aperientis in rima apparuit.

'manetedum,' inquit. '*pedem refer,* Dentate.'

admisit eos, nisus ut collum Molossici canis nigri et ingentis teneret.

intus erat solum conclave unum. de tecto pendebant pernae et phasiani, olla aenea in foco fervebat, in angulo stabat lectum ingens panniculis consutis stratum.

'domus mea vobis patet,' inquit Hagrid, Dentatum liberans, qui recta in Ronaldum ruit et aures eius lambere coepit. manifestum erat Dentatum, sicut Hagridum, minus ferocem esse quam videbatur.

'hic est Ronaldus,' Harrius Hagrido dixit, qui aquam ferventem in vas amplum theae decoquendae fundebat et liba dura in pateram ponebat.

'nonne es Vislius alius?' inquit Hagrid, lentiginem Ronaldi aspiciens. 'dimidium vitae degi fratres tuos geminos a Silva abigens.'

liba dura dentes paene fregerunt, sed Harrius et Ronaldus simulabant se ea amare dum Hagridum de classibus primis certiorem faciebant. Dentatus capite in genu Harrii innisus vestes eius sputo madefaciebat.

Harrius et Ronaldus gaudebant quod Hagridum audiverunt appellantem ianitorem Filch 'seniculus iste'.

'et quod ad felem istam, Dominam Norrem, attinet, velim ut aliquando in Dentati notitiam adveniat. quotiens enim ad scholam ivi, ubique me sequitur. non possum eam excutere – Filch eam instigat.'

cum Harrius Hagridum de classe Snapis certiorem fecisset, ille, sicut Ronaldus, eum admonuit ne re sollicitaretur; Snapem vix quemquam discipulorum amare.

'sed videbatur me re vera *odisse.*'

'nugas!' inquit Hagrid. 'num causam habet?'

sed nescio quo modo Harrius sentiebat Hagridum se non oculis omnino rectis aspicere haec loquentem.

'an valet frater Carolus?' Hagrid Ronaldum rogavit. 'multum eum amabam – tam bene animalium mores noverat.'

Harrius nesciebat an Hagrid consulto de re alia loqui coepisset. dum Ronaldus Hagridum docet de draconum studiis a Carolo susceptis, Harrius chartam in mensa sub tegmine vasis theae iacentem sustulit. segmentum erat *Vatis Cottidiani*:

*NOVISSIMA DE IRRUPTIONE IN ARGENTARIAM GRINGOTTS*

*quaestio adhuc habetur de irruptione in argentariam Gringotts pridie Kalendas Augustas facta, quam plerique credunt opus fuisse nigrorum magorum aut magarum, hominum ignotorum.*

*daemones argentariae Gringotts hodie affirmaverunt nihil ablatum esse. camera explorata re vera eodem die vacuefacta erat.*

*'sed vobis non dicemus quid intus fuerit, itaque si sapitis rei vos non immiscebitis,' hodie post meridiem inquit daemon locutus pro argentaria Gringotts.*

Harrius meminerat Ronaldum sibi in hamaxosticho dixisse aliquem argentariam Gringotts spoliare conatum esse, sed Ronaldus diem non dixerat.

'Hagrid!' inquit Harrius. 'irruptio illa in argentariam Gringotts die natali meo facta est! potest fieri ut facta sit dum adsumus!'

non dubium erat quin nunc potissimum Hagrid oculos Harrii vitaret. grundivit et alium libum durum ei obtulit. Harrius fabulam iterum legit. *camera explorata re vera prius eodem die vacuefacta erat.* Hagrid cameram DCCXIII vacuefecerat, si amovere fasciculam illam sordidam idem erat ac cameram vacuefacere. an illam fures petiverant?

dum Harrius et Ronaldus ad castellum cenaturi redeunt, vestibus oneratis libis duris quae humanitatis causa recusare noluerant, Harrius putabat nullum studium adhuc animum magis ad cogitationem adduxisse quam theanam potionem cum

Hagrido sumptam. an Hagrid fasciculam illam opportunissime collegerat? ubi nunc erat? an Hagrid aliquid de Snape sciebat quod Harrio dicere nolebat?

— CAPUT NONUM —

# Singulare Certamen Mediae Noctis

Harrius nunquam crediderat se puero obviam iturum esse quem magis odisset quam Dudleum, sed id erat priusquam Draconem Malfonem noverat. nihilominus, primani Gryffindorensium solum Potionibus cum Slytherinis studebant ut non saepe tolerandus esset Malfoy. saltem, non saepe tolerandus erat priusquam libellum in loco communali Gryffindorensium infixum viderunt; quo viso omnes ingemuerunt. nam die Iovis artem volandi discere incepturi erant – et Gryffindorenses et Slytherini futuri erant condiscipuli.

'sic fere fit,' inquit Harrius animo demisso. 'id est quod semper volui. me ridiculum facere in scoparum manubrio coram Malfone.'

nihil cupidius exspectaverat quam artem volandi discere.

'non pro certo habes te ridiculum factum iri,' Ronaldus non sine ratione inquit. 'scio Malfonem semper iactare se peritissimum esse ludi Quidditch, sed sponsionem faciam eam esse iactationem modo verborum.'

certe Malfoy multum de volando loquebatur. voce magna querebatur quod primani nunquam in turmas domesticas admittebantur et fabulas longas et iactantes narrabat quarum in fine ipse semper videbatur aegerrime effugere a Mugglibus helicopteris usis. neque solus erat Malfoy: e sermone Seami Finnigan crederes eum partem maximam pueritiae egisse circum rus in scoparum manubrio celerrime volitantem. etiam Ronaldus, si quis audire volebat, narrabat quomodo vectus in vetere scoparum manubrio Caroli cum anemoplano paene conflixisset.

omnes a familiis magicis orti sine fine de ludo Quidditch loquebantur. Ronaldus iam vehementer cum Decano Thomas, qui eodem dormitorio utebatur, de ludo follis pedumque rixatus erat. Ronaldus non intellegebat quo modo ludus homines stimularet in quo folle modo uno uterentur nec cuiquam volare liceret. Harrius Ronaldum oppresserat fodicantem picturam Decani quae catervam Viculi Occidentalis ostendebat, conantem lusoribus persuadere ut se moverent.

Neville tota vita nunquam in scoparum manubrio sederat quod avia nunquam ei permiserat ad manubrium appropinquare. privatim, Harrius sensit eam non sine causa hoc fecisse, quod Neville iniurias mirum quam multas patiebatur etiamsi pedem utrumque in terra habebat.

Hermione Granger vix minus anxia de volatu erat quam Neville. hic enim non erat e libro ediscendus – quamquam id temptaverat. hora ientaculi die Iovis omnes fatigabat praeceptis volandi recitandis quae invenerat in libro bibliothecae nomine *Ludus Quidditch per Saecula.* Neville ab ore loquentis pendebat, auxilium quodlibet quaerens quo usus postea in scoparum manubrio haereret, sed ceteri omnes maxime gaudebant cum sermo Hermionis adventu cursus publici interruptus est.

Harrius ne unam quidem epistulam habuerat post litterulas ex Hagrido acceptas, quod Malfoy – nec mirum – celeriter animadverterat. bubo Malfonis semper ad eum fasciculos bellariolorum domo afferebat quos oculos pascens in mensa Slytherinorum aperiebat.

strix horrearia ad Nevillem fasciculum parvum ab avia missum attulit. quem cum excitatus aperuisset, globum vitreum eis demonstravit instar magnae pilae e marmore factae, qui plenus fumi albi videbatur.

'est Omnimemor!' explicuit. 'avia scit me res oblivisci – Omnimemor te admonet si quid oblitus es. aspicite, arte tenendus est sic et si rubescit oh …' vultum demisit quod Omnimemor subito coccino fulserat colore, '… tu aliquid oblitus es …'

Neville meminisse conabatur quid oblitus esset cum Draco Malfoy, qui mensam Gryffindorensem praeteribat, Omnimemorem e manu eripuit.

Harrius et Ronaldus saltu surrexerunt. spem nonnullam habebant causam inveniendi cur cum Malfone pugnarent, sed Professor McGonagall, quae tumultum celerius magistris omnibus scholae praevenire poterat, aderat statim.

'quid est?'

'Malfoy Omnimemorem meum habet, Professor.'

frontem contrahens, Malfoy celeriter Omnimemorem iterum in mensam demisit.

'modo eum inspiciebam,' inquit, et lente discessit Crabbe et Goyle pone sequentibus.

*

tertia hora et dimidia post meridiem illius diei, Harrius et Ronaldus cum ceteris Gryffindorensibus gradus priores in campos descenderunt festinantes ut volatum discere inciperent. caelum erat serenum et ventosum et herba undabat sub pedibus contendentium per prata declivia ad pratum situm in parte camporum aversa a Silva Interdicta, cuius arbores longinquae obscure agitabantur.

Slytherini iam aderant, et quoque viginti scoparum manubria quae recte ordinata humi iacebant. Harrius Fredericum et Georgium Vislios de manubriis scoparum scholasticis querentes audiverat: alia coepisse vibrare si altius volares, alia semper cursum paulum ad sinistram flectere.

praeceptrix, Magistra Hooch, advenit. capillos habebat breves et canos oculosque flavos sicut accipiter.

'quid igitur vos omnes exspectatis?' latravit. 'suo adstet quisque scoparum manubrio. agitedum, festinate.'

Harrius in manubrium scoparum despexit, quod vetus erat cum virgis nonnullis temere prominentibus.

'extendite dextram supra scoparum manubrium,' clamavit Magistra Hooch a fronte, 'et dicite, "surge!" '

'SURGE!' clamaverunt omnes.

manubrium scoparum Harrii in manum statim saluit, sed pauca ceterorum imperata fecerunt. id Hermionis Granger humi modo revolutum erat neque id Nevillis omnino se moverat. Harrius nesciebat an manubria scoparum, sicut equi, timorem hominum sentire possent; vox Nevillis ita tremebat ut satis liqueret eum velle pedes in terra retinere.

deinde Magistra Hooch eis demonstravit quomodo manubria scoparum conscendere deberent ita ut non ab extrema parte delaberentur, et huc illuc per ordines ibat movens manus eorum ut melius manubria scoparum tenerent. Harrius et Ronaldus gaudebant cum dixit Malfoni eum multos iam annos ratione prava uti.

'cum sibilo signum dedero, vos humo extrudite impetu pedis,' inquit Magistra Hooch. 'manubria scoparum stabilite, pedes paucos surgite, deinde recta descendite paulum in frontem inclinando. sibilo audito – tres – duo –'

sed Neville, anxius et tremulus et veritus ne humi relinqueretur, se impetu pedis extrusit priusquam fistula sibila labra Magistrae Hooch tetigit.

'redi, puer!' clamavit, sed Neville recta surgebat sicut cortex e lagoena expulsa – duodecim pedes – viginti pedes. Harrius vultum eius trepidum et pallentem vidit despicientem humum recidentem, eum vidit anhelantem, de scoparum manubrio in obliquum labentem et –

WHAM – vastus sonitus auditus est et crepitus iniucundus et Neville iacebat, pronus, in herba collapsus. scoparum manubrium eius semper altius surgebat et segniter ad Silvam Interdictam et e conspectu labebatur.

Magistra Hooch Nevilli incumbens vultum non minus pallidum quam ille habebat.

'carpus est fractus,' Harrius eam audivit mussantem. 'agedum puer – bene habet, surgendum est tibi.'

versa est ad ceteros discipulos.

'nemo vestrum debet moveri me hunc puerum ad alam valetudinariam ducente! si manubria illa scoparum loco moveritis, e schola Hogvartensi expellemini priusquam "Quidditch" dicere potestis. agedum, carissime.'

Neville, vultu madente, carpum amplexus, abiit claudicans cum Magistra Hooch, quae eum bracchio sustentabat.

simul ac illi tantum aberant ut voces audire non possent, Malfoy cachinnum sustulit.

'an vultum hominis illius obesissimi vidistis?'

ceteri Slytherini quoque ridebant.

'tace, Malfoy,' inquit Parvati Patil acriter.

'ooh, num Longifundo faves?' inquit Pansy Parkinson, Slytherina facie dura. 'nunquam crediderim *te* amare infantes parvulos et lacrimosos, Parvati.'

'ecce!' inquit Malfoy, prosiliens et aliquid ex herba rapiens. 'est res stulta illa Longifundo ab avia missa.'

Omnimemor sole fulgebat ab illo sublatus.

'huc illud redde, Malfoy,' inquit Harrius voce summissa. conticuere omnes rem spectaturi.

Malfoy subrisit maligne.

'nescio an id alicubi relinquam ubi Longifundo colligendum sit – fortasse – in arbore.'

'*huc* illud redde!' Harrius clamavit, sed Malfoy in scoparum manubrium insiluerat et volare coeperat. neque mentitus erat, re vera bene volare *poterat* – pendens aequus summis ramis quercus clamavit, 'huc veni si vis id capere, Potter!'

Harrius manubrium scoparum rapuit.

'*non ita!*' clamavit Hermione Granger. 'Magistra Hooch nos vetuit moveri – nobis omnibus mala inferes.'

Harrius eam ignoravit. in auribus sentiebat pulsum sanguinis. scoparum manubrium conscendit, se humo impetu forti pedis extrusit, sursumque semper sursum surrexit, aere per capillos ruente et vestibus a tergo subito extensis – et laetitiae impotens sensit se aliquid invenisse quod indoctus facere posset – hoc esse facile, hoc esse *mirum*. frontem scoparum manubrii paulum sustulit ut etiam altius iret et ululatus et anhelitus puellarum humi relictarum et clamorem laetum Ronaldi admirantis audivit.

repente cursum manubrii scoparum mutavit ut in medio aere Malfoni obviam iret. Malfoy stupere videbatur.

'nisi id huc reddideris,' Harrius clamavit, 'te de manubrio scoparum excutiam!'

'quid ais?' inquit Malfoy, verba eius contemnere conatus, sed anxietatem vultu praeferens.

Harrius, nescio quo modo, sciebat quid faciendum esset. procumbens manu utraque scoparum manubrium arte complexus est quod ad Malfonem sicut pilum volavit. Malfoy id aegerrime in ipso tempore vitavit; Harrius repente circumactus scoparum manubrium stabilivit. in terra pauci homines plaudebant.

'nec Crabbe nec Goyle huc ascenderunt cervicem tuam servaturi, Malfoy,' clamavit Harrius.

quod Malfoni quoque succurrisse videbatur.

'itaque id cape si potes!' clamavit, et globo vitreo alte in aera iacto celeriter avolavit ad terram rediturus.

Harrius globum, quasi lente se moventem, surgentem in aera et tum cadere incipientem vidit. procumbens scoparum manubrium deorsum direxit – post secundum praeceps accelerabat, cum globo certans – ventus in auribus sibilabat, immixtus spectantium clamoribus – manum porrexit – pedem unum a terra distantem eum cepit, in ipso tempore ut scoparum manubrii cursum corrigere posset, et leniter in herbam collapsus est Omnimemorem tutum in pugno tenens.

'HARRI POTTER!'

animi demissio celerior erat quam praecipitatio recens. Professor McGonagall ad eos currebat. Harrius surrexit, tremescens.

'*nunquam* – tot annis in schola Hogvartensi actis –'

Professor McGonagall ita stupebat ut vix loqui posset, et perspicilla furiose splendebant, '– quam *audax* eras – poteras cervicem frangere –'

'non erat culpa eius, Professor –'

'tace, Dominula Patil –'

'sed Malfoy –'

'*satis* dixisti, Domine Visli. Potter, me sequere, statim.'

Harrius discedens vultus triumphantes Malfonis, Crabbis, Goylisque conspexit, dum torpens Professorem McGonagall sequitur ad castellum progredientem. pro certo habebat se expulsum iri. volebat aliquid dicere causam sibi orans, sed nescio quo modo vox deficiebat. Professor McGonagall celeri incedebat gradu neque eum aspiciebat quidem; paene ei currendum erat ut cursum aequaret. intellexit se, re male gesta, ne suffecisse quidem ad duas hebdomadas; se decem minutis sarcinulas alligaturum esse; quid Dursleos dicturos esse cum in limine appareret?

gradus priores, scalas marmoreas in interiore parte ascenderunt, neque semel Professor McGonagall eum allocuta est. ianuas vi magna arreptas aperuit et per transitus contendit Harrio miserabiliter a tergo festinante. fortasse eum ad Dumbledorem ducebat. Hagridum meminerat, cui expulso licebat manere officio saltuarii fungenti. nesciebat an sibi permissuri essent fieri Hagridi adiutori. nauseabundus imaginabatur Ronaldum et ceteros magos fieri; se autem spectare eos dum campos graviter circumit, saccum Hagridi ferens.

Professor McGonagall extra auditorium quoddam constitit. ianua aperta, caput intus inseruit.

'obsecro mihi ignoscas, Professor Flitvice. an licet mihi punctum temporis Silvium mutuari?'

Harrius haerebat, nescius quid esset Silvius; an esset ferula qua vapulaturus esset?

sed Silvius evasit homo, quintanus et robustus, qui e classe Professoris Flitvici egressus est vultu perturbato.

'vos ambo, me sequimini,' inquit Professor McGonagall, et longius adverso transitu contenderunt, Silvio Harrium curiose aspiciente.

'huc intrate.'

Professor McGonagall eos in auditorium direxit in quo nihil erat nisi Peeves, qui occupatus erat in scribendis verbis rudibus in tabula nigra.

'exi foras, Peeves!' latravit. Peeves cretam in receptaculum magno cum clangore iecit et elapsus est exsecrationes edens. eo egresso Professor McGonagall magno cum fragore ianuam clausit et se ad pueros duos vertit.

'Potter, hic est Oliver Silvius … Silvi – tibi Petitorem inveni.'

Silvius, dubitatione omissa, iam gaudium prae se ferebat.

'an serio dicis, Professor?'

'ita vero,' inquit Professor McGonagall voce firma. 'ingenio valet puer. nunquam eius similem vidi. an prius in scoparum manubrio fuisti, Potter?'

Harrius abnuit nihil locutus. omnino nesciebat quid fieret, sed non videbatur expelli, et aliquid sensus in crura redibat.

'rem illam manu cepit quinquaginta pedes in praeceps lapsus,' Professor McGonagall Silvio dixit. 'sese ne rasit quidem. Carolus Vislius non id facere potuit.'

Silvius nunc vultum habebat eius cui vota omnia simul rata fuissent.

'an unquam ludum Quidditch vidisti, Potter?' rogavit animo concitato.

'Silvius turmae Gryffindorensi praeest,' explicuit Professor McGonagall.

'formam quoque idoneam Petitoris habet,' inquit Silvius, Harrium nunc circumiens et oculis defixis intuens. 'levis est et celer – debebimus curare ut bonum habeat scoparum manubrium, Professor – Nimbum MM aut Purgatorem VII, ut mihi videtur.'

'loquar cum Professore Dumbledore si forte lex illa primanorum flecti possit. pro deum fidem! turma meliore nobis opus est quam proximo anno. in ultimo certamine a Slytherinis *contriti* sumus. multas hebdomadas oculos rectos in vultum Severi Snapis conicere non poteram …'

Professor McGonagall oculis severis Harrium supra perspicilla contemplata est.

'velim audire te strenue exerceri, aut potest fieri ut sententiam de poena de te sumenda mutem.'

tum subito subrisit.

'pater tuus animo elatus fuisset,' inquit. 'erat ipse lusor optimus ludi Quidditch.'

*

'tu *iocaris*.'

tempus erat cenae. Harrius modo Ronaldo dixerat quid accidisset cum a campis cum Professore McGonagall discessisset. Ronaldus frustum crustuli carnis-bovillae-et-renium ad os admoverat, sed id omnino oblitus erat.

'*Petitor?*' inquit. 'sed primani *nunquam* – debes esse lusor natu minimus in certamine domestico plus minus –'

'– centum annis,' inquit Harrius, os crustulo saginans. post miracula pomeridiani temporis praeter solitum esuriebat. 'Silvius id mihi dixit.'

Ronaldus ita obstupefactus, ita commotus erat ut sederet modo, ore hianti Harrium aspiciens.

'exercitationem hebdomade proxima incipiam,' inquit Harrius, 'sed noli id cuiquam dicere. Silvius vult id celare.'

Fredericus et Georgius Vislii nunc in atrium ingressi Harrium aspexerunt et adierunt festinantes.

'tibi gratulamur,' inquit Georgius voce summissa. 'Silvius id nobis dixit. nos quoque pars turmae sumus – Pulsatores.'

'tibi dico nos sine dubio hoc anno poculum illud, praemium ludi Quidditch, reportaturos esse,' inquit Fredericus. 'non vicimus ex quo Carolus discessit, sed turma huius anni erit optima. tu debes esse ingeniosus, Harri. Silvius paene saltabat cum id nobis dixit.'

'nunc tamen nobis abeundum est. Lee Jordan putat se novum invenisse transitum occultum e schola ferentem.'

'sponsionem faciam eum esse transitum post statuam Gregorii illius Oleaginei situm quem prima hebdomade nos ipsi invenimus. mox te revisemus.'

Fredericus et Georgius vix evanuerant cum aliquis apparuit multo ingratior: Malfoy, e lateribus a Crabbe et Goyle comitatus.

'an cenam ultimam sumis, Potter? quando hamaxostichum conscendes ad Muggles rediturus?'

'nunc multo fortior es humum regressus, amiculis parvis comitantibus,' inquit Harrius frigide. scilicet nec Crabbe nec Goyle quicquam parvi in se habebant, sed cum ad Mensam Altam multi adessent magistri, neuter eorum aliud facere poterat quam digitis crepare atque frontem contrahere.

'tecum quovis tempore solus contendere paratus sum,' inquit Malfoy. 'hodie noctu, si vis. certamen singulare magorum. baculis modo – contactu nullo. quid est? nonne mentionem prius audivisti de certamine singulari magorum?'

'scilicet mentionem audivit,' inquit Ronaldus, se circumagens. 'sum fautor eius. quis est tuus?'

Malfoy Crabbem et Goylem contemplavit, eos examinans.

'Crabbe,' inquit. 'quid dicitis de media nocte? vobis in tropaeario obviam ibimus, id semper reseratum est.'

cum Malfoy discessisset, Harrius at Ronaldus alter alterum spectaverunt.

'quid *est* magorum certamen?' inquit Harrius, 'et quid volebas, dicens te esse fautorem meum?'

'est fautoris partem tuam suscipere si mortuus eris,' inquit Ronaldus incuriose, crustulum frigidum tandem adortus. vultum Harrii conspicatus, festinans addidit, 'sed homines solum in certaminibus veris moriuntur cum veris magis certantes. tu et Malfoy nil maius facere poterunt quam scintillas alter in alterum mittere. neuter vestrum satis artis magicae scit ut iniurias veras inferatis. sponsionem faciam eum exspectavisse te recusaturum esse, si scire vis.'

'et quid si baculo vibrato nihil accidit?'

'baculo abiecto nasum eius feri,' Ronaldus inquit admonens.

'da veniam.'

suspexit uterque. erat Hermione Granger.

'nonne licet cuiquam hoc loco tranquille cenare?' inquit Ronaldus.

Hermione, eo neglecto, Harrium allocutus est.

'non poteram facere quin exaudirem quid tu et Malfoy diceretis –'

'sponsionem faciam te potuisse,' mussavit Ronaldus.

'– et *nefas* est vos nocte circum scholam vagari, cogitate modo puncta quae Gryffindorensibus amittetis si capti eritis, quod est inevitabile. nil nisi commoda vestra spectatis.'

're vera hoc nihil tua interest,' inquit Harrius.

'valeas,' inquit Ronaldus.

*

nihilominus, Harrius putabat eam vix optimam diei finem appellandam esse, dum multo postea vigil iacebat audiens Decanum et Seamum obdormientes (Neville nondum ab ala valetudinaria redierat). toto vespere Ronaldus ei praecepta talia dederat: 'si conabitur exsecrationibus te adoriri, melius erit id evitare, quod non memini quomodo obstruendae sint.' veri simillimum erat fore ut a ianitore Filch aut Domina Norre caperentur, et Harrius sensit se nimium ausurum esse, si hodie praeceptum aliud scholae violaret. vultus autem arrogans Malfonis e tenebris eminebat – haec erat occasio Malfonis comminus vincendi. non erat omittenda.

'undecima hora et dimidia,' Ronaldus tandem mussavit. 'eundum est nobis.'

induti amictibus cubitoriis, baculis sublatis, lente ibant trans conclave turritum, de scalis involutis, in locum communem Gryffindorensium. cineres pauci adhuc in foco ardebant, sellas reclinatorias omnes in umbras nigras et gibberas mutantes.

paene ad foramen imagine celatum pervenerant cum vox locuta est a sella eis proxima: 'non possum credere te hoc facturum esse, Harri.'

lucerna tremula accensa est. erat Hermione Granger, gerens roseum amictum cubitorium et frontem contractam.

'*tu!*' inquit Ronaldus furibundus. 'redi ad lectum!'

'haud multum afuit quin de re fratri dicerem,' inquit Hermione acriter. 'Persius – Praefectus est, hoc prohibeat.'

Harrius non poterat credere quemquam posse tam curiosum esse.

'agedum,' inquit Ronaldo. trudendo aperuit imaginem Feminae Obesae et per foramen ascendit.

Hermione tam facile cedere nolebat. Ronaldum per foramen imagine celatum secuta est, eos sicut anser iratus sibilans.

'nonne Gryffindor vobis *curae* est? num *solum* vos ipsi vobis curae sunt? *equidem* nolo Slytherinos Poculum Domesticum reportare et puncta omnia amittetis quae mihi Professor McGonagall dedit quod de Carminibus Mutandis sciebam.'

'abi.'

'esto, sed vos admonui, mementote modo quid dixerim cras in hamaxosticho domum redeuntes, vos estis ita –'

sed quid essent, non cognoverunt. Hermione versa ad imaginem Feminae Obesae in interiorem partem reditura se adversam picturae inani invenit. Femina Obesa peregrinationem nocturnam faciebat et Hermione e Turre Gryffindorensi exclusa est.

'nunc quid agam?' rogavit voce stridula.

'id tua refert,' inquit Ronaldus. 'nobis eundum est. sero adveniemus.'

ne ad finem quidem transitus pervenerant cum Hermione eos assecuta est.

'vos comitabor,' inquit.

'nos *non* comitaberis.'

'num putatis me hic exclusam mansuram esse dum Filch me capiat? si nostres omnes invenerit, verum confessa ei dicam me conatam esse vos prohibere, et vos poteritis verba mea confirmare.'

'aliquid habes impudentiae –' inquit Ronaldus voce magna.

'tacete, vos ambo!' inquit Harrius acriter. 'aliquid audivi.'

erat sonus similis respirationi animalis.

'an est Domina Norris?' spiravit Ronaldus, transversa per tenebras tuens.

non erat Domina Norris. erat Neville. erat convolutus in pavimento, arte dormiens, sed subito motu experrectus est dum propius repunt.

'dis gratias ago quod me invenistis! hic multas iam horas exclusus sum. non poteram signum novum meminisse ut cubitum irem.'

'summitte vocem, Neville. signum est "suis rostrum" sed nunc non erit tibi auxilio, Femina Obesa aliquo abiit.'

'quid agit bracchium?' inquit Harrius.

'bene valet,' inquit Neville, id eis ostendens. 'uno fere minuto Magistra Pomfrey id sanavit.'

'bene habet – nunc, Neville, debemus alicubi adesse, mox te revisemus –'

'nolite me relinquere!' inquit Neville, cito surgens. 'nolo hic solus manere. bis iam Baro Cruentus praeteriit.'

Ronaldus, cum horologium spectavisset, oculos furibundus in Hermionem Nevillemque coniecit.

'si culpa alterutrius vestrum capti erimus, nunquam requiescam priusquam Exsecrationem illam Phantasmatum de qua nobis Quirrell dixit didicero et in vos direxero.'

Hermione os aperuit, fortasse ut Ronaldo accurate diceret quomodo Exsecratione Phantasmatum uteretur, sed Harrius sibilans eam tacere iussit et digito signum dedit ut omnes progrederentur.

per transitus virgatos claustris luminis lunae altis fenestris admissi volitaverunt. in omni flexu viae Harrius exspectabat se in ianitorem Filch aut Dominam Norrem incursurum esse, sed fortuna secunda utebantur. celeriter scalas ad tabulatum tertium ferentes ascenderunt et in digitos erecti ad tropaearium iverunt.

nondum aderant Malfoy et Crabbe. thecae crystallinae tropaeorum fulgebant tactae lumine lunae. pocula, scuta, paterae, statuae argento et auro inter tenebras micabant. caute secundum parietes se movebant, oculis in utrumque exitum conclavis defixis. Harrius baculum deprompsit ne Malfoy insiliret et statim rem adoriretur. minuta lente praeteribant.

'sero venit. fortasse per ignaviam rem omisit,' Ronaldus susurravit.

tum sonus e proximo conclavi ortus effecit ut salirent. Harrius modo baculum sustulerat cum aliquem loquentem audiverunt – neque Malfoy erat.

'naribus est investigandum, deliciae meae. potest fieri ut in angulo lateant.'

Filch cum Domina Norre loquebatur. horrore perculsus, Harrius manibus insane iactandis ceteris imperavit ut se quam celerrime sequerentur; nil locuti ad ianuam aversam a voce ianitoris Filch properaverunt. vestes Nevillis vix circa angulum volaverant cum ianitorem in tropaearium intrantem audiverunt.

'hic alicubi adsunt,' eum mussantem audiverunt, 'veri simile est eos se celare.'

'hac via!' Harrius sine verbis expressis ceteris imperavit et, perterriti, per porticum longam et tegumentis ferreis corporis plenam lentissime ire coeperunt. ianitorem appropinquantem audire poterant. Neville subito stridorem, signum terroris, edidit et currere coepit – pedem offendit, medium Ronaldum amplexus est amboque in ferreum tegumentum corporis recta inciderunt.

tantus erat clangor et fragor ut incolae totius castelli somno excitari possent.

'FUGITE!' Harrius exclamavit et quattuor illi per porticum cucurrerunt neque respexerunt si forte Filch se sequeretur – circa postem se iactaverunt et per transitum unum ruerunt, deinde per alterum, Harrio ducente et omnino ignaro ubi essent aut quo irent. suspensis aulaeis perruptis se in transitu celato invenerunt per quem cum se iecissent festinantes, exierunt prope auditorium ubi Incantamenta discebant, quod sciebant multa milia passuum a tropaeario abesse.

'puto nos ab eo effugisse,' inquit Harrius anhelans dum muro frigido innititur et frontem detergit. Neville corpore inclinato et duplicato anhelabat et balbutiebat.

'ego – *monui* – vos,' inquit Hermione, singultans et pectus amplectens doloribus subitis oppressum. 'ego – monui – vos.'

'redeundum est nobis ad Turrem Gryffindorensem,' inquit Ronaldus, 'quam celerrime.'

'Malfoy te fefellit,' Hermione Harrio dixit. 'nonne id intellegis? nunquam in animo habebat tibi obviam ire – Filch sciebat aliquem in tropaeario adfuturum esse – necesse est ut Malfoy eum praemonuerit.'

Harrius putabat veri simile esse eam non errare, sed nolebat id ei dicere.

'eamus.'

non admodum facile futurum erat. non plus duodecim passus ierant cum ianuae ansa increpuit et aliquid ex auditorio ante eos emissum est.

Peeves erat. cum eos conspexisset, gavisus stridorem edidit.

'tace, Peeves – te obsecro – culpa erit tua si expulsi erimus.'

Peeves cachinnavit.

'an media nocte circumerratis, parvuli primani? vae vobis! improbi estis, male fecistis, mox capti eritis.'

'non capiemur nisi nos prodideris, Peeves, te obsecramus.'

'ianitori debeo rem dicere,' inquit Peeves, voce pietatem praeferens, oculis tamen maligne fulgentibus. 'scilicet, vobis proderit.'

'desine nos impedire,' inquit Ronaldus voce feroci, conatus Peevem ferire, quod magnus erat error.

'DISCIPULI LECTA RELIQUERUNT!' Peeves voce magna clamavit. 'DISCIPULI LECTIS RELICTIS ADSUNT IN TRANSITU INCANTAMENTORUM!'

cum capitibus demissis sub Peevem subiissent, summa virium contentione cucurrerunt usque ad finem transitus ubi ianuae impacti sunt – quae erat obserata.

'hoc habemus!' ingemuit Ronaldus dum impotentes ianuam impellunt. 'actum est de nobis! hic est finis!'

sonum pedum audire poterant; Filch quam celerrime ad clamores Peevis currebat.

'oh, cedite loco,' Hermione inquit hirriens. baculo Harrii rapto claustrum fodicavit et susurravit, '*Alohomora!*'

claustrum crepitum fecit et ianua lapsu aperta est – acervatim transgressi celeriter eam clauserunt et aures applicuerunt, audientes.

'qua via ibant, Peeves?' Filch dicebat, 'dic mihi festinans.'

'necesse est dicas "sodes".'

'noli me vexare, Peeves, cedo *quo ibant*?'

'nihil non dicam nisi sodes dixeris,' inquit Peeves voce sua molesta et unisona.

'esto – *sodes.*'

'NIHIL! ha haaa! tibi dixi me nihil non dicturum esse nisi sodes dixisses! ha ha! haaaaaa!' et sonitum audiverunt Peevis cito avolantis et vocem furibundam ianitoris Filch eum exsecrantis.

'putat hanc ianuam obseratam esse,' susurravit Harrius. 'puto nos salvos fore – *aufer te,* Neville!' nam Neville iam minutum manicam amictus cubitorii Harrii vellebat. '*quid?*'

Harrius conversus est – et oculis claris vidit quid esset. punctum temporis, non dubitabat quin in incubonem ingressus esset – hoc erat nimium, ad omnia accedens quae adhuc acciderant.

non erant in conclavi, ut crediderat. erant in transitu, qui erat transitus ille prohibitus in tertio tabulato, et nunc sciebant cur prohibitus esset.

rectis oculis in oculos canis monstruosi intuebantur, qui spatium totum inter tectum et solum implebat. tria capita habebat. tria paria oculorum volubilium et insanorum; tres nasos, motu subito et tremulo eis appropinquantes; tria ora spumantia, saliva funibus lubricis de dentibus flavidis pendente.

stabat immotus, omnibus sex oculis in eos defixis, et Harrius sciebat unam modo causam esse cur nondum mortui essent; eam esse quod cani tam subito occurrissent, sed nunc ille se colligebat, neque dubitari poterat quid vellet fremitus ille resonans.

Harrius ianuae ansam manibus quaerebat – si eligendus sit aut Filch aut mors, ianitorem eligat.

retro ceciderunt – Harrius ianuam magno cum sonitu clausit, et cucurrerunt, immo paene volaverunt, per transitum redeuntes. Filch, ut videbatur, alio festinaverat ut eos quaereret quod nusquam eum viderunt, sed id vix curae eis erat – nil voluerunt nisi interponere spatium quam maximum inter se et monstrum illud. neque prius currere destiterunt quam ad imaginem Feminae Obesae in tabulato septimo pervenerunt.

'ubinam vos omnes fuistis?' rogavit illa, amictus cubitorios aspiciens de umeris pendentes et vultus rubentes et sudantes.

'hoc omittamus – suis rostrum, suis rostrum,' inquit Harrius anhelans, et imago prolapsa est. ordine nullo in locum communem ruerunt et tremebundi in sellas reclinatorias ceciderunt.

diu omnes tacebant. Neville quidem aspectum habebat hominis nunquam iterum locuturi.

'quo tandem animo rem talem in schola inclusam habent?' rogavit Ronaldus ex intervallo. 'si qui canis exercitatione eget, ille est.'

Hermione et spiritum et ferociam recuperaverat.

'num quis vestrum oculis utitur?' inquit acriter. 'nonne vidistis in qua re canis staret?'

'an in solo?' inquit Harrius, aliquid proferens. 'pedes non aspiciebam. occupatior eram capitibus.'

'haud ita, *non* in solo. stabat in ianua caduca. manifestum est eum aliquid custodire.'

surrexit, oculis iratis eos contemplata.

'spero vos vobis placere. potuimus omnes occidi – aut, quod etiam peius fuisset, expelli. nunc, nisi vobis molestum erit, cubitum ibo.'

Ronaldus eam abeuntem ore aperto intuitus est.

'non est nobis molestum,' inquit. 'nonne credideris nos eam nobiscum traxisse?'

Hermione tamen animum Harrii in lectum iterum ascendentis in rem aliam intenderat. canis aliquid custodiebat … quid Hagrid dixerat? si quid celandum erat, non erat toto orbe terrarum locus tutior quam argentaria Gringotts – nisi forte schola Hogvartensis.

Harrius videbatur cognovisse ubi esset fasciculus ille sordidus camerae DCCXIII ademptus.

— CAPUT DECIMUM —

# *Vesper Sanctus*

Malfoy oculis diffidebat cum postridie vidit Harrium et Ronaldum in schola adhuc adesse, vultu lassitudinem sed hilaritatem solitam praeferentes. re vera, mane putabant congressum cum cane tribus capitibus fuisse rem egregiam neque ab altero abhorrebant. interea, Harrius Ronaldum de fasciculo certiorem fecit qui, ut videbatur, ab argentaria Gringotts ad scholam Hogvartensem motus erat, et diu secum agitabant quidnam praesidio tanto egeret.

'inest res aut pretiosissima aut maxime periculosa,' inquit Ronaldus.

'aut res et pretiosissima et maxime periculosa,' inquit Harrius.

sed quod nil pro certo de re arcana habebant nisi quod circa duas uncias longa erat, non spem multam habebant coniciendi quid intus esset nisi indicia alia nacti erant.

nec Nevillis nec Hermionis quidquam intererat quid sub cane et ianua caduca lateret. Neville nil curabat dummodo nunquam rursus cani appropinquaret.

Hermione iam nolebat cum Harrio et Ronaldo colloqui, sed quod erat puella arrogans et plusscia, illi putabant id quoque sibi prodesse. nunc nil quaerebant nisi occasionem poenarum a Malfone expetendarum quae plus minus hebdomade oblata est cum adventu cursus publici, quod magnum eis gaudium attulit.

cum striges, ut solebant, in Atrium Magnum influxissent, omnes fasciculum longum et tenuem animadverterunt sex magnis strigibus ululis portatum. non minus quam ceteri Harrius videre volebat quid esset in hoc tanto fasciculo et mirabatur cum striges devolaverunt et eum recta ante ipsum ita demiserunt ut laridum eius in solum deiceretur. vix illinc evolaverant cum strix alia in summum fasciculum epistulam demisit.

primum Harrius epistulam scindendo aperuit, fortuna usus, quod scriptum est:

*salutem dat Professor M. McGonagall.*

*NOLI APERIRE FASCICULUM AD MENSAM. inest novus iste Nimbus MM, sed nolim omnes scire te habere scoparum manubrium ne idem omnes habere velint. Oliver Silvius tibi obviam ibit septima hora post meridiem in campo lusorio ludi Quidditch ut exercitationem incipias.*

Harrius gaudium vix celare poterat epistula Ronaldo tradita quam ipse perlegeret.

'Nimbum MM habes!' ingemuit Ronaldus invidens. 'tale scoparum manubrium ne unquam *tetigi* quidem.'

ab Atrio celeriter abierunt ut scoparum manubrium ante classem primam retegerent, sed non prius dimidium Vestibuli transierant quam viam sursum ferentem a Crabbe et Goyle obstructam invenerunt. fasciculum ab Harrio raptum Malfoy tractavit.

'est manubrium scoparum,' inquit, Harrio id reiciens, invidiam malignitate immixtam vultu praeferens. 'nunc actum erit de te, Potter. primanis non permittuntur.'

Ronaldus non poterat se cohibere.

'non est vulgare scoparum manubrium,' inquit, 'est Nimbus MM. quid dixisti te domi habere, Malfoy? an erat Cometes CCLX?' Ronaldus Harrio vultu distorto subrisit. 'Cometae aspectum habent splendentem, sed multo inferiores sunt Nimbo.'

'quidnam de hac re scias, Visli? ne dimidium quidem manubrii emere possis,' respondit Malfoy acriter. 'puto tibi et fratribus nummulos reservandos esse virgis singulis.'

priusquam Ronaldus responderet, Professor Flitvicus ad cubitum Malfonis apparuit.

'num vos pueri rixamini?' inquit voce stridula.

'Pottero missum est scoparum manubrium, Professor,' inquit Malfoy celeriter.

'ita vero, sic est,' inquit Professor Flitvicus, Harrio renidens. 'Professor McGonagall me certiorem de causa insolita fecit, Potter. et cuius generis est manubrium illud scoparum?'

'Nimbus MM, domine,' inquit Harrius, conatus non ridere videns vultum Malfonis plenum horroris. 'et gratiae Malfoni agendae sunt quod habeo,' addidit.

Harrius et Ronaldus sursum ascenderunt, clam ridentes manifestam iram et confusionem Malfonis.

'at verum est,' Harrius cachinnavit ubi ad summas scalas marmoreas pervenerunt. 'nisi Omnimemorem Nevillis furatus esset, non essem pars turmae …'

'num credis id esse praemium quod regulas violaveris?' audita est vox a tergo propinqua et irata. Hermione scalas ingressu gravi ascendebat oculis accusatoriis fasciculum contemplans quem Harrius manu tenebat.

'putavi te nobiscum colloqui nolle,' inquit Harrius.

'ita vero, noli nunc consilium mutare,' inquit Ronaldus. 'tantum nobis prodest.'

Hermione ab eis contendit naso in aera sublato.

illo die res erat multi laboris Harrio animum in studia intendere, qui semper ad dormitorium vagabatur, ubi sub lecto manubrium scoparum novum iacebat, aut errabat ad campum ludi Quidditch ubi illa nocte incepturus erat ludum discere. vespere cenam lurcinabundus consumpsit neque animadvertit quid esset et tum sursum cum Ronaldo ruit ut aliquando Nimbum MM retegeret.

'euoe,' Ronaldus suspirium duxit, scoparum manubrio in stragulum Harrii voluto.

etiam Harrio, qui nihil de generibus variis scoparum manubriorum sciebat, mirabile videbatur. nitidum et splendens, capulo e ligno moganico facto, caudam longam habebat virgarum mundarum et rectarum et prope summum litteris aureis inscriptum est *Nimbus MM*.

septima hora appropinquante, Harrius a castello abiit et ad campum ludi Quidditch profectus est. nunquam prius in stadio fuerat. fori cum centenis sedilibus circa campum lusorium erecti erant ut spectatores satis alti essent ut viderent quid ageretur. in utraque fine campi erant tres asseres ex auro facti et circulis superati. Harrio videbantur similes esse fusticulis plasticis per quos liberi Mugglium flando bullas faciebant, praeter quod quinquaginta pedes alti erant.

cupidior rursus volandi quam ut Silvium exspectaret, manubrium scoparum conscendit et se humo impetu pedis extrusit. quam iucundus erat sensus ille – intra postes et extra volitabat et tum huc illuc supra campum accelerabat. Nimbus MM cursum mutavit quocunque ire volebat tactu levissimo.

'heus, Potter, descende!'

advenerat Oliver Silvius. cistam magnam et ligneam sub bracchio ferebat. Harrius iuxta eum ad terram descendit.

'optime factum,' inquit Silvius, oculis micantibus. 'intellego quid McGonagall dicere voluerit ... re vera ingeniosus es. regulas tantum te hoc vespere docebo. posthac ter in hebdomade cum cetera turma exerceberis.'

cistam aperuit. intus erant pilae quattuor variae magnitudinis.

'agedum,' inquit Silvius. 'ludum Qudditch non difficile est intellegere, difficilius autem est ludere. pars utraque septem habet lusores. tres appellantur Secutores.'

'tres Secutores,' iteravit Harrius, dum Silvius pilam splendidam et rubram plus minus instar follis lusorii deprompsit.

haec pila appellatur Quaffle,' inquit Silvius. Secutores Quaffle alii ad alios iactant et conantur eam per unum circulorum propellere ut ad calcem perveniant. quisquis Quaffle per unum circulorum propellit decem puncta accipit. an satis liquet?'

'Secutores Quaffle iactant et per circulos mittunt ut puncta accipiant,' recitavit Harrius. 'nonne est nescio quo modo similis folliculi canistrique ludi in quo manubriis scoparum et sex circulis lusores utuntur?'

'quid est folliculi canistrique ludus?' inquit Silvius curiose.

'nullius est momenti,' inquit Harrius celeriter.

'lusorem autem alium habet utraque pars qui appellatur Ianitor – ego sum Ianitor Gryffindorensis. circulos nostros circumvolare debeo et turmam alteram prohibere quominus ad calcem perveniat.'

'tres Secutores, unus Ianitor,' inquit Harrius, cui certum erat omnia meminisse. 'et ludunt pila Quaffle appellata. sit ita, rem intellego. ad quem usum tandem sunt illae?' digito pilas tres in cista relictas ostendit.

'nunc te docebo,' inquit Silvius. 'hoc cape.'

fusticulum Harrio tradidit aliquo modo similem clavae qua homines in ludo circumcursio utuntur.

'te docebo quid faciant Bludgeri,' inquit Silvius. 'hi duo sunt Bludgeri.'

Harrio duas eiusdem formae pilas ostendit nigerrimas et paulo minores quam Quaffle rubrum. Harrius animadvertit eas videri contendere ut loris effugerent quae eas in cista retinerent.

'cede loco,' Silvius Harrium admonuit. inclinatus unum Bludgerorum liberavit.

statim, pila nigra alte in aera surrexit et tum recta in faciem Harrii ruit. Harrius fusticulo iactando eam prohibuit quominus nasum frangeret et cursu anfracto procul in aera emisit – capita circumvolavit et tum irruit in Silvium, qui se supra eam iecit et in terra retinere poterat.

'an vides?' anhelavit Silvius, Bludgerum luctantem in cistam redire cogens et eum loris alligans ut omnia tuta essent. 'Bludgeri velut missilia circumvolant conantes lusores de scoparum manubriis decutere. ea est causa cur utraque pars duos Percussores habeat. nostri sunt gemini Vislii – oportet eos turmam suam a Bludgeris protegere et conari Bludgeros percutere et in turmam alteram devertere. an putas te haec omnia intellexisse?'

'tres Secutores conantur Quaffle per circulum propellere; Ianitor postes servat; Percussores Bludgeros a turma sua arcent,' recitavit Harrius.

'optime factum,' inquit Silvius.

'hem – an unquam Bludgeri aliquem occiderunt?' rogavit Harrius, sperans vocem incuriosum sonare.

'nunquam in schola Hogvartensi. apud nos maxillae duorum fractae sunt sed nil peius factum est. ultimus autem lusor est Petitor. quae sunt partes tuae. neque te oportet de Quaffle aut Bludgeris curare –'

'– nisi caput illiserunt.'

'noli te sollicitare, Vislii plus quam pares sunt Bludgeris – sunt enim ipsi similes duobus Bludgeris gentis humanae.'

Silvius, manu in cistam porrecta, pilam quartam et ultimam deprompsit. prae Quaffle et Bludgeris erat parvula, plus minus instar magni nucis iuglandi. auro splendebat et parvas pinnas volitantes habebat ex argento factas.

'*hoc*,' inquit Silvius, 'est Aureum Raptum, et e pilis omnibus est maximi momenti. vix capiendum est quod tam celere est et difficile visu. est Petitoris id capere. te oportet huc illuc inter Secutores et Percussores et Bludgeros et Quaffle sinuare ut id capias praeveniens Petitorem alterius partis, quod Petitor qui Raptum cepit pro turma sua centum quinquaginta puncta insuper accipit, itaque paene semper victoriam reportant. ea est causa cur Petitores tot iniurias iniquas patiantur. ludus Quidditch non prius finem habet quam Raptum captum est, itaque potest in longum produci – puto longissimum fuisse ludum trium mensium, quo semper necesse erat alios in locum aliorum suffectos esse ut lusores aliquando dormirent.

'satis dixi – an tu vis aliquid rogare?'

Harrius abnuit. quid faciendum esset intellexit; id facere futurum erat difficilius.

'nondum nos exercebimus Rapto utentes,' inquit Silvius, id iterum magna cum cura in cista includens. 'nimiae sunt tenebrae. potest fieri ut id perdamus. paucis harum pilarum te exerceamus.'

saccum pilarum ordinariarum ludi Caledonici de sinu deprompsit, et paucis post minutis, Silvius et Harrius alte volabant, Silvio pilas illas in partes omnes quam ferocissime iactante quas Harrius caperet.

ne unam quidem Harrius omisit quod gaudium magnum Silvio attulit. post horam dimidiam, nox re vera ceciderat neque diutius rem gerere poterant.

'poculum illud, praemium ludi Quidditch, hoc anno nomine nostro inscriptum erit,' inquit Silvius laetus dum adversa via ingressu gravi ad castellum redeunt. 'nec mirum erit si lusor melior eveneris quam Carolus Vislius, et ille potuit in turma Anglica ludere nisi abiisset dracones secutus.'

*

Harrius iam occupatus erat non solum pensis scholasticis sed etiam ter in hebdomade exercitationibus vespertinis ludi

Quidditch; fortasse haec erat causa cur rem vix credere posset ubi intellexit se iam duos menses in schola Hogvartensi fuisse. sensit se esse acceptum in castello, quasi in domo sua, ut nunquam fuerat in Gestatione Ligustrorum. studia quoque semper iucundiora fiebant postquam elementa didicerunt.

mane Vespere Sancto experrecti odorem suavissimum peponis furnacei per transitus diffusum senserunt. quod etiam melius erat, hora Incantamentorum Professor Flitvicus nuntiavit se putare eos iam satis didicisse ut res volare iubere inciperent, quod omnes fortiter desideraverant temptare ex quo viderunt eum iubentem bufonem Nevillis auditorium celeriter circumvolare. Professor Flitvicus classem in paria divisit ut rem experirentur. socius Harrii erat Seamus Finnigan (quod ei levamento erat, quod Neville oculos eius ad se convertere conatus erat). Ronaldus tamen cum Hermione Granger laboraturus erat. difficile erat dictu utrum Ronaldus an Hermione propter hoc iratior esset. illa nil alterutri eorum dixerat ex eo die quo advenit scoparum manubrium Harrii.

'nolite autem oblivisci motum illum pulchrum carpi quem iamdudum temptamus!' inquit Professor Flitvicus voce stridula, positus, ut semper, in summo acervo librorum. 'bacula vibrate modo lente, modo cito, mementote, modo lente, modo cito vibrate. est quoque magni momenti recte dicere verba magica – ne unquam obliti sitis Magi Baruffionis qui dixit "s" pro "f" et se invenit in solo et bovem bubulum in pectore iacentem.'

difficillimum erat. Harrius et Seamus modo lente, modo cito bacula vibrabant, sed penna quam iussi erant ad caelum mittere nihilominus in scrinio summo iacebat. tam impatiens factus est Seamus ut eam baculo fodicatam incenderit – ab Harrio ignis petaso exstinguendus erat.

Ronaldus, qui ad mensam proximam sedebat, vix fortuna meliore utebatur.

'*Wingardium Leviosa!*' clamavit, bracchia longa iactans more molae venti.

'vitiose id dicis,' Harrius Hermionem vituperantem audivit. 'est Win-*gar*-dium Levi-*o*-sa, fac "gar" illud pulchrum et longum.'

'si tam sapiens es, tu fac illud,' inquit Ronaldus hirriens.

Hermione, manicis vestis plicatis, baculum lente vibravit et inquit, '*Wingardium Leviosa!*'

pinna a scrinio surrexit et circa quattuor pedes supra capita pependit.

'oh, optime factum!' clamavit Professor Flitvicus, manibus plaudens. 'huc aspicite omnes, Dominula Granger rem bene gessit!'

cum ad finem classis advenissent, Ronaldus iratissimus erat.

'non mirum est si nemo eam amat,' inquit Harrio dum viam faciunt in transitum frequentem. 'est incubo, mihi crede.'

aliquis in Harrium offendit celeriter praeteriens. erat Hermione. Harrius, vultu eius aspecto, mirabatur quod lacrimabat.

'puto eam te audivisse.'

'quid igitur?' inquit Ronaldus, sed paulum sibi diffidere videbatur. 'sine dubio animadvertit se nullos amicos habere.'

in proxima classe non aderat Hermione neque visa est toto illo pomeridiano tempore. descendentes ad Atrium Magnum ut dapes Vesperis Sancti celebrarent, Harrius et Ronaldus Parvati Patilem exaudiverunt dicentem amicae Lavandulae Hermionem in lavatoriis puellarum flere neque quemquam velle videre. quo audito Ronaldus videbatur etiam magis sibi diffidere, sed post punctum in Atrium Magnum ingressi, ornamentis Vesperis Sancti visis, Hermionem obliti sunt.

mille vespertiliones vivi a muris et tectis volitaverunt, mille autem supra mensas velut nubes humiles et nigrae ita lapsi sunt ut candelae in peponibus positae trepidarent. cena subito in pateris aureis apparuit, sicut in dapibus primis termini.

Harrius tuber solani pelliculatum sibi sumebat cum Professor Quirrell in Atrium ruit, mitra obliqua et vultu perterrito. omnes eum intuebantur ad sellam Professoris Dumbledore progredientem, contra mensam collabentem, haec verba cum singultu loquentem, 'trollum – in carceribus – putabam te debere id scire.'

tum lente in solum cecidit exanimatus.

tumultus erat. neque prius sedatus est quam aliquot pyromata purpurea magno cum sono ab extrema parte baculi Professoris Dumbledore emissa sunt.

'Praefecti,' insonuit, 'domesticos vestros statim ad dormitoria reducite!'

sane non deerat Persius.

'me sequimini! ne deerraveritis, primani! trollum non est timendum si iussa mea sequimini! inhaerete, quaeso, vestigiis meis. via cedite, veniunt primani! date veniam, ego sum Praefectus!'

'quomodo poterat intrare trollum?' rogavit Harrius dum scalas ascendunt.

'noli me rogare. dicuntur stultissima esse,' inquit Ronaldus. 'fortasse Peeves id admisit, iocandi Vespere Sancto causa.

alios alio festinantes praeteribant. dum cubitis usi sibi viam per turbam confusam Hufflepufforum faciunt, Harrius bracchium Ronaldi subito arripuit.

'modo mihi succurrit – Hermione.'

'quid de ea dicere vis?'

'nescit de trollo.'

Ronaldus labrum momordit.

'oh, sit ita,' inquit acriter. 'sed melius erit si Persius nos non videbit.'

capitibus inclinatis, se Hufflepuffis altera via euntibus adiunxerunt, per desertum transitum lateralem delapsi sunt, ad lavatoria puellarum festinaverunt. angulum modo circumierant cum sonum pedum rapidorum post se audiverunt.

'Persius!' sibilavit Ronaldus, Harrium post grypum magnum et lapideum trahens.

quem circum capita proferentes, tamen, non Persium viderunt sed Snapem. transitum transgressus e conspectu evanuit.

'quid facit ille?' susurravit Harrius. 'cur non in carceres cum doctoribus ceteris descendit?'

'nescio.'

silentio quam maximo, per transitum proximum lente iverunt vestigia deficientia Snapis secuti.

'tabulatum tertium petit,' inquit Harrius, sed Ronaldus manum sustulit.

'an aliquid olfacis?'

Harrius aera captavit et ad nares odor taeterrimus pervenit, mixtura pedulium veterum et lavatorii publici eius generis quod nemo purgare videtur.

et tum id audiverunt – grunditum summissum et incessum incertum pedum ingentium. Ronaldus digito demonstravit: in fine transitus a laeva parte, immane aliquid ad eos appropinquabat. in umbras refugerunt et illud in spatium luna illuminatum emergens spectaverunt.

horribile visu erat. duodecim pedes altum, pellem habebat colore hebeti ac cano simili granitis, corpus magnum et glebis plenum instar saxi, caput parvum et calvum insuper positum sicut nucem palmae indicae. crura erant brevia et tam crassa quam trunci arborum cum pedibus planis et corneis. odorem exhalabat incredibilem. ingentem clavam e ligno factam tenebat, quae secundum solum trahebatur quod bracchia tam longa erant.

trollum iuxta ianuam constitit et caput inseruit interiora inspiciens. aures longas incerte movit, animo minimo rem cogitans, tum lente conclave intravit incessu parum erecto firmoque.

'clavis est in foramine,' mussavit Harrius. 'quid si id includamus?'

'bene suades,' inquit Ronaldus animo anxio.

ad ianuam lente se moverunt, oribus siccis, orantes ne trollum emergere pararet. Harrius impetu uno prosiluit, clavem arripuit, ianuam magno cum fragore clausam obseravit.

'*ita vero!*'

victoria elati adverso transitu recurrebant, sed cum ad angulum pervenissent aliquid audiverunt quod eos exanimavit – clamorem acutum et perterritum – qui e conclavi veniebat quod modo obseraverant.

'eheu,' inquit Ronaldus, tam pallidus quam Baro Cruentus.

'venit a lavatoriis puellaribus!' inquit Harrius anhelans.

'*Hermione!*' una voce inquiunt.

nil minus facere volebant, sed quae optio eis data est? circumacti ad ianuam cursu celerrimo redierunt et clavem verterunt, adeo paventes ut rem aegre efficerent – Harrius viribus adhibendis ianuam aperuit – intus ruerunt.

Hermione Granger corpore demisso se ad murum oppositum applicabat, collapsura, ut videbatur. trollum in eam progrediebatur, obiter pelves de muris deiciens.

'fac id perturbes!' Harrius desperatus Ronaldo inquit, et epitonium arreptum quam vehementissime in murum iecit.

pedes paucos ab Hermione trollum constitit. incessu gravi et incerto circumerravit, stolide connivens, quaerens unde venisset sonus ille. ocelli maligni Harrium conspexerunt. haesitavit, deinde impetum in eum potius fecit, clavam obiter tollens.

'heus, caudex!' clamavit Harrius ab altera parte conclavis, et in illud fistulam metallicam iecit. trollum ne visum est quidem animadvertere umerum fistula pulsatum esse, sed clamore audito iterum constitit, rostrum deforme potius ad Ronaldum vertens, quod occasionem eius circumcursandi Harrio dedit.

'agedum, festina, *festina*!' Harrius Hermioni clamavit, conatus eam ad ianuam trahere, sed illa non moveri poterat, toto corpore muro inhaerens et inhians prae terrore.

clamores et voces resonae trollum ad insaniam adigere videbantur. iterum infremuit et in Ronaldum ire coepit, qui proximus erat neque viam effugiendi habebat.

deinde Harrius aliquid fecit et fortissimum et stultissimum: impetu magno prosiluit et bracchia collo trolli a tergo innexuit. trollum Harrium ibi pendentem sentire non poterat, sed vel trollum animadvertet si in nasum lignum longum inserueris, et Harrius adhuc baculum manu tenebat ubi prosiluit – in narem unam trolli recta propulsum erat.

ululans dolore, trollum se contorquebat et clavam vibrabat, Harrio omnibus nervis contendente ut inhaereret; iam iam trollum eum erepturum aut ictu terribili clavae pulsaturum erat.

Hermione perterrita in solum lapsa erat; Ronaldus baculum suum deprompsit – nescius quid facturus esset se audivit incantamentum clamantem quod primum in mentem venit: *'Wingardium Leviosa!'*

clava repente e manu trolli volavit, alte surrexit, alte in aera, lente conversa est – et demissa est, fragore cum nauseoso, in caput domini. trollum huc illuc in vestigio agitatum, tanto sonitu cecidit pronum ut conclave totum tremefaceret.

Harrius surrexit. tremebat et anhelabat. Ronaldus ibi stabat baculo adhuc sublato, contemplans quid fecisset.

Hermione prima locuta est.

'an – mortuum est?'

'non puto,' inquit Harrius. 'puto id modo exanimatum esse.'

inclinatus baculum e naso trolli extraxit. obductum est, ut videbatur, glutino cano et gleboso.

'pro pudor – muci trollosi.'

baculum in bracis trolli detersit.

strepitus valvarum subitus et sonus magnus pedum oculos trium illorum sursum direxit. nesciverant quantum tumultum fecissent, sed scilicet, non poterat fieri quin aliquis in inferiore parte versatus fragores et fremitus trolli audiret. post punctum, Professor McGonagall in conclave irruperat, Snape prope sequente, et Quirrelle agmen cogente. Quirrell, cum trollum tantum aspexisset, vagitum parvum edidit et cito in lavatorio consedit, pectus amplexus.

Snape trollo incubuit. Professor McGonagall Ronaldum et Harrium aspiciebat. Harrius nunquam eam tam iratam viderat. labra palluerant. spes quinquaginta punctorum Gryffindorensibus reportandorum celeriter animo Harrii abiit.

'quidnam, quaeso, putabatis?' inquit Professor McGonagall, voce frigida et furibunda. Harrius Ronaldum contemplavit, qui adhuc stabat baculo sublato. 'fortuna secunda usi non interfecti estis. cur non estis in dormitorio?'

Snape aciem oculorum cito et acute in Harrium direxit. Harrius solum contemplavit. si modo Ronaldus baculum demittat!

tum vox parva ex umbris orta est.

'ignosce, Professor McGonagall – me quaerebant.'

'Dominula Granger!'

Hermione surrexerat tandem.

'trollum quaerebam quod ego – ego putabam me solam id regere posse – scilicet, quod legendo omnia de eis didici.'

Ronaldus baculum demisit. num Hermione Granger mendacium merum doctori dixerat?

'nisi me invenissent, nunc mortua essem. Harrius baculum in nasum eius inseruit et Ronaldus id clava propria exanimavit. neque otium eis erat ad quemquam arcessendum. manum extremam mihi impositurum erat cum advenerunt illi.'

Harrius et Ronaldus vultum induere conati sunt quasi haec non esset fabula eis incognita.

'hem – quae cum ita sint …' inquit Professor McGonagall, tres illos intuens. 'Dominula Granger, stultissima rerum, quomodo animo concepisti sola trollum montanum adoriri?'

Hermione caput demisit. Harrius non loqui poterat. nemo enim minus prona erat ad peccandum quam Hermione, et ecce simulabat se aliquid illicitum fecisse, eo consilio ut eos culpa liberaret. non aliter erat ac si Snape bellariola distribuere coepisset.

'Dominula Granger, quinque puncta Gryffindorensibus propter hoc adimentur,' inquit Professor McGonagall. 'spem meam maxime fefellisti. si viva salvaque es, melius erit si ad Turrem Gryffindorensem abibis. discipuli dapes in domibus suis conficiunt.'

Hermione discessit.

Professor McGonagall ad Harrium et Ronaldum versa est.

'etiamnunc affirmo vos fortuna secunda usos esse, sed non multi primani trollum montanum adultae aetatis adoriri potuerunt. vos ambo quinque puncta Gryffindorensibus reportavistis. Professor Dumbledore de re certior fiet. licet abeatis.'

e conclavi festinaverunt neque quidquam dixerunt priusquam scalas duas ascenderunt. magno erat levamento odore trolli carere, ut alia omittantur.

'plus decem puncta accipere debuimus,' questus est Ronaldus.

'quinque debuisti dicere; quinque enim Hermioni abstulit.'

'benigne fecit illa nos sic a malis liberans,' confessus est Ronaldus. 'scilicet nos eam *servavimus*.'

'fortasse non servanda fuisset nisi cum ea rem istam inclusissemus,' Harrius eum admonuit.

ad imaginem Feminae Obesae pervenerant.

'suis rostrum,' dixerunt et intraverunt.

locus communis erat frequens et plenus clamoris. omnes cibum sursum missum edebant. Hermione, tamen, sola prope ianuam stabat, eos exspectans. silentium fuit dubitationis plenum. tum, oculos alii ab alis avertentes, omnes 'gratias ago' dixerunt, et ad pateras petendas abierunt festinantes.

sed ex eo tempore, Hermione Granger familiaris eorum facta est. necesse est eos qui quaedam participaverunt denique inter se amare, inter quae est exanimare trollum montanum altitudine duodecim pedum.

— CAPUT UNDECIMUM —

# *Ludus Quidditch*

incipiente mense Novembre, caelum frigidissimum factum est. montes scholae circumiacentes gelu canescebant et lacus erat similis ferro glaciato. cottidie mane solum pruina obductum est. a fenestris altioribus Hagrid poterat videri, in campo Ludi Quidditch scoparum manubria egelidans, involutus lacerna longa talparum pellium, manuum tegumentis e cuniculi vellere factis, caligisque ingentibus fibrinarum pellium.

tempus ludi Quidditch inceperat. die Saturni, Harrius hebdomadas multas exercitatus in primo certamine lusurus erat: Gryffindorenses contra Slytherinos. Gryffindorenses si vincant, progrediantur in locum secundum Principatus Domestici.

vix quisquam Harrium ludentem viderat quod Silvius constituerat Harrium, quippe qui telum erat secretum, secretum, ut ita dicam, tenendum esse. sed nescio quo modo sensim percrebuerat fama eum agere partem Petitoris, neque Harrius sciebat utrum peius esset alios dicere eum lusorem praestantissimum fore an alios dicere se subter eum cursuros esse, culcitam tenentes.

peropportune accidit quod Harrius nunc Hermione familiariter utebatur. nesciebat quomodo pensa omnia sine ea conficere potuisset, quod Silvius usque ad ultimum minutum eos ad exercitationes cogebat ludi Quidditch. illa quoque ei librum *Ludus Quidditch per Saecula* commodoverat, quem, ut accidit, iucundissimum erat legere.

Harrius cognovit septingentos esse modos in ludo Quidditch legum violandarum quorum omnes inciderant in certamine de Principatu Mundi anno MCCCCLXXIII edito; Petitores plerumque esse lusores minimos et celerrimos et iniurias gravissimas ludi Quidditch videri eis inferri; quamquam homines perraro mortui essent in Ludo Quidditch, tamen arbitros nonnunquam evanuisse et multos post menses in desertis Saharae apparuisse.

Hermione minus firmo animo a regulis violandis abhorrebat ex quo Harrius et Ronaldus eam a trollo montano servaverant, et idcirco multo amabilior erat. pridie primum certamen Ludi Quidditch quo Harrius lusurus erat tres illi foris erant in aula gelida intermissione classium data, et illa praestigiis usa ipsis ignem splendentem et caeruleum produxerat qui in vase bacarum conditarum circumferri poterat. cui aversi stabant, se foventes, cum Snape aream transgressus est. Harrius statim animadvertit Snapem claudicare. Harrius, Ronaldus Hermioneque propiores inter se admoti sunt ut ignem a conspectu celarent; non enim dubitabant eum non sibi permissum iri. infeliciter accidit ut vultus eorum nocentes nescio quo modo Snapem attentum facerent. claudicans appropinquavit. ignem non viderat, sed nihilominus videbatur causam quarere eos culpandi.

'quid ibi habes, Potter?'

erat *Ludus Quidditch per Saecula*. Harrius librum ei ostendit.

'libri bibliothecae non sunt a schola removendi,' inquit Snape. 'cedo mihi. Gryffindor quinque puncta amittit.'

'regulam illam modo finxit,' mussavit Harrius iratus dum Snape abiit claudicans. 'quidnam crus patitur?'

'nescio, sed spero id maxime dolere,' inquit Ronaldus acerbe.

*

locus communis Gryffindorensis illo vespere strepitu resonabat. Harrius et Ronaldus et Hermione iuxta fenestram coniuncti sedebant. Hermione opem ferens Harrio et Ronaldo scrutabatur pensa eorum de Incantationibus scripta. nunquam eis permisit se imitari ('quomodo enim discetis?'), sed illa roganda ut pensa sua perlegeret, responsa recta nihilominus adepti sunt.

Harrius erat animo inquieto. volebat recuperare *Ludus Quidditch per Saecula* ut minus anxius esset de certamine crastino. cur Snapem timeret? surgens, Ronaldo et Hermioni dixit se Snapem rogaturum esse ut librum sibi redderet.

'malim te hoc facere quam me,' simul dixerunt, sed Harrius credidit Snapem non recusaturum esse si alii magistri audirent.

ad conclave magistrorum descendit et ianuam pulsavit. nullum erat responsum. iterum pulsavit. nihil.

quid si Snape librum intus reliquerat? res erat temptanda. ianuam ita propulit ut parva pateret rima, et interiorem partem conclavis inspiciebat – et spectaculum horribile oculis obiectum est.

inerant Snape et Filch, soli. Snape vestes supra genua tenebat. crus alterum erat sanguinolentum et lacerum. Filch ligamenta Snapi tradebat.

'rem scelestam,' dicebat Snape. 'quomodo potest fieri ut omnia tria capita simul observes?'

Harrius conatus est ianuam tacite claudere, sed –

'POTTER!'

vultus Snapis furore contortus est, vestibus celeriter demissis ut crus celaret. Harrius gluttum fecit.

'pergratum mihi feceris si librum mihi reddideris.'

'EXI FORAS! *FORAS!*'

Harrius discessit, antequam Snape plura puncta Gryffindori adimeret. currens in tabulatum superius rediit.

'librumne nactus es?' Harrium regressum rogavit Ronaldus. 'quid est?'

susurrans summissa voce, Harrius eis dixit quid vidisset.

'an scitis quid hoc significet?' ultima verba dixit anhelans. 'iste canem illum tribus capitibus Vespere Sancto praeterire conatus est! illuc enim ibat cum eum vidimus – petit quodcumque custodit! et manubrium scoparum pignerans sponsionem facere velim *eum* trollum illud admisisse, ut animos omnium averteret!'

oculi Hermionis late patebant.

'non crediderim eum rem talem ausurum esse,' inquit. 'scilicet non admodum bonus est, sed non is est qui conetur furari aliquid a Dumbledore servatum.'

'quid ais, Hermione? num putas magistros omnes esse sanctos aut aliquid?' inquit Ronaldus iracunde. 'ego cum Harrio consentio. credo enim Snapem ad omne nefas paratum esse. sed quid vult? quid canis ille custodit?'

Harrius cubitum iit eadem quaestione animum agitante. Neville sonitu magno stertebat, sed Harrius non poterat dormire.

animum vacuare conatus est – dormiendum ei erat, necesse erat ut dormiret, paucis horis initurus erat in primum certamen ludi Quidditch – sed difficile erat oblivisci vultum Snapis ubi Harrius crus vidit.

*

postridie mane sole surgente caelum erat splendidissimum et frigidissimum. Atrium Magnum redolebat tomaculis frictis et resonabat sermonibus laetis omnium exspectantium certamen bonum ludi Quidditch.

'necesse est consumas aliquid ientaculi.'

'nolo aliquid.'

'nonne vis saltem frustum panis tosti?' blanditiis usa est Hermione.

'non esurio.'

pessime erat Harrio. intra horam in campum lusorium iturus erat.

'Harri, opus est tibi robore corporis,' inquit Seamus Finnigan. 'Petitores semper fraudem et iniurias alterius partis patiuntur.'

'gratias tibi ago, Seame,' inquit Harrius, Seamum spectans dum condimentum lycopersicorum in tomaculis congessit.

undecima hora tota schola visa est adesse in foris circa campum lusorium erectis. discipuli multi telescopia geminata habuerunt. quamvis sedilia in aera sublata essent, tamen nonnunquam difficile erat videre quid fieret.

Ronaldus et Hermione se addiderunt Nevilli, Seamo Decanoque, fautori Viculi Occidentalis, in summo ordine. vexillum magnum, quod admirationem Harri moveret, in uno e linteis a Scabberso perditis pinxerant. inscriptum erat titulo *Praesideat Potter* et Decanus, qui imaginum xerographis pingendarum peritus erat, leonem magnum Gryffindorensem subiecerat. tum Hermione incantatione brevi et subdola usa erat ut pigmentum variis coloribus fulgeret.

interea, in cellis ad vestem mutandam designatis, Harrius et cetera turma vestes coccineas induebant quas in ludo Quidditch gerere solebant (Slytherini lusuri erant prasinis induti vestibus).

Silvanus tussim parvam edidit silentium poscens.

'audite, viri,' inquit.

'et feminae,' inquit Secutrix Angelina Johnson.

'et feminae,' morem ei gessit Silvanus. 'discrimen adest.'

'summum discrimen,' inquit Fredericus Vislius.

'quod nos omnes exspectamus,' inquit Georgius.

'ex memoria orationem Oliveri scimus,' Fredericus Harrio dixit. 'anno enim proximo pars turmae eramus.'

'tacete, vos ambo,' inquit Silvius. 'haec est turma quam optimam Gryffindor multis annis habuit. victuri sumus. id scio.'

omnes vultu feroci contemplavit quasi poenam minitans si res aliter evenisset.

'satis verborum. nunc tempus adest. bene sit omnibus vobis.'

Harrius Fredericum et Georgium e cella vestiaria secutus est et, sperans genua non lapsura esse, in campum processit magnis comitatus clamoribus.

Magistra Hooch erat arbitrix certaminis. stabat in medio campo, duas exspectans turmas, manu scoparum manubrium amplexa.

'vos omnes, quaeso, rem bona fide agatis,' inquit, simul ac omnes circum eam congregati sunt. Harrius animadvertit eam praesertim alloqui praefectum Slytherinorum, Marcum Silicem, quintanum. formam illius contemplans Harrius suspicabatur inter maiores Silicis esse trollum aliquod. oculis obliquis vexillum alte supra turbam volitans vidit titulo inscriptum *Praesideat Potter.* cor saliit. sensit se fortiorem factum esse.

'manubria scoparum, quaeso, ascendite.'

Harrius aegre ascendit in Nimbum suum MM.

Magistra Hooch fistula argentea insonuit.

quindecim scoparum manubria surrexerunt, sursum, semper sursum in caelum. res coepta erat.

'et Quaffle statim capitur ab Angelina Johnson Gryffindorensi – quam bona Secutrix illa est, et admodum pulchra –'

'JORDAN!'

'da veniam, Professor.'

amicus geminorum Visliorum, Lee Jordan, commentarium certaminis faciebat, a Professore McGonagall diligenter observatus.

'illa vero festinat per aera, sollertia magna Quaffle tradit Aliciae Spinnet, nuper repertae ab Olivero Silvio, quae proximo anno partem tantum subsidiariam agebat – redditum est

Angelinae Johnson et – non ita, Slytherini Quaffle ceperunt, praefectus Slytherinus Marcus Silex potitur Quaffle et incipit ire – Silex more aquilae ibi sursum volat – propulsurus est Quaffle in calc– non ita, prohibitus est motu optimo Ianitoris Gryffindorensis Silvii et Gryffindorenses capiunt Quaffle – ecce! Secutrix Katie Bell Gryffindorensis quam dextere lapsu praecipiti Silicem praeterit, incipit ire adverso campo et – VAE – id sane dolorem attulit, in occipitio a Bludgero pulsatur – Quaffle capitur a Slytherinis – ecce! Adrianus Pucey ad palos festinat, sed impeditus est ab altero Bludgero – obviam ei misso a Frederico aut Georgio Vislio, uter fuerit non possum dicere – sed quisquis erat, res bene gesta est a Percussore Gryffindorensi, et Johnson iterum Quaffle habet, campus a fronte patescit et illa incipit ire – iam vero volat – Bludgerum evitat festinantem – pali ante iacent – agedum, Angelina – Ianitor Bletchley se praecipitem mittit – frustra – GRYFFINDORENSES QUAFFLE IN CALCEM PROPELLUNT!'

Gryffindorenses aera frigidum clamoribus compleverunt, Slytherinis ululantibus et gementibus.

'heus, loco cedite, date spatium.'

'Hagrid!'

Ronaldus et Hermione artius coierunt ut spatium haberet Hagrid secum sedendi.

'ludum de casa mea spectabam,' inquit Hagrid, manu leniter pulsans magnum telescopium geminatum quod circum collum habebat. 'sed aliud est procul spectare, aliud adesse in media turba. num Raptum iam ab aliquo visum est?'

'nemo id vidit,' inquit Ronaldus. 'adhuc otiosior fuit Harrius.'

'sed non incidit in mala; id valet aliquid,' inquit Hagrid, telescopium geminatum tollens ad caelum et punctum longinquum quod erat Harrius intuens.

sublatus in altum Harrius ludum superlabebatur, oculis limis vestigium aliquod quaerens Rapti. nam haec erat pars consilii ludendi quod ipse et Silvius ceperant.

'procul abes dum Raptum conspicias,' dixerat Silvius. 'nolumus te prius oppugnari quam necesse est.'

cum Angelina Quaffle in calcem propulisset, Harrius duos gyros volans fecit ut gaudium testificaret. nunc rursus circumspectans

Raptum quaerebat. semel auri fulgorem conspexit sed imago modo erat horologii braccialis unius Visliorum, et semel Bludger in eum festinans ire constituit similior globo missili quam alicui rei, sed Harrius eum vitavit et Fredericus Vislius advenit eum secutus.

'an ibi bene habes, Harri?' occasio clamandi ei data est, dum furibundus Bludgerum ad Marcum Silicem pulsat.

'Slytherini Quaffle habent,' dicebat Lee Jordan. 'Secutor Pucey se inclinans Bludgeros duos, Vislios duos Secutricemque Bell vitat et festinat ad – manetedum – an Raptum vidi?'

murmur turbam pervasit, Quaffle ab Adriano Pucey demisso, dum occupatior est in auro fulgenti respiciendo quod aurem sinistram praeterierat.

Harrius id vidit. maxime commotus se praecipitavit aurum coruscum secutus. Petitor Slytherinus Terentius Higgs id quoque viderat. pariter pariterque cursu celerrimo ad Raptum volabant – Secutores omnes officii immemores, ut videbatur, in medio aere pendebant ut rem spectarent.

Harrius celerior erat quam Higgs – pilulam rotundam videre poterat pennis volitantibus, praecurrentem et celeriter ascendentem – cursum acceleravit.

WHAM! fremitus irae a Gryffindorensibus inferioribus resonuit – Marcus Silex Harrium consulto impediverat et manubrium scoparum Harrii alio contortum est, Harrio omnibus nervis contendente ut ei inhaereret.

'dolus malus!' clamaverunt Gryffindorenses.

Magistra Hooch verbis iratis Silicem allocuta, Gryffindorenses ictum liberum ad palos dirigere iussit. sed, ut fit in tanta confusione rerum, Raptum Aureum iterum e conspectu evanuerat.

sedens loco inferiore inter spectatores, Decanus Thomas clamabat, 'expelle eum, arbitrix! chartam rubram ostende!'

'non est ludus follis pedumque, Decane,' Ronaldus eum admonuit. 'in ludo Quidditch non licet lusores expellere – et quid est charta rubra?'

sed Hagrid Decano favebat.

'debent leges mutare. potuit fieri ut Silex Harrium de caelo deiceret.'

difficile erat commentatori Lee Jordan neutri parti se coniungere.

'itaque – post fraudem illam et manifestissimam et foedissimam –'

'Jordan!' inquit Professor McGonagall fremens.

'volebam dicere post iniuriam illam et apertissimam et turpissimam –'

*'Jordan, te admoneo –'*

'esto, esto. Silex Petitorem Gryffindorensem paene interficit, quod cuilibet accidere poterat, fatebor enim, itaque ictus poenalis Gryffindorensibus datur, quem sibi sumit Spinnet, Quaffle facile in calcem impellens, et ludus procedit, Gryffindorensibus adhuc Quaffle habentibus.'

cum Harrius Bludgerum alium vitaret qui contortus summo cum periculo praeter caput volitabat res accidit. scoparum manubrium repente modo terribili in latus inclinatum est. punctum temporis, putabat se casurum esse. scoparum manubrium manibus et genibus ambobus arte amplexus est. nunquam quidquam simile senserat.

accidit rursus. scoparum manubrium, ut videbatur, eum deicere conabatur. sed non erat Nimbi MM repente constituere rectorem deicere. Harrius reverti ad palos Gryffindorenses conatus est; nesciebat an Silvium rogaret ut ludum terminaret – et tum sensit scoparum manubrium sibi nullo modo regendum esse. non poterat id vertere. haudquaquam poterat ei moderari. cursu anfracto per aera ibat, interdum motus violentos sibilo cum sono faciens qui eum paene deiciebant.

Lee adhuc commentarium faciebat.

'Slytherini Quaffle possident – Silex habet – praeterit Spinnet – praeterit Bell – vultum vi magna pulsat Bludger – spero nasum fractum esse – iocabar modo, Professor – Slytherini Quaffle in calcem impellunt – eheu …'

Slytherini plaudebant. nemo, ut videbatur, animadverterat scoparum manubrium Harrii miro modo se gerere. lente eum altius a ludo ferebat, cursu spastico et flexuoso.

'nescio quid Harrius in animo habeat,' mussavit Hagrid. per telescopium geminatum spectavit. 'nisi plusscius essem, auderem dicere eum non iam scoparum manubrio moderari … sed non potest fieri …'

subito, digitis sublatis spectatores ubique per foros Harrium demonstrabant. manubrium scoparum iterum iterumque convolvi coeperat, ipso vix insidente. tum turba omnis anhelavit. manubrium scoparum Harrii motum subitum et incompositum fecerat et Harrius delapsus est. nunc ab eo pendebat, una modo manu usus.

'an aliquid damni factum est illi ubi Silex eum impedivit?' susurravit Seamus.

'non poterat fieri,' inquit Hagrid, voce tremula. 'nil potest morari scoparum manubrium nisi potens Magica Nigra – merus iuvenis non poterat Nimbum MM sic afficere.'

quibus auditis, Hermione telescopium geminatum Hagridi arripuit, sed Harrio supra volitante neglecto, turbam potius furibunda scrutari coepit.

'quid facis?' ingemuit Ronaldus, vultu pallido.

'id sciebam,' anhelavit Hermione. 'aspice – Snapem.'

Ronaldus telescopium geminatum arripuit. Snape erat in mediis foris eis adversus. oculis in Harrium infixis sine fine ita murmurabat ut verba audiri non possent.

'aliquid facit – scoparum manubrium fascinans,' inquit Hermione.

'quid faciamus?'

'rem mihi permitte.'

priusquam Ronaldus verbum aliud diceret, Hermione evanuerat. Ronaldus telescopium geminatum iterum in Harrium direxit. scoparum manubrium tam vehementer vibrabat, ut ille vix posset ei diutius inhaerere. turba tota surrexerat, animis perterritis, spectans Vislios sursum volantes ut conarentur Harrium incolumem in unum scoparum manubriorum suorum trahere, quod non efficere poterant – quotiens ad eum appropinquaverant, totiens scoparum manubrium etiam altius saliebat. demissi sub eo circumvolabant, scilicet eo consilio ut eum caperent si cecidisset. Marcus Silex Quaffle arreptum quinquiens in calcem ingessit neque quisquam animadvertit.

'agedum, Hermione, festina,' Ronaldus mussavit desperans.

Hermione cum summa contentione sibi viam fecerat ad foros ubi Snape stabat et nunc secundum ordinem post eum situm ruebat; ne constitit quidem veniam oratura, Professore Quirrell praecipite in ordinem priorem deiecto. cum ad Snapem pervenisset, inclinata baculum deprompsit et verba pauca et idonea locuta est. ignes candentes et caerulei e baculo in marginem vestium Snapis eiecti sunt.

plus minus triginta secundis Snape sensit se ardere. clamor subitus et acutus eam certiorem fecit rem bene gestam esse. igne ab eo in vasculum quod in sinu habebat sublato secundum sedes nullo ordine rediit festinans – Snape nunquam cogniturus erat quid accidisset.

satis erat. Harrius, sublimis in aere, subito rursus scoparum manubrium aliquo modo conscendere potuit.

'Neville, licet rem aspicias!' inquit Ronaldus. illis quinque minutis Neville fleverat vultu tunica manicata Hagridi celato.

Harrius ad terram properabat cum turba eum vidit manum ad os moventem quasi nauseabundum – quattuor membris campum attigit – tussim edidit – et aliquid aureum in manum cecidit.

'habeo Raptum!' clamavit, id supra caput iactans, et ludus in rerum omnium confusione terminatus est.

'non id *cepit*, id paene *gluttivit*,' Silex adhuc gemebat viginti post minutis, sed nihil intererat – Harrius nullas violaverat leges et Lee Jordan, homo beatus, eventum adhuc voce magna pronuntiabat – Gryffindorenses vicerant centum septuaginta puncta nacti, sexaginta tantum punctis a Slytherinis comparatis. quarum rerum, tamen, nil audivit Harrius. regressus in casam Hagridi validam theanam potionem accepturus erat, cum Ronaldo et Hermione.

'Snape erat,' Ronaldus rem explicabat. 'ego et Hermione eum vidimus. manubrium scoparum tuum fascinabat, voce summissa, oculos a te avertere nolebat.'

'nugas,' inquit Hagrid, qui nihil rerum in sedilibus iuxta se gestarum audiverat. 'cur Snape rem talem facere velit?'

Harrius, Ronaldus Hermioneque oculos alius in alium verterunt, nescii quid ei dicerent. Harrius verum dicere constituit.

'aliquid de eo cognovi,' Hagrido inquit. 'canem illum tribus capitibus Vespere Sancto praeterire conatus est. ille eum momordit. putamus eum conatum esse furari quidquid custodiat.'

Hagrid vas theae coquendae demisit.

'quomodo cognovistis de Lanigero?' inquit.

*'de Lanigero?'*

'ita vero – est meus – de homine Graeco emi cui proximo anno in caupona obviam ii – Dumbledori eum commodavi ut custodiret –'

'quidnam?' inquit Harrius alacriter.

'noli me plura rogare,' inquit Hagrid aspere. 'haec res est omnino occultanda.'

'sed Snape id *furari* conatur.'

'nugas,' inquit Hagrid rursus. 'Snape est magister Hogvartensis, neque is est qui rem talem faciat.'

'cur igitur Harrium interficere modo conatus est?' clamavit Hermione.

res post meridiem gestae certe videbantur ea mutavisse quae de Snape sentiebat.

'non ignara sum fascinationis, Hagrid, rei diligentissime studui! necesse est oculos fixos tenere, nec Snape vel minime connivebat, eum vidi!'

'dico te errare,' inquit Hagrid indignatus. 'nescio cur scoparum manubrium Harrii sic egerit, sed Snape non is est qui discipulum interficere conetur! nunc tres omnes vestrum iubeo me audire – vos rebus alienis immiscetis. periculosum est. obliviscimini canem illum et obliviscimini quid canis custodiat. rem illam curent Professor Dumbledore et Nicolas Flamel –'

'aha!' inquit Harrius. 'an rei interest aliquis nomine Nicolas Flamel?'

Hagrid sibi valde irasci videbatur.

— CAPUT DUODECIMUM —

# *Speculum Erisedii*

festum nativitatis Christi appropinquabat. mane medio Decembri die Hogvartenses experrecti invenerunt scholam pedibus compluribus nivis obtectam. lacus autem congelatus est et gemini Vislii poenam dederunt quod globos nonnullos nivis ita fascinaverant ut Professorem Quirrell secuti a mitra aversa semper salirent. striges quae paucae aegerrime per caelum turbulentum iter fecerunt ad epistulas reddendas ad sanitatem Hagrido restituendae erant priusquam iterum avolarent.

omnes initium feriarum animis alacribus exspectabant. quamquam locus communis Gryffindorensis et Atrium Magnum ignes flagrantes habebant, tamen transitus ventosi facti erant glaciales et in auditoriis ventus acerbus fenestras quatiebat. nil peius erat quam classes Professoris Snape deorsum in carceribus habitae, ubi spiritus in nebula ante eos surgebat neque procul a lebetibus calidis aberrabant.

'maxime me miseret,' inquit Draco Malfoy, hora quadam Potionum, 'omnium quos necesse est in schola Hogvartensi manere per festum nativitatis Christi quod domi repudiati sunt.'

dum loquebatur, ad Harrium aspiciebat. Crabbe et Goyle cacchinaverunt. Harrius, qui spinam pulveratam leopiscium metiebatur, eos ignorabat. Malfoy etiam malignior solito fuerat post certamen ludi Quidditch. indignatus quod Slytherini victi erant, ut risum omnium moveret per iocum dixerat ranam arboream ore patulo mox loco Harrii Petitorem factum iri. quod cum sensisset frigere, quod omnes admirabantur quomodo Harrius instabili scoparum manubrio insedere potuisset, Malfoy, invidus et iratus, redierat ad Harrium lacessendum quod non propriam haberet familiam.

verum erat Harrium non ad Gestationem Ligustrorum rediturum esse ad festum nativitatis Christi celebrandum. priore hebdomade Professor McGonagall circumierat, nomina quaerens discipulorum qui volebant ferias in schola agere, et Harrius statim se ascripserat. haudquaquam misericordia sui captus est; sperabat se optimum totius vitae festum nativitatis Christi celebraturum esse. Ronaldus et fratres quoque remansuri erant quod Vislii parentes ad Romaniam ituri erant ut Carolum viserent.

cum a carceribus post finem Potionum discessissent, transitum adversum abiete magna obstructum invenerunt. duo pedes ingentes ab infima parte protrusi et anhelitus magnus eos admonuit Hagridum pone eam esse.

'salve, Hagrid, an vis auxilium?' rogavit Ronaldus, caput per ramos trudens.

'nil opus, bene habeo, gratias tibi ago, Ronalde.'

'an vultis loco cedere?' audita est vox Malfonis frigida et languida a tergo. 'an pecuniam extraordinariam mereri conaris, Visli? nonne speras te ipsum saltuarium futurum esse cum a schola discesseris? casa illa Hagridi debet videri palatium prae domicilio in quo familia tua habitare solet.'

Ronaldus se in Malfonem praecipitabat cum maxime Snape apparuit scalas ascendens.

'VISLI!'

Ronaldus frontem vestium Malfonis remisit.

'lacessitus est, Professor Snape,' inquit Hagrid, faciem ingentem et barbatam a tergo arboris protrudens. 'Malfoy familiae eius maledicebat.'

'utcumque illud se habet, legibus Hogvartensibus non permittitur pugnare, Hagrid,' inquit Snape voce blanda. 'quinque puncta Gryffindorensibus auferuntur, Visli, et debes gratiam habere quod non plura amisisti. nunc cedite loco, vos omnes.'

Malfoy, Crabbe Goyleque vi usi praeter arborem viam sibi fecerunt, frondes acutas ubique spargentes et maligne subridentes.

'pessum dabo eum,' inquit Ronaldus, dentibus infrendens a tergo Malfonis, 'aliquando mox pessum dabo eum –'

'ambos odi,' inquit Harrius, 'et Malfonem et Snapem.'

'agite, meliore este animo, mox erit festum Christi nativitatis,' inquit Hagrid. 'aliquid vobis propono. an vultis mecum venire ad Atrium Magnum videndum? re vera splendet.'

itaque Harrius, Ronaldus Hermioneque abierunt secuti Hagridum et arborem eius ad Atrium Magnum, ubi Professor McGonagall et Professor Flitvicus ornamentis festi Christi nativitatis disponendis occupati erant.

'ah, Hagrid, ultimam habes arborem – pone eam, quaeso, in angulo extremo.'

Atrium erat spectaculo. serta aquifoliae et visci ubique de muris pendebant nec minus duodecim arbores festivae instar turrium circum conclave stabant, aliae stiriis parvulis splendentes, aliae candelis centenis fulgentes.

'quot dies vobis relicti sunt antequam feriati eritis?' rogavit Hagrid.

'unus modo,' inquit Hermione. 'quod me admonet – Harri, Ronalde, habemus horam dimidiam ante prandium, in bibliotheca esse debemus.'

'ita est ut dicis,' inquit Ronaldus, oculos aegre a Professore Flitvico avertens, cuius e baculo bullae aureae crescebant quas supra ramos arboris novae trahebat.

'num in bibliothecam ibitis?' inquit Hagrid, ex Atrio eos secutus. 'mox erunt feriae. nonne nimis studiosi estis?'

'oh, non studemus,' Harrius candide ei dixit. 'ex quo mentionem fecisti Nicolas Flameli conamur cognoscere quis sit.'

'*quid* fecistis?' Hagrid stupere videbatur. 'audite – vos iussi – rem omittite. nil vestra interest quid canis ille custodiat.'

'solum scire volumus quis sit Nicolas Flamel, nihil aliud,' inquit Hermione.

'quodsi nobis dicas, aliquid operae nobis remittas,' Harrius addidit. 'sine dubio centenos iam libros scrutati sumus neque eum usquam invenire possumus – da nobis signum vel minimum – scio me loco aliquo nomen eius legisse.'

'nihil dicam,' inquit Hagrid simpliciter.

'itaque nobis ipsis res est invenienda,' inquit Ronaldus, et Hagridum reliquerunt morositatem praeferentem et ad bibliothecam festinaverunt.

re vera libros scrutati erant nomen Flameli quaerentes ex quo

Hagrid illud prodiderat, nam non aliter poterant cognoscere quid Snape furari conaretur. sed difficillimum erat scire ubi inciperent cum nescirent quam ob rem Flamel dignus esset qui in libro includeretur. non erat in *Magi Magni Saeculi Vicensimi* aut *Notabilia Nomina Magica Aetatis Nostrae*; illo quoque carebant *Gravissima et Novissima Repertorum Magicorum* et *Studium Rerum Recentium in Arte Magica.* eo accedebat quod tanta erat bibliotheca cum denis milibus librorum, milibus pluteorum, centenis ordinibus angustis.

Hermione indicem deprompsit rerum et titulorum quos investigare constituerat, Ronaldus autem fortiter incedens secundum ordinem librorum iit quos a pluteis temere removere coepit. Harrius ad Partem Restrictam aberravit. iamdudum secum agitabat an Flamel aliquo loco ibi inesset. infeliciter accidit ut libros restrictos inspicere eis tantum liceret qui tesseram a doctore signatam habebant, et sciebat se nunquam tesseram accepturum esse. hi libri potentem Magicam Nigram continebant nunquam in Schola Hogvartensi doctam quam solum discipuli seniores legebant qui ad studia superiora progressi discebant Quomodo Se Contra Artes Nigras Defenderent.

'quid quaeris, puer?'

'nihil,' inquit Harrius.

Magistra Pince, bibliotecharia, versa est ad eum, peniculum plumosum iactans.

'melius igitur erit si abibis. agedum – exi!'

si modo fabulam aliquam paulo celerius finxissem, Harrius putabat, discedens a bibliotheca. ipse cum Ronaldo et Hermione iam consenserat melius fore si non Magistram Pince rogavissent ubi Flamel sibi inveniendus esset. non dubitabant quin illa se certiores facere posset, sed nolebant in periculum venire si Snape audiverat quid facerent.

Harrius extra in transitu moratus est si quid alii duo forte invenissent, nec tamen cum bona spe. nam paene duas hebdomadas hominem iam quaerebant, sed cum tantum intervalla classium brevia haberent non erat mirum eos nihil invenisse. opus eis erat otio longo et tranquillo ad rem investigandam illacessitis a Magistra Pince.

post quinque minuta, Ronaldus et Hermione se ei adiunxerunt, abnuentes. ad prandium abierunt.

'num desinetis rem investigare me absente?' inquit Hermione. 'et strigem mihi mittite si quid inveneritis.'

'et cur non parentes rogas num sciant quis sit Flamel?' inquit Ronaldus. 'tutum sit eos rogare.'

'tutissimum, quod sunt ambo medici dentium,' inquit Hermione.

*

cum feriae coepissent, Ronaldus et Harrius beatiores erant quam ut multum de Flamelo cogitarent. soli dormitorium occupabant, et cum locus communis multo inanior solito esset, bonas sedes reclinatorias iuxta ignem positas habere poterant. multas horas sedebant edentes quidquid in furcula rebus tostendis infigere poterant – panem, lagana, bellaria dulcicula – et excogitantes quibus modis Malfonem expellendum curarent, quod erat colloquium iucundum etsi inutile.

Ronaldus quoque ludum magicum latrunculorum Harrium docere coepit, qui erat idem ac ludus latrunculorum apud Muggles nisi quod figurae erant vivae, itaque ludus erat valde similis militibus in proelio regendis. grex Ronaldi erat veterrimus et deformissimus. sicut alia omnia quae habebat, cognatus quidam, videlicet avus, eum prius habuerat. veteres tamen latrunculi haudquaquam impedimento erant. Ronaldus eos tam bene noverat ut semper parati essent facere quidquid volebat.

Harrius cum latrunculis sibi a Seamo Finnigan commodatis ludebat qui haudquaquam ei confidebant. nondum lusor admodum bonus erat et animum eius confundebant, alii alia clamoribus suadentes: 'noli me illuc mittere, nonne equitem eius vides? mitte *illum*, nil intererit si *illum* amiserimus.'

die proxima ante festum, Harrius cubitum iit dapes et iocos crastinos exspectans, nec tamen dona quaecunque. sed postridie mane ubi primum experrectus est, in extremo lecto vidit acervum parvum fasciculorum.

'felix sis festo nativitatis Christi,' inquit Ronaldus somnolentus dum Harrius lecto surgit festinans et amictum cubicularem induit.

'tu quoque,' inquit Harrius. 'an hoc aspicies? dona aliqua habeo.'

'num rapa exspectabas?' inquit Ronaldus, ad acervum suum conversus, qui multo maior quam Harrii erat.

Harrius fasciculum summum sustulit. charta crassa et fusca involutus verbis inconditis inscriptus est *Harrio ab Hagrido*. inerat tibia arte rudi e ligno sculpta. manifestum erat Hagridum ipsum illam sculpsisse. inflavit eam – sonus strigi non dissimilis erat.

in altero fasciculo minimo erant litterulae.

*nuntium tuum accepimus et donum mittimus festi nativitatis Christi celebrandi causa. ab Avunculo Vernon et Matertera Petunia.* litterulis taenia glutinosa adfixus est nummus quinquaginta denariorum.

'familiariter factum,' inquit Harrius.

Ronaldus nummo quinquaginta denariorum captus est.

'*rem miram!*' inquit. 'qualem habet figuram! an haec est *pecunia*?'

'licet nummum tibi habere,' inquit Harrius, ridens quod adeo laetabatur Ronaldus. 'Hagrid et avunculus et matertera – quis tandem haec misit?'

'puto me scire a qua illud venerit,' inquit Ronaldus, paulum erubescens et fasciculum glebosissimum demonstrans. 'a matercula. ei dixi te nulla dona exspectare et – eheu,' ingemuit, 'tibi fecit laneam tuniculam Visliam.'

Harrius, velamine a fasciculo scisso, invenit crassam tuniculam manu textam viridis coloris atque cistam magnam bellariolorum domi coctorum e buttero, cremo saccharoque.

'quotannis nobis tuniculam facit,' inquit Ronaldus, suam detegens, 'et mea est *semper* purpurea.'

'benignissime fecit,' inquit Harrius, libans bellariola, quae gustum iucundissimum habebant.

donum proximum quoque bellariola habebat – cistam magnam Ranarum Socolatarum ab Hermione missam.

iam unus modo fasciculus relictus est quem Harrius sustulit et tractavit. levissimus erat. Harrius eum detexit.

aliquid fluidum habens colorem argenti canitie mixtum in solum lapsum est ubi iacebat fulgens et sinuosum. Ronaldus anhelavit.

'de illis rebus audivi,' inquit voce summissa, cistam Fabarum

Omnium Saporum demittens quam ab Hermione acceperat. 'si est quod puto id esse – re vera rara sunt, et *re vera* pretiosa.'

'quid est?'

Harrius textile fulgens et argenteum a solo sustulit. mirabile erat tactu, simile aquae in vestimento intextae.

'est Amictus Invisibilitatis,' inquit Ronaldus, reverentiam vultu praeferens. 'non est in dubio – indue eum.'

Harrius amictum circum umeros iecit et Ronaldus clamorem edidit.

'*est!* despice!'

Harrius pedes despexit, sed evanuerant. ad speculum ruit. scilicet, imago eum respiciebat, capite tantum in medio aere pendente, corpore toto invisibili. Amictum supra caput traxit et imago tota evanuit.

'sunt litterulae!' inquit Ronaldus subito. 'litterulae ex illo ciderunt.'

Harrius, Amictu detracto, epistulam arripuit. scripta litteris angustis et curvatis quas nunquam antea viderat erant verba sequentia:

*pater tuus hoc mihi possidendum reliquit priusquam mortuus est. nunc tibi reddi debet. bene eo utere.*
*felicissimus sis festo nativitatis Christi.*

nulla erat subscriptio. Harrius litterulas intuebatur. Ronaldus Amictum admirabatur.

'pro tali amictu *quidvis* dare velim,' inquit. '*quidvis*. quid est?'

'nihil,' inquit Harrius. sensum habebat insolentissimum. quis Amictum miserat? an re vera olim patris fuerat?

priusquam aliquid praeterea diceret aut putaret, ianua dormitorii vi magna aperta est et Fredericus et Georgius Vislius insiluerunt. Harrius Amictum celeriter e conspectu trusit. nondum cum quoquam alio eum communicare volebat.

'felix sis festo nativitatis Christi!'

'ecce – Harrius quoque tuniculam Visliam habet!'

Fredericus et Georgius tuniculas caeruleas gerebant, alteram littera magna F flavi coloris, alteram littera magna G flavi coloris intextam.

'sed tunicula Harrii est melior nostris,' inquit Fredericus, illa sublata. manifestum est eam maiorem dare operam si non es familiae nostrae.'

'cur tuam non geris, Ronalde?' rogavit. 'agedum, indue eam. calorem miram praebent.'

'purpureum colorem odi,' Ronaldus non admodum graviter ingemuit tuniculam supra caput trahens.

'in tua non habes litteram,' inquit Georgius. 'nescio an illa putet te non nominis oblivisci. sed nos non sumus stulti – scimus nos appellari Gredericum et Forgium.'

'quid est tantus hic strepitus?'

Persius Vislius caput per ianuam inseruit, eos reprehendere visus. manifestum erat eum advenisse dum versatur in donis detegendis quod ille quoque tuniculam glebosam supra bracchium ferebat, quam Fredericus arripuit.

'praefectum littera P significat! indue eam, Persi, agedum, nos omnes nostras gerimus, etiam Harrius tuniculam accepit.'

'ego – non – volo –' inquit Persius obscure, dum gemini tuniculam supra caput ire cogunt, perspicilla in obliquum pulsantes.

'nec hodie cum Praefectis sedebis,' inquit Georgius. 'festum nativitatis Christi est tempus familiae.'

Persium arreptum a conclavi abire coegerunt, lacertis cum lateribus tunicula vinctis.

*

nunquam tota vita Harrius diem natalem Christi dapibus talibus celebraverat. erant centum gallopavones pingues et assi, montes tuberorum solani elixorum et assorum, patellae botellorum pinguium, catini pisorum butyro oblitorum, lintres argentei pleni iuris crassi opimique et suci myrtorum – et acervi parvorum pyrobolorum chartaceorum magici generis ex intervallis paucorum pedum per mensam dispositi. hi mirabiles pyroboli chartacei haudquaquam similes erant debilibus pyrobolis Mugglium quos Durslei plerumque emebant, cum oblectamentis parvis et plasticis petasisque exilibus et chartaceis. Harrius pyrobolum chartaceum magicum cum Frederico distraxit nec solum increpuit ille, sed etiam displosus est cum sonitu simili fragoris tormenti bellici et eos omnes nube fumi caerulei involvit, ab interiore parte autem petasus imperatoris classis quarti gradus et complures mures vivi et candidi eiecti sunt. sursum in Mensa Alta, Dumbledore petasum acutum magi calvatica florida mutaverat et ioco sibi a Professore Flitvico modo lecto laete cachinnabat.

bellaria flammantia ad festum Christi nativitatis propria gallopavones secuta sunt. Persius dentes paene fregit Falcem argenteam mordens in frusto suo celatam. Harrius spectabat Hagridum semper vultu rubriorem fientem dum plus vini poscebat et denique genam Professoris McGonagall osculantem, quae, quod Harrio mirabile videbatur, cacchinavit et erubuit, petaso cylindrato in obliquum lapso.

Harrius, cum tandem a mensa discederet, multitudine rerum a pyrobolis chartaceis extractarum oneratus est, inter quas erat fasciculus follium imperviorum et lucidorum, apparatus verrucis sibi faciendis, grex proprius et novus latrunculorum magicorum. mures candidi evanuerant, et Harrius timebat ne aliquando fierent dapes festae Dominae Norris.

postmeridiano tempore Harrius et Vislii beate vivebant inter se pugna furenti globorum nivalium in campo certantes. tum frigidi, madentes, anhelantes ad ignem loci communis Gryffindorensis redierunt, ubi grege novo latrunculorum primum usus Harrius a Ronaldo funditus victus est. suspicabatur se non tantam cladem accepturum fuisse nisi Persius tantopere conatus esset se adiuvare.

post convivium theanum carnis gallopavonum in quadrulas duplices panis insertae, laganarum, iuris anglici, placentae ad festum Christi nativitatis propriae, omnes sentiebant se pleniores et inertiores esse quam ut multum ante tempus dormiendi facerent nisi sedere et spectare Persium sequentem Fredericum et Georgium in omnes partes Turris Gryffindorensis quod insigne praefectorium furati erant.

Harrius nunquam meliorem Christi diem natalem celebraverat. sed totum per diem aliquid nescio quo modo animum offenderat. non prius otium ad rem cogitandam habebat quam in lectum ascendit: Amictus Invisibilitatis et quisnam eum misisset.

Ronaldus, confertus carne gallipavonis et placenta neque re

arcana perturbatus, paene statim obdormivit ubi primum vela lecti quattuor postibus instructi clausit. Harrius inclinatus supra latus lecti sui Amictum ab infimo subtraxit.

patris sui … hoc fuerat patris sui. textile permittebat super bracchia fluere, levius sericis, tam leve quam aer. *bene eo utere*, scriptum erat in litterulis.

debebat eam temptare, nunc. lapsus e lecto Amictu se involvit. crura despiciens, lunam modo et umbras vidit. sensus erat novissimus.

*bene eo utere.*

subito, Harrius sentiebat se plenum vigoris esse. tota schola Hogvartensis ei hoc Amictu vestito patebat. animo excitato in tenebris et silentio stabat. sic indutus in omnes partes ire poterat, in omnes partes, neque Filch unquam rem cogniturus erat.

Ronaldus dormiens grunditum edidit. an Harrius eum expergisceret? aliquid eum retinebat – patris Amictus – sentiebat se hoc tempore – primo tempore – solum eo velle uti.

furtim e dormitorio exiit, scalas descendit, locum communem transiit, per foramen imagine celatum ascendit.

'quis adest?' rogavit Femina Pinguis voce queribunda. Harrius nihil dixit. celeriter per transitum iit.

quo iret? constitit, animo agitato, et rem secum cogitabat. mox ei succurrit ire in Partem Restrictam bibliothecae; se non impeditum iri quin tam diu libros legeret quam vellet, tam diu quam necesse esset ut cognosceret quis esset Flamel. profectus est, et incedens se arte Amictu Invisibilitatis involvit.

bibliotheca erat tenebricosa et maxime terribilis. Harrius lucernam accendit ut sibi eunti secundum ordines librorum viam illuminaret. lucerna in aere medio pendere videbatur, et quamquam Harrius bracchium eam sustinens sentire poterat, tamen aspectus eum inquietabat.

Pars Restricta erat in regione bibliothecae remotissima. magna cum cura funem supergressus qui hos libros a cetera bibliotheca dividebat, lucernam sustulit ut titulos legeret.

non multum ab eis didicit. aureae litterae evanidae et pallentes verba fecerunt linguarum Harrio incognitarum. libri aliquot titulis omnino carebant. unus maculam fuscam et horribilem habebat similem sanguini. crines colli aversi Harrii inhorrescebant. sive rem imaginabatur, sive non, putabat susurrum levem a libris oriri quasi scirent aliquem clandestinum ibi adesse.

alicubi incipere debebat. lucerna magna cum cura in solo deposita, pluteum infimum scrutatus est librum idoneum quaerens. volumen aspexit magnum, nigrum, argenteum. quod cum aegerrime extraxisset, quod erat gravissimum, et in genu libravisset, temere se aperire patiebatur.

ululatus acutus et horridus silentium rupit – liber ululabat! Harrius eum vehementer clausit, nec tamen ululatus remittebatur, sonus altus, continuus, atrocissimus. incertis pedibus reversus lucernam invertit quae statim exstincta est. pavidus, sonum pedum appropinquantium in transitu externo audivit – libro ululanti nullo ordine in pluteum reposito, aufugit. paene in limine ianitorem Filch praeteriit; oculi ianitoris pallidi et saevi eum permeaverunt neque tamen viderunt et Harrius sub bracchia eius porrecta lapsus transitu adverso celerrime cucurrit, ululatibus libri adhuc auribus insonantibus.

subito constitit ante altum tegumentum ferreum corporis. tam occupatus fuerat in effugiendo e bibliotheca ut non animadvertisset quo iret. fortisan quod tenebrae erant, haudquaquam agnovit ubi esset. sciebat tegumentum ferreum corporis esse prope culinas, sed debebat esse quinque tabulatis altior illis.

'rogavisti ut recta ad te adirem, Professor, si quis noctu erraret, et aliquis in bibliotheca fuit – in Parte Restricta.'

Harrius sensit sanguinem e vultu exhauriri. ubicunque erat, Filch profecto compendiarium sciebat, quod vox eius mollis et blanda appropinquabat, et quod Harrium horrore perculit, respondit Snape.

'an dicis in Parte Restricta? haud procul igitur absunt, eos capiemus.'

Harrius stabat solo infixus, ianitore Filch et Snape circum angulum adversum venientibus. scilicet, eum non videre poterant, sed angustum erat transitorium, et si multo propius adveniant, in eum offendant – Amictus non eum prohibuit solidum esse.

pedem sono quam minimo rettulit. a sinistra erat ianua semiaperta. spes sola erat. aegre se inseruit, spiritum continens, conatus ianuam non movere, et quod ei magno erat levamento, in interiorem partem conclavis pervenit nec tamen illi quidquam animadverterunt. recta praeterierunt et Harrius se in parietem inclinavit, spiritum imo pectore ducens, sonum pedum emorientem exaudiens. in discrimen venerat, in discrimen maximum. pauca secunda praeterierunt priusquam quidquam de conclavi in quo se celaverat animadvertit.

simile erat auditorio derelicto. figurae obscursae scriniorum et sellarum contra parietes coacervatae sunt et erat receptaculum inversum purgamentorum – sed inclinatum contra parietem ei adversam erat aliquid quod loco alienum videbatur, aliquid quod videbatur ab aliquo nuper ibi positum esse ne obvium esset.

speculum erat magnificum, tam altum quam tectum, cum forma ornata ex auro facta, duobus pedibus ungulatis insistens. circa summum erat inscriptio incisa: *muir edised imin adesod netso meic afnon.*

pavore abeunte quod non iam erat sonus ianitoris et Snapis, Harrius speculo appropinquavit, cupidus sui aspiciendi neque rursus imaginis videndae. ante illud incessit.

manus ad os movendae erant ut ululatum cohiberet. festinans se circumegit. cor multo magis saliebat quam ubi liber ululavit – nam in speculo non modo se viderat, sed etiam gregem magnum hominum sine intervallo post se stantium.

sed conclave inane erat. celerrime anhelans, lente ad speculum reversus est.

ibi aderat, in illo redditus, pallidus et trepidans, et ibi quoque, post se redditi, aderant saltem decem alii. Harrius supra umerum respexit – sed, etiam tunc, nemo aderat. an hi quoque omnes erant invisibiles? an erat ipse re vera in conclavi pleno hominum invisibilium qui dolo speculi reddebantur, sive invisibiles sive non?

speculum rursus intuitus est. femina pone stans imagini eius proxima ei subridebat et manum iactabat. ipse manum porrexit et post se tangit aera. si illa re vera adesset, eam tangeret, tam propinquae erant imagines, sed nil tetigit nisi aera – illa et ceteri homines vivebant soli in speculo.

femina erat pulcherrima. crines habebat rubros et oculi – oculi sunt simillimi meis, arbitrabatur Harrius, paulatim propius speculum se movens. splendentes erant et virides – eandem ipsam formam habebant, sed tum animadvertit eam flere; subridebat, sed flebat simul. vir procer et tenuis capillis nigris qui iuxta eam stabat bracchio eam amplexus est. perspicilla gerebat et capillos habebat maxime incomptos qui a tergo exstabant, sicut capilli Harrii.

Harrius iam tam propinquus erat speculo ut naso imaginem paene tangeret.

'an tu es matercula?' susurravit. 'an tu paterculus?'

ei tantum eum spectabant, subridentes. et lente, Harrius vultus ceterorum in speculo inspexit et alia paria oculorum viridium similium suis vidit, nasos alios similes suis, etiam homunculum senem qui videbatur genua nodosa Harrii habere – Harrius familiam suam spectabat quam nunquam prius tota vita viderat.

Potteri Harrio subridebant et manus iactabant et ille esuriens respiciebat, manibus planis contra vitrum pressis quasi speraret se recta per id lapsum ad eos perventurum esse. intus habebat desiderium magnum, quod erat mixtura gaudii et maestitiae terribilis.

quamdiu ibi staret, nesciebat. imagines non evanuerunt et usque spectabat dum sonus longinquus eum in mentem pristinam revocavit. non poterat ibi manere, via retro ad lectum ferens ei invenienda erat. oculis a matris facie avulsis, susurravit, 'redibo,' et e conclavi festinavit.

*

'debuisti me expergiscere,' inquit Ronaldus, voce irata.

'hac nocte potes venire, rediturus sum, volo speculum tibi ostendere.'

'materculam et paterculum tuum videre velim,' inquit Ronaldus alacriter.

'et ego omnem familiam tuam videre velim, Vislios omnes, poteris mihi ostendere fratres alios et genus omne.'

'quovis tempore eos videre potes,' inquit Ronaldus. 'hac aestate modo visita domum meam. potest autem fieri ut speculum mortuos tantum ostendat. me tamen piget Flamelum non inventum esse. an vis laridum aut aliquid? cur nihil es?'

Harrius non poterat quidquam esse. parentes viderat et hac nocte rursus eos visurus erat. Flamelum paene oblitus erat. res non iam videbatur magni momenti esse. cuius intererat quid canis ille capitibus tribus custodiret? quid tandem si Snape id furetur?'

'an vales?' inquit Ronaldus. 'non videris idem ac soles.'

*

Harrius maxime timebat ne conclave speculi non rursus invenire posset. Ronaldo quoque amictu involuto, proxima nocte eis multo lentius eundum erat. iter Harrii a bibliotheca factum repetere conati sunt, paene horam transitus obscuros circumerrantes.

'frigore rigeo,' inquit Ronaldus. 're omissa, redeamus.'

'*non ita!*' sibilavit Harrius. 'scio id hic alicubi adesse.'

simulacrum magae procerae in contrarium labens praeterierunt, nec tamen quemquam praeterea viderunt. Ronaldus modo coeperat queri pedes frigore enecatos esse cum Harrius tegumentum corporis ferreum animadvertit.

'adest – hoc potissimum loco – ita vero!'

ianuam trudendo aperuerunt. Harrius, amictu de umeris demisso, ad speculum cucurrit.

illi aderant. mater paterque, Harrio viso, renidebant.

'an vides?' Harrius susurravit.

'nihil videre possum.'

'ecce! omnes illos aspice … permulti sunt …'

'te solum videre possum.'

'inspice recte, agedum, consiste ubi ego sum.'

Harrius loco cessit, sed Ronaldo ante speculum stante, familiam iam non videre poterat, tantum Ronaldum cubitoriam vestem paisleanam gerentem.

Ronaldus autem defixus imaginem suam intuebatur.

'me aspice!' inquit.

'an familiam omnem te circumstantem videre potes?'

'non ita – solus sum – sed non sum idem – natu maior videor esse – et sum Caput Scholae!'

'*quid*?'

'ego – ego insigne gero sicut Gulielmus solebat – et teneo Poculum Domesticum et Poculum ludi Quidditch – sum quoque Caput ludi Quidditch!'

Ronaldus oculos aegre avertit ab hoc spectaculo tam splendido ut animo commoto Harrium aspiceret.

'an putas hoc speculum ostendere quid futurum sit?'

'quomodo potest fieri? tota mea familia mortua est – mihi permitte rursus inspicere –'

'proxima nocte id solus habebas, da mihi paulo plus temporis.'

'tu tantum Poculum ludi Quidditch tenes. num illud animum tenet? ego parentes videre volo.'

'noli me trudere –'

sonus repente in transitu exteriore ortus disputationem terminavit. non intellexerant quantis vocibus locuti essent.

'festina!'

Ronaldus Amictum supra eos reiecit, Domina Norre oculis fulgentibus circum ianuam veniente. Ronaldus et Harrius stabant immoti, uterque idem animo volvens – an Amictus feles decipere poterat? illa, visa diutissime morari, conversa discessit.

'hic non sumus tuti – potest fieri ut ianitorem Filch arcessat. sponsionem faciam illam nos audivisse. agedum!'

et Ronaldus Harrium e cubili extraxit.

*

postridie mane nix nondum delicuerat.

'an vis latrunculis ludere, Harri?' inquit Ronaldus.

'non ita.'

'cur non ad Hagridum visendum descendimus?'

'ego nolo … tu i solus …'

'scio quid cogites, Harri, est speculum illud. noli hac nocte redire.'

'quamobrem?'

'nescio. aliquid modo animum inquietat – et ut id omittam, totiens iam in discrimine, vix salvus, versatus es. Filch, Snape, Domina Norris circumerrant. quid igitur si te non videre possunt? quid si in te offendunt? quid si tu aliquid invertis?'

'loqueris sicut Hermione.'

'non iocor, Harri, noli ire.'

sed consilium nullum in animo Harrius habebat nisi redeundi ad frontem speculi, nec Ronaldus eum impediturus erat.

*

tertia nocte illa viam celerius quam antea invenit. tam cito ibat ut sciret se ob nimium strepitum factum imprudentius agere, nec tamen cuiquam occurrit.

et mater et pater aderant rursus ei subridentes, et unus avorum beate adnuens. Harrius se demisit ut in solo ante speculum sederet. nihil eum prohibiturum erat quin hic cum familia pernoctaret. omnino nihil.

nisi –

'itaque – rediisti, Harri?'

videbantur Harrio viscera congelata esse. respexit. in scrinio quodam iuxta parietem posito sedebat Albus Dumbledore ipse. manifestum erat Harrium recta eum praeteriisse, tam cupidum adeundi ad speculum ut eum non animadvertisset.

'ego – ego te non vidi, domine.'

'mirum est quam myopes fiant homines invisibiles,' inquit Dumbledore, et Harrius vidit eum subridere, quod magno ei levamento erat.

'itaque,' inquit Dumbledore, de scrinio lapsus ut cum Harrio in solo sederet, 'tu, sicut centeni priorum, delectamenta Speculi Erisedii repperisti.'

'nesciebam id sic appellari, domine.'

'sed puto te iam intellegere quid faciat.'

'mihi – hem – ostendit familiam.'

'et amico Ronaldo ostendit eum ipsum Caput Scholae.'

'quomodo id cognovisti?'

'non opus est mihi Amictu ut invisibilis fiam,' inquit Dumbledore leniter. 'potesne igitur excogitare quid cuique nostrum Speculum Erisedii ostendat?'

Harrius abnuit.

'permitte mihi rem explicare. homo qui est omnium in orbe terrarum beatissimus Speculo Erisedii uti possit sicut speculo ordinario, videlicet, possit inspicere et se videre haud aliter ac re vera est. an id prodest?'

Harrius rem reputabat. tum inquit lente, 'id nobis ostendit quod volumus … quodcumque volumus …'

'ita est neque ita est,' inquit Dumbledore voce summissa. 'nobis nec plus nec minus ostendit quam quod toto pectore maxime atque cupidissime desideramus. tu, quippe qui familiam nunquam noveras, eos te circumstantes vides. Ronaldus Vislius, quippe qui semper a fratribus obumbratus est, se videt solum stantem, illis omnibus antecellentem. hoc speculum, tamen, nobis neque scientiam neque veritatem dabit. homines ante illud tabuerunt, imaginibus sibi redditis fascinati, aut ad insaniam adacti sunt quod nesciebant utrum hae imagines verae essent an etiam verae esse possent.

'cras Speculum ad domum novam movebitur, Harri, et te rogo ne id repetas. *si* quando ei occurreris, nunc eris paratus. non debemus somniis incumbere vivendi immemores, id memento. nunc igitur, cur non, Amictu illo mirabili rursus induto, cubitum ibis?'

Harrius surrexit.

'domine – Professor Dumbledore? an licet mihi te aliquid rogare?'

'scilicet, id modo fecisti,' Dumbledore subrisit. 'tamen licet tibi unum plus rogare.'

'quid tu vides cum in speculum inspexisti?'

'quid ego? video me ipsum tenentem par tibialium crassorum e lana factorum.'

Harrius oculos in eum fixit.

'nunquam satis tibialium habere potes,' inquit Dumbledore. 'aliud festum nativitatis Christi advenit et abiit neque par unum accepi. homines nil nisi libros mihi dant.'

Harrius in lectum redierat priusquam in animum incidit Dumbledorem fortasse non omnino veracem fuisse. sed tum intellexit, cum Scabbersum de pulvino deturbaret, se rogavisse aliquid admodum privatum.

— CAPUT TERTIUM DECIMUM —

# *Nicolas Flamel*

Dumbledore Harrio persuaserat ne Speculum Erisedii rursus repeteret et per reliquas ferias nativitatis Christi Amictus Invisibilitatis remansit in vidulo imo complicatus. Harrius volebat se tam facile posse oblivisci quid in Speculo vidisset, sed non poterat. suppressiones nocturnas coepit habere. identidem somniabat de parentibus in fulgure luminis viridis evanescentibus dum vox acuta cachinnum tollebat.

'itaque Dumbledore non errabat, speculum illud te in insaniam adigere possit,' inquit Ronaldus, ubi Harrius eum de his insomniis certiorem fecit.

Hermione, quae pridie rediit quam schola aperta est, de rebus aliter sentiebat. in animo eius inter se pugnabant horror quod Harrius, lecto relicto, tres noctes in ordine scholam pervagatus erat ('quid si Filch te cepisset?') et frustratio quod non saltem cognoverat quis esset Nicholas Flamel.

spem paene deposuerant Flameli unquam in libro bibliothecae inveniendi, etsi Harrius adhuc non dubitabat quin alicubi nomen legisset. ubi primum schola aperta est, ad libros decem minuta in intermissione studiorum percurrendos redierunt. Harrius etiam minus otii quam duo alii habebat, quod ad ludum Quidditch iterum se exercere coeperat.

Silvius nunquam prius turmam tam strenue exercuerat. etiam imber continuus nivi superveniens animum eius demittere non potuit. Vislii querebantur Silvium fanaticum fieri, sed Harrius partibus eius favebat. si in proximo certamine Hufflepuffos vicerint, Slytherinos in Principatu Domestico praetereant, quod illis septem annis non factum erat. Harrius non solum victoriam appetebat, sed etiam invenit se exercitatione defessum pauciores habere suppressiones nocturnas.

olim, cum inter imbrem et lutum praecipuum exercerentur, Silvius turmae nuntios tristes edidit. Visliis modo iratissimus fuerat, qui descendentes ad perpendiculum alter alterum quasi pyrobolis petebant et simulabant se de scoparum manubriis delabi.

'nolite sic desipere!' clamavit. 'ineptiis talibus usi in certamine vincemur! Snape erit arbiter huius ludi, et causam quamlibet quaeret punctorum Gryffindorensibus adimendorum!'

quo audito Georgius Vislius re vera de manubrio scoparum cecidit.

'num *Snape* arbitrium habebit?' per os plenum luti balbutiebat. 'quando unquam arbitrium ludi Quidditch habuit? non ex bona fide aget si potest fieri ut Slytherinos praetereamus.'

ceteri lusores in terram iuxta Georgium descenderunt ut quererentur ipsi.

'non est culpa *mea*,' inquit Silvius. 'debemus tantum sine dolo malo ludere, ne Snapi causam praebeamus nostri defraudandi.'

ab hac sententia Harrius non dissentiebat, sed aliam habebat causam cur Snapem sibi in ludo Quidditch appropinquare nollet ...

post finem exercitationis ceteri lusores, ut fit, cunctabantur ut inter se colloquerentur, sed Harrius ad locum communem Gryffindorensium statim rediit, ubi Ronaldum et Hermionem latrunculis ludentes invenit. nunquam vincebatur Hermione nisi in ludo latrunculorum, quod Harrius et Ronaldus ei maxime prodesse putabant.

'parumper noli mecum colloqui,' inquit Ronaldus ubi Harrius iuxta eum consedit. 'debeo animum intend–' vultum Harrii conspexit. 'quid est rei? videtur male esse tibi.'

voce summissa locutus ne quis alius audiret Harrius duos alios certiores fecit de cupidine Snapis repentina et ominosa arbitrii habendi in ludo Quidditch.

'noli ludere,' inquit Hermione statim.

'dic te aegrotare,' inquit Ronaldus.

'simula te crus fregisse,' admonuit Hermione.

'*re vera* crus frange,' inquit Ronaldus.

'non possum,' inquit Harrius. 'non est Petitor subsidiarius. si ego secessero, Gryffindorenses nullo modo ludere poterunt.'

illo puncto Neville in locum communem praeceps cecidit. nemo poterat dicere quo modo per foramen imaginis pictae ascendisset, quod crura, ut statim agnoverunt, Defixione Crurum conglutinata erant. profecto necesse ei fuerat salire usque ad Turrem Gryffindorensem more cuniculi.

omnes risu dissolvebantur praeter Hermionem, quae exsiluit et defixione contraria functa est. statim dissiluerunt crura Nevillis et surrexit, tremebundus.

'quid accidit?' Hermione rogavit, eum traducens ut cum Harrio et Ronaldo sederet.

'erat Malfoy,' inquit Neville voce infirma. 'obviam ei extra bibliothecam ii. dixit se aliquem quaerere quem sic defigere conaretur.'

'i ad Professorem McGonagall!' Hermione Nevilli suadebat. 'defer eum!'

Neville abnuit.

'nolo in mala plura incidere,' murmuravit.

'resistendum est ei a te, Neville!' inquit Ronaldus. 'solet homines obterere, sed ea non est causa cur ante eum iaceas et rem faciliorem reddas.'

'non opus est dicere me non satis fortem esse ut sim Gryffindorensis, Malfoy id iam mihi dixit,' inquit Neville singultans.

Harrius, manu in sinum vestium inserta, ranam socolatam deprompsit quae erat ultima earum quae fuerant in cista ei ab Hermione data nativitatis Christi celebrandae causa. Nevilli eam dedit qui videbatur haud procul a lacrimis abesse.

'tu duodecim Malfones vales,' inquit Harrius. 'nonne Petasus Distribuens te Gryffindorensem elegit? et ubi est Malfoy? inter Slytherinos, homines taeterrimos.'

Neville, labris breviter extensis iterumque contractis, imbecillius subrisit, ranam detegens.

'gratias tibi ago, Harri … in animo habeo cubitum ire … an chartam vis? nonne eas colligis?'

cum Neville abiret, Harrius chartam imagine Magi Celebris impressam inspexit.

'Dumbledore iterum,' inquit. 'ille erat quem primum ego –' anhelavit. chartam inversam intuitus est. tum Ronaldum et Hermionem suspexit.

*'eum inveni!'* susurravit. 'Flamelum inveni! tibi *dixi* me alicubi antea nomen legisse, id legi in hamaxosticho huc iter faciens – haec verba audite: "Professor Dumbledore praecipue inclaruit ob magum sinistrum Grindelwald anno MCMXLV victum, ob duodecim modos utendi dracontis sanguine inventos, *ob studia alchemistica cum socio Nicolas Flamelo suscepta*"!'

Hermione saltu surrexit. nunquam tam excitata visa erat ex quo pensa scholastica prima a doctore examinata receperunt.

'manetedum!' inquit, et celerrime scalas ad dormitoria puellarum ascendit. Harrius et Ronaldus mirati quid faceret vix tempus habebant oculos alter in alterum vertendi priusquam rediit festinans, bracchiis librum ingentem et antiquum ferens.

'nunquam mihi hunc librum inspicere succurrit!' susurravit animo excitato. 'e bibliotheca abstuli complures abhinc hebdomadas ut legerem voluptatis causa.'

*'voluptatis causa?'* inquit Ronaldus, sed Hermione eum tacere iussit dum aliquid in libro reperiret, et coepit furibunda paginas percurrere, sibi murmurans.

tandem invenit quod quaerebat.

'id sciebam! id *sciebam*!'

'an nobis iam loqui licet?' inquit Ronaldus indignatus. Hermione eum ignoravit.

'Nicolas Flamel,' susurravit velut scenice, 'est *post hominum memoriam fabricator solus Philosophi Lapidis*!'

quibus verbis haud admodum id effecit quod exspectaverat.

'cuius rei?' dixerunt Harrius et Ronaldus.

'oh, *pro pudor*, nonne vos duo libros legitis? ecce – legete illud – ibi.'

librum ad eos impulit, et Harrius et Ronaldus legerunt:

*studium antiquum alchemisticae pertinet ad faciendum Lapidem Philosophi, rem fabulosam potentias mirabiles habentem. Lapis metallum quodvis in aurum purum vertet. Elixirium Vitae quoque efficit, quod potatorem immortalem reddet.*

*per saecula multa fuerunt rumores Philosophi Lapidis, sed Lapis qui unus nunc exstat est Domino Nicolas Flamel, noto alchemistae et dramatum musicorum amatori. Dominus Flamel, qui proximo anno diem natalem sescentensimum sexagensimum quintum celebravit, vita tranquilla apud Dumnonios fruitur cum uxore Perenelle (sescentos quinquaginta octo annos nata).*

'an videtis?' inquit Hermione cum Harrius et Ronaldus id perlegissent. 'non dubium est quin canis Lapidem Philosophi Flameli custodiat! sponsionem faciam eum Dumbledorem rogavisse ut Lapidem sibi conservaret, quod sunt amici et ille sciebat aliquem eum appetere. ea est causa cur vellet Lapidem ab argentaria Gringotts removeri!'

'lapidemne aurum facere et mortem in omne tempus differre!' inquit Harrius. 'non mirum Snapem eum appetere! nonne *quivis* eum habere velit?'

'nec mirum nos non potuisse reperire Flamelum in libro illo *Studium Rerum Recentium in Arte Magica*,' inquit Ronaldus. 'num admodum recens est vir sescentos sexaginta quinque annos natus?'

postridie mane hora Defensionis Contra Nigras Artes, cum modos varios morsuum versipellium sanandorum describerent, Harrius et Ronaldus etiam tum disputabant quomodo Lapide Philosophi usuri essent si eum haberent. nec Harrius de Snape et certamine futuro prius meminit quam Ronaldus dixit se empturum esse turmam propriam lusorum ludi Quidditch.

'lusurus sum,' Ronaldo et Hermioni inquit. 'nisi lusero, Slytherini omnes putabunt me timidiorem esse quam ut Snapi obviam eam. exemplo eis ero ... re vera depressi erunt si vicerimus.'

'dummodo tu non in campum lusorium depressus sis,' inquit Hermione.

*

certamine appropinquante, tamen, Harrius semper magis anxius fiebat, ut omittatur quidquid Ronaldo et Hermioni dicebat. nec ceteri lusores admodum tranquilli erant. consilium Slytherinos in Principatu Domestico praetereundi, id quod nemo paene septem annis fecerat, erat mirabile, sed nesciebant an sibi liciturum esset, arbitro partium tam studioso.

Harrius nesciebat utrum rem animo fingeret necne, sed videbatur semper Snapi occurrere quocumque ibat. aliquando, secum etiam agitabat num Snape se sequeretur, conans se solum opprimere. crudelitatem tantam in Harrium adhibebat ut horae Potionum nescio quo modo fierent cruciatus hebdomadalis. an poterat fieri ut Snape sciret eos de Lapide Philosophi cognovisse? Harrius non intellegebat quomodo id fieri posset – attamen aliquando sensit, horribile dictu, Snapem posse animos introspicere.

*

postridie post meridiem, cum extra cellas vestiarias Ronaldus et Hermione precarentur ut fortuna secunda uteretur, Harrius sciebat eos secum agitare num unquam rursus eum vivum visuri essent. quod haud dixeris multum solacii ei afferre. Harrius vix unum verbum hortationis Silvii audivit dum vestes induit quas in ludo Quidditch gerebat et Nimbum suum MM colligit.

interea Ronaldus et Hermione locum in foris iuxta Nevillem invenerant, qui non poterat intellegere cur viderentur tam torvi et anxii, aut cur ambo bacula ad ludum secum attulissent. Harrius haudquaquam sciebat Ronaldum et Hermionem clam Defixionem Crurum exercuisse. quod consilium ceperant quod Malfoy Nevillem defixerat, et parati erant Snapem defigere si indicium ullum fecerat se Harrium laedere velle.

'noli igitur oblivisci, est *Locomotor Mortis*,' murmuravit Hermione, Ronaldo baculum in manicam furtim inserente.

'id *scio*,' inquit Ronaldus acriter. 'noli sic importuna esse.'

regressus in cellam vestiariam, Silvius Harrium seduxerat.

'nolo nimium a te flagitare, Potter, sed si quando necesse fuit Raptum mature capere, necesse est nunc. ludum finiamus antequam Snape Hufflepuffis nimis faveat.'

'tota schola ibi adest!' inquit Fredericus Vislius e ianua prospiciens. 'etiam – edepol – Dumbledore spectatum venit!'

cor Harrii saluit et se circumegit.

'*Dumbledore?*' inquit, ad ianuam festinans ut rem compertam haberet. Fredericus non erraverat. non ambigebatur de barba illa argentea.

Harrius cura levatus voce clara ridere potuit. tutus erat. nullo modo Snape audeat conari eum laedere coram Dumbledore.

fortasse ea erat causa cur Snape tam iratus videretur ubi turmae in campum lusorium contenderunt, quod Ronaldus quoque animadvertit.

'nunquam Snapem vidi vultu tam maligno,' inquit Hermioni. 'ecce – res coepta est. vae!'

aliquis occipitium Ronaldi fodicaverat. erat Malfoy.

'oh, ignosce, Visli. ego te ibi non vidi.'

Malfoy Crabbi et Goyli ore extenso subrisit.

'nescio quamdiu Potter hodie in scoparum manubrio mansurus sit. an aliquis sponsionem facere vult? quid tu, Visli?'

Ronaldus non respondit; Snape ictum poenalem Hufflepuffis modo dederat quod Georgius Vislius Bludgerum in eum impulerat. Hermione, quae digitos omnes in gremio decussatos habebat, oculis limis Harrium intente aspiciebat, qui ludum circumvolabat sicut accipiter, Raptum quaerens.

'an scitis quomodo sententia mea lusores Gryffindorenses eligant?' inquit Malfoy magna voce paucis post minutis cum Snape ictum poenalem alium sine causa ulla Hufflepuffis dedisset. 'homines eligunt miserandos. ecce, habent Potterum, cui nulli sunt parentes, habent Vislios, quibus nulla est pecunia – debes esse in turma, Longifunde, tibi nullum est ingenium.'

Neville maxime erubuit sed in sede conversus se Malfoni opposuit.

'duodeciens plus te valeo,' inquit balbutiens.

Malfoy cum Crabbe et Goyle risu ululabat, sed Ronaldus, etiam nunc non ausus oculos a certamine avertere, inquit, 'bene locutus es, Neville.'

'Longifunde, si ingenia essent ex auro facta, tu pauperior esses Vislio, quamvis id esset difficile.'

Ronaldus de Harrio tam anxius erat ut iam iam in furorem erupturus esset.

'te moneo, Malfoy – ne quid amplius –'

'Ronalde!' inquit Hermione subito. 'Harrius –!'

'quid? ubi?'

Harrius subito se praecipitem miserat modo spectabili qui anhelitus et clamores spectatorum eliciebat. Hermione surrexit, digitis decussatis in ore, dum Harrius ad terram accelerat more glandis ignitae.

'fortunatus es, Visli. manifestum est Potterum aliquid pecuniae in solo conspexisse!' inquit Malfoy.

furor Ronaldi erupit. priusquam Malfoy sciret quid fieret, Ronaldus eum oppresserat et more luctatoris in solum deiecerat. Neville paulum cunctatus, supra tergum sedis ascendit auxilium laturus.

'agedum, Harri!' Hermione ululavit, in sedem insiliens ut Harrium spectaret recta ad Snapem accelerantem – ne animadvertit quidem Malfonem et Ronaldum sub sede circumvolutantes, aut tumultum et clamores ortos a turbine pugnorum qui erat Neville et Crabbe et Goyle.

sublimis in aere, Snape cursum scoparum manubrii eo potissimum tempore mutavit ut aliquid coccinatum celeriter se praeteriens videre posset, paucorum modo unciorum intervallo – proximo secundo Harrius, cursu praecipiti frenato, bracchium sustulit triumphans, Raptum manu amplexus.

in foris eruptio facta est; manifestum erat rem incomparabilem gestam esse, post hominum memoriam Raptum nunquam tam cito captum erat.

'Ronalde! Ronalde! ubi es? ludus finem habet! Harrius vicit! nos vicimus! Gryffindorenses primum tenent locum!' clamavit Hermione voce stridenti, sursum deorsum in sede saliens et Parvati Patilem amplectans quae erat in ordine priore.

Harrius de scoparum manubrio desiluit, pede uno a solo distans. incredulus erat. rem bene gesserat – ludus terminatus est; vix quinque minutorum fuerat. cum Gryffindorenses in campum fluerent, vidit Snapem prope descendentem, pallidum et labris clausis – tum Harrius sensit manum in umero positam, et suspiciens vultum ridentem Dumbledoris vidit.

'gratulor tibi,' inquit Dumbledore voce summissa, ita ut Harrius solus audire posset. 'gaudeo quod de speculo illo non semper meditaris … negotiosus fuisti … optime factum …'

indignatus Snape in terram inspuit.

*

paulo postea Harrius a cella vestiaria discessit ut Nimbum MM ad receptorium scoparum manubriorum referret. non potuit meminisse se unquam feliciorem fuisse. nunc re vera fecerat aliquid superbia dignum – iam nemo poterat dicere eum nil esse nisi nomen praeclarum. aura vespertina nunquam tam fragrans fuerat. Harrius per herbam madidam ibat, animo recreans eventus horae proximae, cuius memoriam habebat felicem sed incertam: Gryffindorenses currentes ut ipsum in umeros sublevarent; procul Ronaldum et Hermionem, sursum deorsum salientes, Ronaldum quamvis naso sanguinolento plaudentem.

Harrius ad receptorium pervenerat. in ianuam ligneam inclinatus scholam Hogvartensem suspexit, fenestris sole cadente rubefactis et illuminatis. praeerat Gryffindor. ipse rem bene gesserat, ipse Snapi exemplum dederat …

et dum mentio fit Snapis …

figura cucullata gradus priores castelli cito descendit. nolens videri, ut apparebat, quam celerrime ad Silvam Interdictam ibat. Harrius spectans victoriam oblivisci coepit. incessum figurae furtivum et praedatorium agnovit. Snape clam in Silvam ibat dum ceteri omnes cenabant – quidnam fiebat?

Harrius in Nimbum MM resiluit et in caelum ascendit. silentio supra castellum lapsus Snapem in silvam cursu intrantem vidit. secutus est.

arbores erant tam densae ut videre non posset quo Snape iisset. circumvolabat, semper deorsum, ramos summos arborum praestringens dum voces audiret. quibus lapsu appropinquavit et tacite in fagum altissimam descendit.

magna cum cura secundum unum ramorum movebatur, scoparum manubrium arte complexus, per frondes videre conans.

subter, in area umbrosa, stabat Snape, neque tamen solus erat. Quirrell quoque aderat. qualem vultum haberet Harrius non poterat discernere, sed balbutiebat ut nunquam antea. Harrius aures arrexit ut audiret quid dicerent.

'… n-nescio cur mecum hoc potissimum loco c-convenire volueris, Severe …'

'oh, putabam melius fore si hanc rem nobis reservaremus,' inquit Snape, voce frigida. 'scilicet non est discipulorum de Lapide Philosophi scire.'

Harrius procubuit. Quirrell aliquid murmurabat. Snape sermonem interrupit.

'an iam invenisti quo modo praeter bestiam illam Hagridi eundum sit?'

'a-at Severe, ego –'

'num vis me inimicum tibi fieri, Quirrell?' inquit Snape, passum ad eum proferens.

'e-ego nesc-io quid tu –'

'optime scis quid dicere velim.'

strix ululatum magnum edidit et Harrius paene de arbore cecidit. cum se stabilivisset, potuit audire Snapem dicentem, '– praestigias istas parvas. exspecto.'

's-sed ego n-n-non –'

'esto,' Snape interpellavit. 'sermunculum alium mox habebimus cum tibi otium fuerit rerum reputandarum et constituendi quibus partibus studeas.'

pallio supra caput iacto, passibus longis et fortibus ex area discessit. iam paene tenebrae erant, sed Harrius poterat videre Quirrellem, sine ullo corporis motu stantem quasi in saxum mutatum.

*

'Harri, ubinam *fuisti*?' inquit Hermione stridens.

'vicimus! vicisti! vicimus!' clamavit Ronaldus, tergum Harrii pulsans. 'et ego oculum Malfonis nigravi et Neville conatus est decertare cum Crabbe et Goyle solus! adhuc exanimatus est sed Magistra Pomfrey dicit eum salvum fore – edepol, exemplum Slytherinis praebuimus! omnes te in loco communi exspectant, convivamur, Fredericus et Georgius libos aliquos et alia a culinis furati sunt.'

'id nunc omittamus,' inquit Harrius anhelans. 'conclave vacuum inveniamus, exspectate modo dum hoc audiatis …'

cum compertum haberet Peevem non intus esse, ianuam post eos clausit. tum narravit quid vidisset et audivisset.

'itaque non errabamus, est Lapis Philosophi, et Snape Quirrellem cogere conatur sibi subvenire ut eum adipiscatur. rogavit num sciret quomodo praeter Lanigerum eundum esset – et dixit aliquid de "praestigiis" Quirrellis – mea sententia, alia, neque Laniger solus, lapidem custodiunt, multa incantamenta, ut veri simile est, et nescio an Quirrell defixionem aliquam fecerit Artibus Nigris contrariam quae Snapi perfringenda sit –'

'itaque vis dicere Lapidem solum tamdiu salvum esse quamdiu Quirrell Snapi resistat?' inquit Hermione perturbata.

'die Martis proximae hebdomadis evanuerit,' inquit Ronaldus.

— CAPUT QUARTUM DECIMUM —

# *Norbert Dorsoiugifer Norvegensis*

non tamen dubium erat quin Quirrell fortior esset quam arbitrati essent. hebdomadibus proximis videbatur pallidior et macrior fieri, sed nondum, ut apparebat, animo fractus erat.

Harrius et Ronaldus et Hermione, quotiens transitum tabulati tertii praeteribant, aures ad ianuam applicabant ut confirmarent Lanigerum adhuc intus fremere. Snape more suo ubique incedebat plenus indignationis, quod clare ostendit Lapidem adhuc tutum esse. Harrius, quotiens his diebus Quirrellem praeteribat, nescio quo modo subridens eum hortabatur, et Ronaldus eos reprehendere coeperat qui vocem balbutientem Quirrellis deridebant.

Hermione tamen plura quam Lapidem Philosophi in animo agitabat. horaria studiorum repetundorum instruere coeperat et commentarios omnes coloribus variis distinguere. quae non curae fuissent Harrio et Ronaldo, nisi semper eos ursisset ut idem facerent.

'Hermione, saeculis multis examina distant.'

'decem hebdomadibus,' inquit Hermione acriter. 'id non est spatium saeculorum, id Nicolas Flamel pro secundo habuerit.'

'nos tamen non sescentos annos nati sumus,' Ronaldus eam admonuit. 'sed ut ea omittam, quamobrem studia repetis, omnia iam sciens?'

'quamobrem studia repeto? an deliras? nonne intellegis nobis haec examina superanda esse ut in annum secundum progrediamur? sunt maximi momenti. studia unum abhinc mensem incipere debebam. nescio quid mihi sit …'

mala fortuna accidit ut doctores viderentur eadem sentire ac Hermione. tot pensa domestica eis ingesserunt ut feriae paschales haudquaquam tam iucundae essent quam brumales. difficile erat animum remittere Hermione assidente et duodecim modos draconum sanguine utendi recitante aut motus baculi temptante. gementes et oscitantes, Harrius et Ronaldus plerumque otii cum ea in bibliotheca agitabant, conantes tot pensa extraordinaria perficere.

'hoc nunquam meminero,' olim postmeridiano tempore exclamavit Ronaldus, stilum deiciens et prospectans e fenestra bibliothecae desiderii plenus. multos iam menses non fuerat dies tam pulcher. caelum colorem serenum et caeruleum myosotum habebat et in auris erat aliquid aestatis appropinquantis.

Harrius, qui 'Dictamnus' quaerebat in *Mille Magicae Herbae et Fungi*, non prius suspexit quam Ronaldum audivit dicentem, 'Hagrid! quid tu in bibliotheca facis?'

Hagrid dissoluto motu pedum in conspectum venit, aliquid post tergum celans. alienissimus videbatur in lacerna e pellibus talparum confecta.

'tantum spectatum veni,' inquit voce furtiva quae eos statim attentos fecit. 'et quid vos omnes facitis?' subito suspiciosus videbatur. 'num Nicolas Flamelum etiam nunc quaeritis?'

'oh, cognovimus quis esset multa abhinc saecula,' inquit Ronaldus graviter. '*et* scimus quid canis ille custodiat. est Philosophi Lap–'

'*stttt!*' Hagrid celeriter circumspexit si quis forte audiret. 'nolite de re clamare, quid est vobis?'

'fateor nos pauca te rogare voluisse,' inquit Harrius, 'de custodia Lapidis. quid enim eum praeter Lanigerum custodit?'

'STTTT!' inquit Hagrid iterum. 'audite – postea ad me visendum venite, scilicet non promitto me quidquam vobis dicturum esse, sed nolite hic de re sine fine garrire, non est discipulorum haec scire. putabunt me vobis dixisse –'

'postea igitur te visemus,' inquit Harrius.

Hagrid dissoluto motu pedum discessit.

'quid post tergum celabat?' inquit Hermione cogitabunda.

'an putas id aliquo modo ad Lapidem pertinuisse?'

'inspecturus sum in qua parte fuerit,' inquit Ronaldus quem taedebat laborum. post minutum rediit acervum librorum bracchiis tenens quos magno cum sonitu in mensam deposuit.

'*dracones!*' susurravit. 'Hagrid de draconibus aliqua reperire volebat! haec videte: *Species Draconum Britanniae Magnae et Hiberniae; ab Ovo ad Infernum, Enchiridion Draconum Alendorum.*'

'Hagrid semper draconem habere volebat, id mihi dixit ubi primum ei occurri,' inquit Harrius.

'sed est contra leges nostras,' inquit Ronaldus. 'alere dracones Conventione Magorum anni MDCCIX vetitum est, omnes id sciunt. difficile est prohibere Muggles nos animadvertere si dracones in horto postico habemus – sed ut ea omittamus, dracones domare non potes, periculosum est. adustiones videre debes quas Carolus a draconibus feris in Romania accepit.'

'sed num in *Britannia* sunt dracones feri?' inquit Harrius.

'scilicet sunt,' inquit Ronaldus. 'Vulgares Virides Vallenses et Dracones Nigri Epudarum Insularum. difficile est, mihi crede, Ministerio Magico eos occultare. nostris semper fascinandi sunt Muggles qui eos viderunt, ut obliviscantur.'

'quae cum ita sint, quid tandem Hagrid vult?' inquit Hermione.

*

cum una post hora ianuam casae saltuarii pulsarent, mirati sunt quod vela omnia clausa viderunt. Hagrid prius clamavit, 'quis est?' quam eos admisit et eis ingressis ianuam celeriter clausit.

aestuabat intus. sed quamquam sol ita ardebat, in foco flagrabat ignis. Hagrid potionem theanam eis fecit et eis obtulit quadrulas duplices panis carne mustelae confertas, quas repudiaverunt.

'quid? nonne volebatis me aliquid rogare?'

'ita vero,' inquit Harrius. necesse erat sine ambagibus loqui. 'pergratum feceris si nobis dixeris quid Lapidem Philosophi custodiat praeter Lanigerum.'

Hagrid fronte contracta eum contemplavit.

'scilicet non possum,' inquit. 'primum ipse nescio, deinde vos iam nimium scitis, itaque non vobis dicam si possim. non sine causa Lapis ille hic adest. ex argentaria Gringotts paene ereptus est – nonne vos aliquo modo id quoque computavistis?

de Lanigero quomodo vel sciatis omnino ignarus sum.'

'oh, agedum, Hagrid. potest fieri ut nolis nobis dicere, sed *scis*, scis omnia quae hoc loco fiunt,' inquit Hermione voce amabili et blanda. barba Hagridi paulum se movebat et intellegebant eum subridere. 're vera nil animo agitabamus nisi quis custodiam *egisset*.' Hermione plura locutus est. 'agitabamus cuius auxilio Dumbledore satis confisus esset, nisi tuo.'

his verbis auditis pectus Hagridi inflatum est. Harrius et Ronaldus Hermioni renidebant.

'sit ita! opinor me sine noxa id vobis dicere posse ... quid igitur? ... Lanigerum a me mutuavit ... deinde doctores nonnulli incantamenta fecerunt ... Professor Caulicula – Professor Flitvicus – Profesor McGonagall –' digitis eos enumeravit, 'Professor Quirrell – et Dumbledore ipse aliquid fecit, scilicet. manetedum, aliquem oblitus sum. ita vero, Professor Snape.'

'*Snape?*'

'ita vero – num id etiam nunc instas? ecce, Snape opem ferebat ut Lapidem *defenderet*, non eum furaturus est.'

Harrius sciebat Ronaldum et Hermionem idem putare ac se. si Snape consiliis Lapidis defendendi interfuisset, sine dubio facile fuisset cognoscere quomodo ceteri doctores eum custodivissent. veri simile erat eum omnia scire – nisi, ut videbatur, incantamentum Quirrellis et quomodo Lanigerum praeteriret.

'nonne tu solus scis quomodo praeter Lanigerum eundum sit, Hagrid?' inquit Harrius animo anxio. 'nec cuiquam id dicas? ne uni quidem doctorum?'

'nemo usquam gentium id scit nisi ego et Dumbledore,' inquit Hagrid superbe.

'id certe aliquid valet,' Harrius ceteris murmuravit. 'Hagrid, licetne nobis fenestram aperire? aestuo.'

'non licet, Harri, ignosce,' inquit Hagrid. Harrius eum animadvertit oculos ad ignem vertentem. Harrius quoque ignem aspexit.

'Hagrid – quid est *illud*?'

sed iam sciebat quid esset. in medio igne, sub lebete, erat ovum ingens et nigrum.

'ah,' inquit Hagrid, digitis inquietis barbam versans, 'id est – hem ...'

'ubi id adeptus es, Hagrid?' inquit Ronaldus, igni incumbens ut ovum propius inspiceret. 'certe tibi maximo constitit.'

'ludens id adeptus sum,' inquit Hagrid. 'proxima nocte. descenderam in vicum potandi causa et coepi cum advena quodam paginis ludere. sententia mea, fatebor enim, libentius id amisit.'

'sed quid de eo facies cum exclusus erit?' inquit Hermione.

'si scire vis, nonnihil legi,' inquit Hagrid, librum magnum depromens pulvino celatum. 'hoc bibliothecae abstuli – *Alimenta Draconum Voluptatis Lucrique Causa* – scilicet aliquid prisci moris habet, sed insunt omnia. ovum in igne retinendum est, quod matres eis inspirant – tenetis quid dicam? – et cum exclusus erit, alendus erit situla potionis coniacensis cum sanguine pullorum mixti intervallis dimidiae horae. nunc huc aspicite – quomodo ova varia agnoscenda sunt – ego habeo Dorsoiugiferum Norvegensem, genus rarissimum.'

sibi maxime placere videbatur, sed Hermione aliter se habebat.

'Hagrid, domum *ligneam* habitas,' inquit.

sed Hagrid non audiebat. laetans bombiebat dum ligna in ignem ingerebat.

*

nunc igitur res alia eos sollicitabat: quid Hagrido futurum esset si quis cognovisset eum draconem illicitum in casa celare.

'nescio quale sit tranquille vivere,' inquit Ronaldus suspirans, dum cottidie vesperi cum tot pensis extraordinariis sibi impositis luctuantur. Hermione horaria studiorum Harrio et Ronaldo quoque instruere coeperat. in insaniam adigebantur.

tum, hora quadam ientaculi, Hedvig litterulas alias ab Hagrido missas Harrio attulit. unum modo verbum scripserat: *excluditur*.

Ronaldus Herbologiam omittere volebat et recta ad casam descendere. Hermione id auribus non admittebat.

'Hermione, quotiens tota vita exclusionem draconis videbimus?'

'classes habemus, in mala incidemus, et Hagrid etiam peiora patietur cum aliquis invenerit quid faciat –'

'tace!' susurravit Harrius.

Malfoy paucos modo pedes aberat et in vestigio ad audiendum

constiterat. quantum audiverat? Harrius vultum Malfonis haudquaquam amabat.

euntes ad Herbologiam Ronaldus et Hermione sine fine secum disputabant, et denique Hermione promittebat se cum duobus aliis in matutina intermissione studiorum ad casam Hagridi decursuram esse. cum tintinnabulum a castello sonuisset finem classis nuntians, tres illi trullis statim demissis per campos ad marginem Silvae festinaverunt. Hagrid eos salutavit vultu rubido et permoto.

'paene exclusus est.' introduxit eos.

ovum in mensa iacebat. fissuras altas habebat. aliquid intus movebatur; crepitus inusitatus exibat.

omnes sellas ad mensam traxerunt et animis suspensis spectabant.

subito sonitus erat rasurae et ovum diffissum est. draco infans graviter in mensam decidit. non erat admodum pulcher; Harrio videbatur similis umbellae corrugatae et nigrae. alae squamosae erant ingentes prae corpore macro et atro, et habebat rostrum longum cum naribus latis, cornicula prima, oculos prominentes coloris aurantii.

stertuit. scintillae nonnullae e rostro evolaverunt.

'nonne *pulcher* est?' murmuravit Hagrid. manum porrexit ad caput draconis mulcendum. is digitos mordere conatus est, dentes acutos ostendens.

'di eum ament, en, materculam novit!' inquit Hagrid.

'Hagrid,' inquit Hermione, 'an potes accurate dicere quam cito crescant Dorsoiugiferi Norvegenses?'

Hagrid responsurus erat cum subito color vultu abiit – saliens surrexit et ad fenestram cucurrit.

'quid est rei?'

'aliquis per rimam velarum spectabat – est puerculus – sursum ad scholam recurrit.'

Harrius ad ianuam ruit et prospexit. etiam cum procul abesset non dubium erat quis esset.

Malfoy draconem viderat.

*

proxima hebdomade aspectus Malfonis furtim subridentis nescio quo modo Harrium et Ronaldum et Hermionem magnopere perturbabat. plerumque otii in casa obscurata Hagridi agebant, conantes eum argumentis docere.

'eum modo dimitte,' Harrius urgebat. 'libera eum.'

'non possum,' inquit Hagrid. 'nimis parvus est. moriatur.'

draconem contemplati sunt. una modo hebdomade longitudo eius triplicata erat. fumus semper e naribus exhalabatur. Hagrid officia saltuarii neglexerat quod dracone adeo occupatus erat. passim in solo erant lagoenae inanes potionis coniacensis et pennae pullorum.

'constitui eum Norbertum appellare,' inquit Hagrid, draconem oculis caliginosis aspiciens. 'iam me re vera novit, aspicite. Norbert! Norbert! ubi est Matercula?'

'mente est alienata,' Ronaldus auri Harrii immurmuravit.

'Hagrid,' inquit Harrius voce magna, 'duabus hebdomadibus Norbert tam longus erit quam domus tua. iam, iam Malfoy potest ire ad Dumbledorem.'

Hagrid labrum momordit.

'e-ego scio me non posse eum in omne tempus servare, sed non possum eum modo extrudere. non possum.'

Harrius subito ad Ronaldum conversus est.

'Carolus,' inquit.

'tu quoque es mente alienata,' inquit Ronaldus. 'ego sum Ronaldus. meministine?'

'non ita – Carolus – frater tuus Carolus. in Romania. draconibus studet. potest fieri ut Norbertum ad eum mittamus. Carolus potest eum curare et tum in solitudines restituere!'

'macte ingenio!' inquit Ronaldus. 'quid putas, Hagrid?'

et denique Hagrid eis permisit ut strigem ad Carolum rogandum mitterent.

*

hebdomas proxima lentissime ibat. die Mercurii vespere Hermione et Harrius in loco communi sedebant, longe postquam omnes alii cubitum ierant. horologium in pariete fixum modo noctem mediam sonuerat cum foramen imaginis pictae subito refractum est. Ronaldus e nihilo apparuit Amictum Invisibilitatis Harrii exuens. in casam Hagridi degressus, adiutor eius fuerat Norberti alendi, qui nunc corbes rattorum mortuorum consumebat.

'me momordit!' inquit, manum eis ostendens, quae sudario sanguinolento involuta est. 'hebdomadem totam non potero pennam tenere. scilicet nunquam animali taetriori obviam ii quam draconi illi, sed Hagrid tantis laudibus eum extollit ut credideris cuniculum esse parvulum et lanigerum. cum me momordisset, me reprehendit quod ego eum terruissem. et cum discederem, ei lallabat.'

fenestra obscura leviter pulsata est.

'en, Hedvig!' inquit Harrius, festinans ut eam admitteret. 'responsum Caroli habebit.'

tres illi, capitibus arte contractis, litterulas legerunt.

*Carolus Ronaldo S.P.D.*

*gratias ago quod me scripsisti – libenter accipiam illum Dorsoiugiferum Norvegensem, sed non erit facile eum huc transportare. sententia mea, optimum erit si transmittetur cum nonnullis amicorum meorum qui me proxima hebdomade visitabunt. cavendum tamen est ne videantur draconem illicitum ferentes.*

*an potest fieri ut Dorsoiugiferum in turrem altissimam media nocte die Saturni afferas? illi ibi tecum convenire possunt et eum auferre dum adhuc tenebrae sunt.*

*responsum quam celerrime mitte.*

*te amo.*

alii in alios oculos vertebant.

'Amictum Invisibilitatis habemus,' inquit Harrius. 'non debet esse nimis difficile – puto Amictum tantum esse ut duos nostrum et Norbertum tegere possit.'

indicium erat atrocitatis hebdomadis prioris quod duo alii cum eo consentiebant. ad omnia parati erant dummodo se a Norberto liberarent – et a Malfone.

*

res tamen quaedam consilio obstabat. postridie mane manus Ronaldi morsu vulnerata ita tumuerat ut bis tanta esset quam solebat. ille nesciebat an tutum esset ire ad Magistram Pomfrey – morsumne draconis agnosceret? postmeridiano tempore, tamen, non erat ei optio. morsus nunc colorem habebat viridem generis foedissimi. dentes Norberti, ut videbatur, venenati erant.

Harrius et Hermione post finem diei ad alam valetudinariam ruerunt et Ronaldum invenerunt in lecto iacentem et graviter aegrotantem.

'non est modo manus,' susurravit, 'quamquam non aliter sentit quam si mox de corpore casura sit. Malfoy Magistrae Pomfrey dixit se velle unum librorum meorum mutuari eo consilio ut huc veniret ad me irridendum. semper minabatur se ei dicturum esse quid re vera me momordisset – ego ei dixi canem fuisse sed non puto eam mihi credere – non debui eum inter certamen ludi Quidditch pulsare, ea est causa cur hoc faciat.'

Harrius et Hermione animum Ronaldi tranquillare conati sunt.

'media nocte die Saturni omnia finem habebunt,' inquit Hermione, haudquaquam animum Ronaldi mulcens. immo, arrectus sedit et sudare coepit.

'media nocte die Saturni!' inquit voce rauca. 'non ita – non ita – modo memineram – epistula Caroli erat in illo libro quem Malfoy cepit, cognoscet nos Norbertum ablegaturos esse.'

Harrius et Hermione occasionem respondendi non habuerunt. illo puncto supervenit Magistra Pomfrey et coegit eos abire, dicens Ronaldo dormiendum esse.

*

'iam serum est consilium mutare,' Harrius Hermioni inquit. 'non tempus habemus strigi alii mittendae et potest fieri ut haec sit ultima occasio Norberti ablegandi. periclitandum erit nobis. et Amictum Invisibilitatis *habemus,* Malfoy eum nescit.'

Dentatum canem Molossicum cauda pannis involuta foris sedentem invenerunt ubi ierunt ad rem Hagrido narrandam, qui fenestram aperuit ut cum eis colloqueretur.

'vos non admittam,' inquit anhelans. 'Norbert ad gradum difficilem pervenit – nihil est quod non moderari possim.'

cum eum de epistula Caroli certiorem fecissent, oculi lacrimis impleti sunt, quamquam causa fortasse erat quod Norbert crus modo momorderat.

'eheu! non dolet, caligam modo cepit – tantum ludit – mementote eum infantem modo esse.'

infans murum cauda tam vehementer pulsavit ut fenestrae crepitarent. Harrius et Hermione ad castellum redierunt, rati diem Saturni non posse maturius advenire.

*

cum tempus veniret Norberto valedicendi, eos Hagridi miseruisset nisi tam solliciti fuissent de rebus quae ipsis facienda erant. nox erat obscurissima et nubilosa et paulo tardius ad casam Hagridi advenerunt quod necesse fuerat exspectare dum Peeves viam eis in Vestibulo daret, ubi reticulo manubriato pilam in murum impellebat.

Hagrid Norbertum inclusum et paratum in corbe magno habebat.

'rattos multos et aliquid coniacensis potionis habet ut victus sit in itinere,' inquit Hagrid voce surda. 'et ursulum panneum inclusi ne solitudine laboret.'

ab interiore parte corbis sonitus lacerationis orti Harrio subiciebant caput ursuli deripi.

'vale, Norbert!' inquit Hagrid lacrimans, dum Harrius et Hermione corbem Amictu Invisibilitatis tegunt et ipsi subeunt. 'Matercula te nunquam obliviscetur.'

quomodo corbem sursum ad castellum removere possent, nunquam sciebant. media nox iam sonitura erat eis Norbertum trudentibus contra scalas marmoreas Vestibuli et secundum transitus obscuros. scalas alias ascenderunt, deinde alias – ne compendiarium quidem Harrio notum laborem multum levabat.

'haud procul absumus!' inquit Harrius anhelans ubi ad transitum sub turre altissima situm pervenerunt.

tum perturbati motu subito a fronte facto corbem paene demiserunt. obliti se iam invisibiles esse, in umbris delituerunt, intuentes formas obscuras duorum hominum inter se certantium intervallo decem pedum. lucerna flagravit.

Professor McGonagall, amictu cubiculari Caledonico et redimiculo induta, aurem Malfonis tenebat.

'detineberis,' clamavit. 'et viginti puncta Slytherini amittunt! tene media nocte circumerrare, quantam *audaciam* –'

'non intellegis, Professor, Harrius Potter veniet – habet draconem!'

'nugas meras! num mendacia talia dicere audes? verba de te cum Professore Snape faciam, Malfoy!'

post illud nil toto orbe terrarum facilius videbatur quam ascendere scalas involutas et arduas ad turrem summam ferentes. non prius Amictum exuerunt quam in aera frigidum noctis ingressi sunt, laeti quod iterum solito more spirare poterant. saltationem quandam Hermione saltavit.

'Malfoy detinebitur! cantare possim!'

'noli cantare,' Harrius eam admonuit.

cachinnantes de Malfone, exspectaverunt, Norberto in corbe tumultuante. plus minus decem post minuta, quattuor scoparum manubria advenerunt e tenebris delapsa.

amici Caroli, homines hilares, Harrio et Hermioni ostenderunt armamenta sibi parata, ut Norbertum inter se suspenderent. cum Norbert, omnium auxilio, fibulis ad armamenta ita ligatus esset ut effugere non posset, Harrius et Hermione manus cum aliis coniunxerunt et eis gratias maximas egerunt.

tandem, Norbert abibat ... abibat ... *abierat.*

scalis involutis usi delapsi sunt, pectoribus aeque ac manibus a Norberto solutis. discesserat draco – Malfoy detentionem passurus erat – quid poterat felicitatem inhibere?

responsum in scalis imis inventuri erant. cum in transitum ingrederentur, subito e tenebris eminebat facies ianitoris Filch.

'quid tandem est hoc?' susurravit. '*certe* in mala incidimus.'

Amictum Invisibilitatis in turre summa reliquerant.

— CAPUT QUINTUM DECIMUM —

# *Silva Interdicta*

res non potuerunt deteriores esse.

Filch eos in tablinum Professoris McGonagall in tabulato primo situm deduxit ubi sedebant exspectantes neque verbum inter se loquebantur. Hermione tremebat. Harrius animo volvebat defensiones, excusationes peregrinationis, fabulas commenticias et insanas, semper semperque minus aptas ad persuadendum. non poterat videre quomodo hoc tempore e malis evasuri essent. non erat effugium. num tam stulti fuerunt ut Amictum obliti essent? nullam omnino excusationem Professor McGonagall acceptura erat quod nocte intempesta lectis relictis circum scholam repserant, ne dicam quod in turrem altissimam astronomicam ascenderant in quam ingredi vetitum est nisi studentibus. si Norbertum et Amictum Invisibilitatis addidisti, non erat causa cur non statim sarcinulas alligarent.

si Harrius putaverat res non posse deteriores esse, errabat. Professor McGonagall, cum appareret, Nevillem ducebat.

'Harri!' vox Nevillis erupit, simul ac duos alios vidit. 'conabar vos invenire ut admonerem, audivi Malfonem dicentem se vos capturum esse; vos habere drac–'

Harrius capite vehementer abnuit ut Nevillem silere cogeret, sed Professor McGonagall viderat. eminens supra tres illos videbatur paratior Norberto ad ignem spirandum.

'nunquam credidissem quemquam vestrum rem talem ausurum esse. Dominus Filch dicit vos in turrem astronomicam ascendisse. est prima hora mane. *quid hoc sibi vult?*'

nunquam prius Hermione doctori aliquid roganti non responderat. crepides intuebatur, immota sicut statua.

'puto me satis intellegere quid factum sit,' inquit Professor McGonagall. 'non opus est ingenio magno ad id excogitandum. mendacium aliquid de dracone Malfoni dixisti ut e lecto surgeret et in mala incideret. illum iam cepi. nonne putas id ridiculum esse quod Longifundus, qui hic adest, fabulam quoque audiverit et crediderit?'

Harrius oculos Nevillis in se convertit et conatus est sine verbis ei dicere id esse falsum, quod Neville videbatur stupere et dolere. Harrius sciebat quanta animi firmitate opus fuisset Nevilli, homini misero et mendoso, conanti eos inter tenebras invenire, ut eos admoneret.

'me valde piget,' inquit Professor McGonagall. 'quattuorne discipulos eadem nocte lectos reliquisse! nunquam prius rem talem audivi! te, Dominula Granger, putabam plus prudentiae habere. te, Domine Potter, putabam te domum Gryffindorensem pluris aestimare. tres omnes detinebimini – ita vero, tu quoque, Domine Longifunde, *nihil* tibi permittit noctu scholam circumambulare, his potissimum diebus, maxime periculosum est – et quinquaginta puncta Gryffindorensibus adimentur.'

'*quinquaginta?*' dixit Harrius anhelans – principatum amissuri erant, principatum quem ipse in proximo certamine ludi Quidditch adeptus erat.

'*quinquagena* puncta,' inquit Professor McGonagall, graviter spirans per nasum longum et acutum.

'Professor – te obsecro –'

'*non* potes –'

'noli mihi dicere quid possim quidque non possim facere, Potter. nunc ad lectum redite, vos omnes. nunquam me magis puduit discipulorum Gryffindorensium.'

centum quinquaginta puncta amissa sunt. sic Gryffindorenses loco ultimo positi sunt. una nocte spem omnem perdiderunt quam Gryffindorenses habuerant Poculi Domestici reportandi. Harrio videbatur pars ima de stomacho cecidisse. quomodo hoc unquam reficere possint?

tota nocte Harrius non dormivit. multas, ut videbatur, horas Nevillem lacrimas in pulvinum effundentem audire potuit nec verba ulla excogitare poterat quibus eum solaretur. sciebat Nevillem, similem sui, lucem primam formidare. quid futurum erat ubi ceteri Gryffindorenses cognoverunt quid fecissent?

primum, Gryffindorenses postridie praetereuntes clepsydras ingentes in quas relata sunt puncta domestica putabant errorem factum esse. quomodo poterat fieri ut subito puncta pauciora centum quinquaginta quam pridie haberent? et tum fabula percrebrescebat: Harrius Potter, Harrius ille Potter, heros certaminum duorum ludi Quidditch, tot puncta perdiderat, ipse et duo alii primani stulti.

Harrius qui fuerat inter gratissimos et laudatissimos discipulorum subito factus est invidiosissimus. etiam Ravenclavenses et Hufflepuffi eum adoriebantur, quod omnes speraverant se visuros esse Poculum Domesticum Slytherinis ablatum. quocumque Harrius ibat, homines eum digitis demonstrabant neque vituperantes curabant voces summittere. Slytherini, autem, eo praetereunte plaudebant, sibilantes et clamantes, 'gratias tibi agimus, Potter, vicem tibi debemus!'

solus Ronaldus ei assistebat.

'paucis hebdomadibus omnes hoc obliviscentur. Fredericus et Georgius tam diu hic versati puncta permulta amiserunt, et adhuc amantur.'

'num tamen unquam centum quinquaginta puncta simul amiserunt?' inquit Harrius miserabiliter.

'hem – non ita,' fatebatur Ronaldus.

paulo serius erat quam ut damnum repararet, sed Harrius sibi iuravit se in posterum rebus alienis non interventurum esse. taedebat eum furtim circumvagandi et speculandi. tanto pudore affectus est ut ad Silvium iret et diceret se velle de turma ludi Quidditch decedere.

'num vis *decedere*?' intonuit Silvius. 'quid proderit? quomodo puncta ulla recuperabimus nisi in ludo Quidditch vincere possumus?'

sed ne Quidditch quidem voluptatem solitam retinebat. ceteri lusores, cum exercerentur, cum Harrio colloqui nolebant, et si necesse erat de eo loqui eum 'Petitorem' appellabant.

Hermione et Neville quoque laborabant. non tot mala patiebantur quot Harrius, quod non ita celebres erant, nec tamen quisquam cum eis colloqui volebat. nec iam in classe Hermione se ostentabat, sed capite demisso silentio studebat.

Harrius paene gaudebat quod examina haud procul aberant. tot rebus repetundis se a miseriis avocabat. ille et Ronaldus et Hermione se ab aliis segregabant, in multam noctem studentes, conantes meminisse quae in potionibus multiplicibus inessent, incantamenta defixionesque ediscere, memoriae mandare tempus inventionum magicarum et rebellionum daemonum ...

deinde, circiter hebdomade ante diem primum examinum, consilium novum Harrii sui non rebus alienis immiscendi ex improviso probatum est. olim postmeridiano tempore solus e bibliotheca rediens aliquem ex auditorio quod a fronte erat vagientem audivit. cum appropinquaret, vocem Quirrellis audivit.

'non ita – non ita – non iterum, te obsecro –'

videbatur audire aliquem ei minantem. Harrius propius iit.

'esto – esto –' audivit Quirrellem cum lacrimis dicentem.

post secundum, ex auditorio exiit Quirrell, festinans et mitram ordinans. pallidus erat et videbatur lacrimas effusurus esse. abiit passibus longis et fortibus; Harrius putabat Quirrellem se ne animadvertisse quidem. exspectavit dum sonus pedum Quirrellis evanesceret, tum caput in auditorium inseruit. quod vacuum erat, sed in ulteriore parte erat ianua semiaperta. quo progrediens Harrius viam dimidiam emensus erat priusquam meminit quid sibi promisisset de non se rebus alienis immiscendo.

nihilominus, sponsionem duodecim Philosophi Lapidum fecisset Snapem modo a conclavi discessisse, et iudicabat e verbis quae modo audiverat illum nunc passibus alacrioribus incedere – Quirrell videbatur tandem cessisse.

Harrius ad bibliothecam rediit ubi Hermione experiebatur quantam scientiam astronomiae Ronaldus haberet. Harrius eis dixit quid audivisset.

'Snape igitur rem bene gessit!' inquit Ronaldus. 'si Quirrell ei dixit quomodo defixio sua Potestati Nigrae Contraria frangenda sit –'

'manet tamen Laniger,' inquit Hermione.

'potest fieri ut Snape cognoverit quomodo eum praetereat neque Hagridum rogaverit,' inquit Ronaldus, milia librorum suspiciens qui circum eos erant. 'sponsionem faciam hic alicubi latere librum in quo scriptum sit quomodo praeter canem ingentem tribus capitibus eundum sit. quid igitur faciamus, Harri?'

oculi Ronaldi studio audendi rursus ardebant, sed Hermione respondit, Harrium praeveniens.

'eamus ad Dumbledorem. id multa abhinc saecula nobis faciendum erat. si quid ipsi temptaverimus, expellemur certe.'

'sed nullum habemus *argumentum*!' inquit Harrius. 'timidior est Quirrell quam ut nobis subveniat. si Snape tantum dixerit se nescire quomodo Vespere Sancto intraverit trollum, procul autem se a tabulato tertio afuisse – cui putatis eos credituros esse, utrum ei an nobis? non admodum occultavimus odium nostrum in eum, Dumbledore putabit nos id finxisse eo consilio ut Snape ablegetur. Filch nobis non subveniat si vita eius periclitetur, nimis familiariter agit cum Snape, et putabit quo plures expellantur discipuli, eo rem meliorem fore. et mementote nos non oportere scire de Lapide aut Lanigero. opus erit explicatione longa.'

videbatur Hermioni persuasisse, nec tamen Ronaldo.

'si modo paulum circumspectamus quaerentes –'

'non ita,' inquit Harrius plane, 'satis iam circumspectavimus quaerentes.'

charta planetae Iupiter ad se tracta nomina lunarum eius discere coepit.

*

postridie mane epistulae Harrio et Hermioni et Nevilli mensae ientaculi assidentibus redditae sunt. non inter se differebant:

> *detentio tua fiet hac nocte undecima hora. conveni cum Domino Filch in Vestibulo.*
>
> *Prof. M. McGonagall*

Harrius oblitus erat inter furorem punctorum amissorum ipsis adhuc detentiones suscipiendas esse. suspicabatur Hermionem questuram esse sic noctem totam studiorum repetundorum amissam esse, sed ne verbum quidem locuta est. sicut Harrius, sentiebat ipsos poenam meritam dare.

illa nocte undecima hora in loco communi Ronaldo

valedixerunt et in Vestibulum cum Neville descenderunt. Filch iam aderat – et Malfoy quoque. Harrius etiam oblitus erat Malfonem quoque detentionem habere.

'me sequimini,' inquit Filch, lucernam accendens et eos foras ducens. 'sponsionem faciam vos rem melius reputaturos esse priusquam regulam scholae iterum violetis, nonne?' plura locutus est, eis maligne subridens. 'ita vero … labor durus et dolor sunt doctores optimi sententia mea … me paenitet solum quod permiserunt poenas veteres exolescere … carpis alligatis te a tecto paucos dies suspendebant, vincula in sede officii adhuc habeo, semper bene uncta si quando opus eis erit … igitur abeamus, et cavete ne fugam contemplemini, peiora patiemini si eam temptaveritis.'

abierunt contendentes trans campos obscuros. Neville semper de naribus sonitum edebat. Harrius animo volvebat quale supplicium passuri essent. nisi re vera horribile esset, vox ianitoris Filch non tam laeta esset.

luna fulgebat, sed nubes illam transcurrentes semper eos obscurabant. a fronte, Harrius fenestras illuminatas casae Hagridi videre poterat. tum procul clamorem audiverunt.

'tune ades, Filch? festina, proficisci volo.'

Harrio augebatur animus; si cum Hagrido laborent, res non ita mala sit. remissionem animi, ut videbatur, vultu ostendebat, quod Filch dixit, 'num putas te cum caudice isto voluptatibus fruiturum esse? si ita est, necesse est rem rursus reputare, puer – ibis in Silvam et, ni fallor, non omnes vestrum illinc integri redibitis.'

quo audito, Neville gemitum parvum edidit et Malfoy in vestigio constitit.

'in Silvam?' iteravit, paulo minus urbane quam solebat. 'noctu in illum locum inire non possumus – res omnis generis ibi latent – versipelles, ut audivi.'

Neville manicam vestis Harrii amplexus vocem strangulatam edidit.

'nonne id tibi curae est?' inquit Filch, voce prae laetitia crepitante. 'nonne debebas prius versipelles illos reputare quam in mala incidisti?'

Hagrid eis a tenebris appropinquavit longis et fortibus

passibus incedens, Dentato ad calcem sequente. manuballistam magnam ferebat, et pharetra sagittarum plena umero suspensa est.

'sero venistis,' inquit. dimidiam horam iam exspecto. an bene habetis, Harri et Hermione?'

'te admoneo ne cum eis nimium familiariter agas,' inquit Filch frigide. 'memento eos hic adesse ut poenas dent.'

'an ea est causa cur sero adveneris?' inquit Hagrid, ianitorem fronte contracta contemplans. 'num eos reprehendebas? non est officium tuum id facere. parte tua functus es, nunc ego rem suscipiam.'

'prima luce redibo,' inquit Filch, 'ad reliquias colligendas,' maligne addidit, et conversus ad castellum redire coepit, lucerna se sursum deorsum movente et in tenebras evanescente.

Malfoy nunc ad Hagridum conversus est.

'nolo in Silvam illam inire,' inquit, nec sine gaudio Harrius audiebat aliquid pavoris in voce inesse.

'inibis si vis in schola Hogvartensi manere,' inquit Hagrid ferociter. 'peccavisti et nunc poena tibi danda est.'

'sed hoc est officium servorum, nec discipulis faciendum. putabam nos versus transcripturos esse aut aliquid. si pater sciret me hoc facere, ille –'

'– tibi diceret sic fieri apud Hogvartenses,' fremebat Hagrid. 'versusne transcribere! quid illud cuiquam prodest? aut aliquid utile facies aut abibis. si putas fore ut pater malit te expelli, redi ad castellum et sarcinulas alliga. agedum!'

Malfoy non se movebat. iracundus Hagridum contemplatus, mox oculos demisit.

'esto,' inquit Hagrid, 'nunc magna cum cura audite, quia periculosum est quod hac nocte faciemus nec volo quemquam in lubrico versari. me parumper huc sequimini.'

ad marginem ipsum Silvae eos duxit. lucerna alte sublata, semitam terrae angustam et sinuosam demonstravit quae declinavit in arbores densas nigrasque et evanuit. aura tenuis crines eorum in Silvam spectantium levavit.

'illuc aspicite,' inquit Hagrid, 'an videtis materiam illam humi fulgentem? materiam argenteam? cruor est monocerotis. ibi latet monoceros quem aliquid graviter vulneravit. bis una hebdomade factum est. proxima die Mercurii monocerotem mortuum inveni. nos rem miseram invenire conabimur. potest fieri ut necesse sit eam a miseriis liberare.'

'et quid si quodcumque monocerotem vulneravit nos prius invenerit?' inquit Malfoy, nequiens timorem celare dum loquebatur.

'nihil quod Silvam incolit tibi nocebit si mecum eris aut cum Dentato,' inquit Hagrid, 'neque a semita erraveris. divisi autem in duas catervas vestigia huc illuc sequemur. ubique est cruor. nocte proxima, nisi prius, ut videbatur, coepit corpore debili circumerrare.'

'volo Dentatum mecum venire,' inquit Malfoy celeriter, dentes longos Dentati inspiciens.

'esto, sed te admoneo eum esse ignavum,' inquit Hagrid. 'itaque ego et Harrius et Hermione una via ibimus, Draco autem et Neville et Dentatus altera via ibunt. si quis nostrum monocerotem invenerit, scintillas virides in caelum mittemus. an id intellegitis? nunc bacula depromite et temptate – sic bene habet – et si quis in mala inciderit, scintillas rubras in caelum mittat, et omnes veniemus ad te reperiendum – cavete igitur – eamus.'

Silva erat nigra et silens. paulum in eam progressi ad furcam semitae terrenae pervenerunt unde Harrius et Hermione et Hagrid laeva semita, Malfoy autem et Neville et Dentatus dextra ibant.

silentio incedebant, oculis demissis. interdum lux lunae per ramos penetrans guttam cruoris argentei et caerulei fusam inter folia lapsa illuminavit.

Harrius vidit Hagridum maxime perturbatum videri.

'*possitne* versipellis monocerotas occidere?' rogavit Harrius.

'non satis velox est,' inquit Hagrid. 'difficile est capere monocerotem, sunt animalia fortia et magica. nunquam prius noveram monocerotem vulneratum.'

praeterierunt caudicem musco obsitum. Harrius aquam currentem audire poterat; fluvius haud procul abesse debebat. per semitam flexuosam etiam nunc erant guttae rarae cruoris monocerotis.

'an bene habes, Hermione?' Hagrid susurravit. 'noli te sollicitare, non poterat procul abire si tam grave vulnus accepit et tum poterimus – VOS POST ARBOREM ILLAM CELATE!'

Hagrid Harrium et Hermionem arripuit et a semita post quercum excelsam portavit. sagittam depromptam manuballistae aptavit quam sustulit paratus ad telum emittendum. tres illi audiebant. aliquid supra folia mortua prope iacentia labebatur; haud aliter sonabat ac pallium per humum tractum. Hagrid oculis limis semitam obscuram lustrabat, sed paucis post secundis sonitus evanuit.

'id sciebam,' murmuravit. 'aliquid nefastum hoc loco inest.'

'an est versipellis?' subiecit Harrius.

'nec versipellis erat nec monoceras,' inquit Hagrid voce torva. 'nunc me sequimini, cavete tamen.'

lentius ibant, auribus ad sonitum tenuissimum arrectis. subito, in area aperta a fronte, aliquid, neque dubium erat, motum est.

'quis adest?' Hagrid clamavit. 'te ostende – armatus sum.'

et in aream apertam venit – utrum vir erat an equus? usque ad medium erat vir rubris capillis et barba, subter tamen erat corpus nitidum equi castanei cauda longa et rubicunda. Harrius et Hermione rictu toto hiabant.

'oh, tu ades, Ronan,' inquit Hagrid cura solutus. 'quid agis?' progressus manum centauri amplexus est.

'salvus sis, Hagrid,' inquit Ronan. vocem habebat altam et tristem. 'an telum in me emissurus eras?'

'non potest nimis cavere, Ronan,' inquit Hagrid, manuballistam leviter pulsans. 'nefandum aliquid in hac Silva errat. hic tibi adsunt Harrius Potter et Hermione Granger. sursum discipuli sunt. et hic est Ronan, vos ambo. centaurus est.'

'id animadvertimus,' inquit Hermione imbecillius.

'salvete,' inquit Ronan, 'an estis discipuli? multumne discitis in schola ista?'

'hem –'

'paulum,' inquit Hermione timide.

'paulum. est tamen aliquid.' Ronan suspiravit. capite resupinato caelum intuitus est. 'hac nocte fulget Mars.'

'ita vero,' inquit Hagrid, suspiciens quoque. 'audi mea verba, gaudeo nos tibi occurrisse, Ronan, quod monoceras vulneratus est – an tu aliquid vidisti?'

Ronan non statim respondit. sursum oculis defixis spectavit, tum suspiravit iterum.

'semper innocentes sunt victimae primae,' inquit. 'sic fuit per saecula praeterita, sic nunc est.'

'ita vero,' inquit Hagrid, 'sed tune aliquid vidisti, Ronan? aliquid insolitum?'

'hac nocte fulget Mars,' iteravit Ronan dum Hagrid eum impatienter spectat. 'praeter solitum fulget.'

'ita vero, sed te rogavi de rebus insolitis nobis paulo propioribus,' inquit Hagrid. 'tune igitur nihil novi animadvertisti?'

iterum, longo post intervallo respondit Ronan. denique, inquit, 'Silva arcana multa celat.'

motu inter arbores audito, Hagrid iterum manuballistam sustulit, sed nil erat nisi centaurus alter crine et corpore nigro et vultu ferocior Ronano.

'salve, Bane,' inquit Hagrid. 'quid agis?'

'salvus sis, Hagrid, spero te recte valere.'

'sic satis. en, id modo Ronanum rogabam, tune aliquid novi hoc loco nuper vidisti? monoceras enim vulneratus est – tune aliquid de hac re scis?'

Bane transiit ut iuxta Ronanum staret. spectavit ad caelum.

'hac nocte fulget Mars,' tantummodo inquit.

'id audivimus,' inquit Hagrid querens. 'sin quid alteruter vestrum audiverit, obsecro ut mihi dicatis. nunc tamen abibimus.'

Harrius et Hermione eum ex area aperta secuti sunt, supra umeros Ronanum et Banem respicientes dum arbores conspectum obstruxerunt.

'nolite unquam,' inquit Hagrid stomachose, 'conari responsum certum e centauro elicere. sunt spectatores inutiles astrorum. nil enim luna propius eorum interest.'

'an multi *eorum* hoc loco insunt?' rogavit Hermione.

'oh, satis multi ... plerumque inter se versantur, nec tamen recusant venire si quando cum eis colloqui volo. scilicet indolem altam habent centauri ... plusscii sunt ... etsi non multa fatentur.'

'an putas nos prius audivisse centaurum?' inquit Harrius.

'an tibi sonitus ungularum videbatur esse? non ita; sententia mea, illud monocerotas interfecit – nunquam prius quidquam eius generis audivi.'

longius ibant per arbores densas et obscuras. Harrius animo anxio semper supra umerum respiciebat. sensu iniucundo afficiebatur ipsos spectari. maxime gaudebat quod Hagridum et manuballistam eius secum habebant. flexum semitae modo praeterierant cum Hermione bracchium Hagridi amplexa est.

'Hagrid! ecce! rubrae scintillae, alteri laborant!'

'vos duo, hic exspectate!' clamavit Hagrid. 'manete in semita, vos arcessitum redibo!'

eum audiverunt magno cum fragore per virgulta abeuntem et steterunt oculos alter in alteram vertentes, perterriti, dum nihil poterant audire nisi frondes circum se susurrantes.

'num putas eos vulneratos esse?' susurravit Hermione.

'non est mihi curae si Malfoy vulneratus est, sed si quid Nevillem laesit … omnino nostra est culpa quod hic adest.'

minuta lentissime ibant. aures eorum videbantur praeter solitum acuti. Harrius, ut videbatur, suspirium omne venti, crepitum omnem virgarum exaudiebat. quid fiebat? ubi erant alteri?

tandem, sonus magnus proculcationis reditum Hagridi nuntiavit. cum eo erant Malfoy et Neville et Dentatus. Hagrid furebat. Malfoy, ut videbatur, Nevilli a tergo obrepserat et eum per iocum arripuerat. Neville plenus timoris scintillas emiserat.

'felices erimus si quid nunc capiemus, duobus vestrum sic tumultuatis. nunc catervas mutabimus – Neville, tu manebis mecum et cum Hermione, Harri, tu ibis cum Dentato et hoc fatuo. ignosce,' Hagrid addidit Harrio susurrans, 'sed difficilius ei erit te terrere, et hoc nobis perficiendum est.'

itaque Harrius in mediam Silvam cum Malfone et Dentato profectus est. paene horam dimidiam pedibus ierunt, semper altius in Silvam penetrantes dum semitam vix sequi poterant quod arbores erant tam densae. Harrius putabat cruorem videri crebrescere. radices arboris aspersae sunt quasi animal illud miserum dolore cruciatum haud procul circumvolutum esset. Harrius aream apertam a fronte videre poterat, per ramos implicatos quercus veteris.

'ecce –' murmuravit, bracchium porrigens ut Malfonem coerceret.

candidum aliquid humi fulgebat. unciatim appropinquaverunt.

non dubium erat quin monoceras esset, et mortuus erat. Harrius nunquam aliquid tam pulchrum et triste viderat. crura longa et gracilia ex obliquo proiciebantur ubi ceciderat et iuba margaritacandicans in foliis nigrantibus extendebatur.

Harrius gradum unum ad illum processerat cum sonus rei lubricae eum in vestigio consistere iussit. in margine areae apertae intremuit dumus … tum, ex umbris, appropinquavit figura cucullata repens trans humum similis bestiae praedanti. Harrius et Malfoy et Dentatus defixi steterunt. figura involuta ad monocerotem pervenit, et capite supra latus vulneratum animalis demisso, cruorem coepit potare.

'AAAAAAAAAARGH!'

Malfoy clamore terribili edito aufugit – Dentatus quoque. figura cucullata capite sublato oculis rectis Harrium spectavit – cruor monocerotis per pectus fluebat. surrexit et celeriter ad eum appropinquavit – ille prae timore non potuit se movere.

deinde dolor tantus caput transfixit quantum nunquam antea senserat, quasi cicatrix arderet – paene caecatus, pedem titubans rettulit. sonum quadrupedantem post se audivit, et aliquid eum totum transiluit, in figuram impetum faciens.

dolor capitis Harrii tam acer erat ut in genua ceciderit. aliquot minuta non abiit. cum Harrius suspiceret, figura discesserat. supra eum stabat centaurus, neque Ronan erat neque Bane; hic videbatur natu minor. crinem habebat candidum flaventemque et corpus palumbinum.

'an bene habes?' inquit centaurus, Harrium sublevans.

'ita vero – gratias tibi ago – quid *erat* illud?'

centaurus non respondit. oculos caeruleos habebat miri generis, similes sappiris pallentibus. Harrium magna cum cura inspexit, oculis in cicatrice morantibus quae prominebat, livida, e fronte Harrii.

'es iuvenis Potter,' inquit. 'melius sit si ad Hagridum redeas. hoc tempore non tuta est Silva – praesertim tibi. an equo vehi potes? sic erit celerius.

'nomen meum est Firenze,' addidit, in crura priora se demittens ut Harrius in tergum ascenderet.

subito sonus novus quadrupedans ab altera parte areae apertae auditus est. Ronan et Bane per arbores perruperunt, lateribus cito se moventibus et sudantibus.

'Firenze!' intonuit Bane. 'quid facis? hominem in tergo habes! nonne te pudet? num mulus es vulgaris?'

'an scis quis sit iste?' inquit Firenze. 'iste est iuvenis Potter. quo celerius ab hac Silva abibit, eo melius erit.'

'quid ei dixisti?' infremuit Bane. 'memento, Firenze, nos iuravisse nos non caelo oppositum iri. nonne legimus quid futurum sit in motibus planetarum?'

Ronan humum pede pressit anxio.

'non dubito quin Firenze putaverit se sic optima facere,' inquit, voce illa tristi.

Bane crura posteriora reiecit iratus.

'optima facere! quid id nostra interest? centaurorum interest quid praedictum sit! non est nostrum Silvam nostram circumerrare homines vagos quaerentes more asinorum!'

Firenze subito surrexit iratus et in crura posteriora institit ut necesse esset Harrio umeros amplecti ne abiceretur.

'nonne monocerotem illum vides?' Firenze Bani clamavit. 'nonne intellegis cur necatus sit? an planetae te ad arcanum illud non admiserunt? me rei illi opposui quae in hac Silva latet, Bane, ita vero, cum humanis sociis si necesse est.'

et Firenze celeriter conversus est; cum Harrio quantum poterat eum retinente, in arbores medias profecti sunt, Ronano et Bane post se relictis.

Harrius omnino nesciebat quid fieret.

'cur Bane tam iratus est?' rogavit. 'et, ut id omittam, quid erat illud a quo me servavisti?'

Firenze cursum ita retardavit ut ambularet modo et Harrium admonuit ut capite demisso ramos humiles caveret, nil tamen ei respondit. inter ramos tam diu silentio incesserunt ut Harrius putaret Firenzem iam secum nolle colloqui. ibant, tamen, per arbores admodum densas cum Firenze subito constitit.

'Harri Potter, an scis ad quid cruor monocerotis sit utilis?'

'nescio,' inquit Harrius, miratus interrogationem novam.

'Potionibus studentes solum cornu et crinibus caudae usi sumus.'

'id est quod nefas est interficere monocerotem,' inquit Firenze. 'nemo tantum scelus admittat nisi is qui ad extrema perductus tamen speret se rerum omnium potiturum. cruor monocerotis vitam tuam conservabit, etsi minimum a morte aberis, sed pretium dabis horrendum. quod aliquid purum et inerme tui conservandi causa occidisti semivivus tantum eris et exsecrabilis, ex quo cruor labra tetigerit.'

Harrius occipitium Firenzis intuitus est, quod ad lunam maculis argenteis distinctum est.

'sed quis ad tantam desperationem perveniat?' secum voce clara agitabat. 'si tempus in omne exsecratus eris, nonne mors praeferenda est?'

'ita vero,' Firenze consentiebat, 'nisi nil opus est tibi nisi satis diu vivere ut aliquid aliud bibas – aliquid quod vires potestatemque tuam in integrum restituet – aliquid quod te immortalem reddet. Domine Potter, scisne quid hoc ipso tempore in schola celatum est?'

'Philosophi Lapis! scilicet – Elixirium Vitae! sed non intellego quis –'

'an neminem potes meminisse qui multos annos exspectavit ut potestatem recuperet, qui vitae adhaesit, occasionem opperiens?'

non aliter erat ac si pugnus ferreus subito Harrii cordi circumdatus esset. obstrepentia arboribus crepitantibus, videbatur rursus audire verba Hagridi quae illa nocte dixerat qua convenerant: 'alii dicunt eum mortuum esse. quod, ut mihi quidem videtur, sane ineptum est. nescio an satis mortalitatis in eo relictum sit ut morte periret.'

'an vis dicere,' inquit Harrius voce rauca, 'eum fuisse *Vol*–'

'Harri! Harri, valesne?'

Hermione ad eos currebat semitam descendens, Hagrido multo cum anhelitu pone sequente.

'bene valeo,' inquit Harrius, vix sciens quid diceret. 'monoceras mortuus est, Hagrid, est in area illa aperta a tergo.'

'hic te relinquam,' Firenze murmuravit, Hagrido celeriter abeunte ut monocerotem inspiceret. 'nunc tutus es.'

de tergo Harrius lapsus est.

'fortunatus sis, Harri Potter,' inquit Firenze. 'etiam centauri antehac planetas male interpretati sunt. spero hanc esse talem interpretationem.'

conversus est et leniter ac quiete currens in mediam Silvam rediit, post se relinquens Harrium trementem.

*

Ronaldus in tenebroso loco communi obdormiverat, reditum eorum exspectans. aliquid clamavit de iniuriis fraude factis in ludo Quidditch ubi Harrius vi usus eum somno excussit. paucis tamen secundis totus evigilaverat, Harrio ei et Hermioni incipiente dicere quid in Silva factum esset.

Harrius non poterat sedere. huc illuc ante ignem ibat. adhuc tremebat.

'Snape lapidem Voldemorti quaerit … et Voldemort in Silva exspectat … et omne hoc tempus putabamus Snapem tantum velle se locupletare …'

'ne dixeris illud nomen!' inquit Ronaldus susurrans et plenus timoris, quasi putaret Voldemortem ipsos audire posse.

Harrius non audiebat.

'Firenze me servavit, quod non debuit facere … Bane maxime irascebatur … loquebatur de praedictis planetarum impediendis … scilicet ostendunt Voldemortem rediturum esse … Bane putat Firenzem debuisse permittere Voldemorti me occidere … opinor id quoque in stellis scriptum esse.'

'*utinam nomen illud ne dicas!*' sibilavit Ronaldus.

'itaque nunc tantum mihi exspectandum est dum Snape Lapidem furetur,' Harrius plura dicebat incitate trepideque, 'tum Voldemort ad me conficiendum venire poterit … quo facto, opinor Banem gavisurum esse.'

Hermione maxime timere videbatur, sed verba solantia dixit.

'Harri, omnes negant Quendam unquam quemquam timuisse nisi Dumbledorem. coram Dumbledore, Quidam te non tanget. sed, ut ea omittam, potest fieri ut errent centauri. nescio an sit hariolatio, pars artis magicae minime accurata, ut dicit Professor McGonagall.'

prius illuxerat quam finem loquendi fecerunt. cubitum ierunt maxime fessi, faucibus aegris. sed rebus improvisis noctis illius nondum finis aderat.

Harrius, cum lintea retraxisset, Amictum Invisibilitatis sub eis invenit magna cum cura implicatum. in eo infixae sunt litterulae:

*ad incerta.*

— CAPUT SEXTUM DECIMUM —

# *Per Ianuam Caducam*

annis futuris, Harrius nunquam admodum commemoraturus erat quomodo examina superavisset suspicatus Voldemortem iam iam per ianuam perrupturum esse. dies tamen lentissime praeteribant neque dubitari poterat quin post ianuam obseratam Laniger adhuc viveret et floreret.

ingens erat aestus, praesertim in auditorio magno ubi quaestionibus responsa scribebant. pennas novas et extraordinarias acceperant ad responsa scribenda, quae fascinatae erant defixione Fraudibus Contraria.

examina activa quoque subierunt. Professor Flitvicus singulos in classem vocavit si forte efficere possent ut ananas trans scrinium pedibus pulsantibus saltaret. Professor McGonagall eos spectavit murem in pyxidiculam sternutamenti mutantes – quo pulchrior erat pyxidicula, eo plura acceperunt puncta, sed puncta adempta sunt si mystacas habebat. Snape omnes inquietavit, colla afflans conantium meminisse quomodo Potio Lethaea facienda esset.

Harrius operam quam maximam dedit, conatus dolores acutos frontis ignorare qui eum vexabant ex quo iter in Silvam fecerat. Neville putabat Harrium nimio terrore examinum laborare quod Harrius non poterat dormire, sed re vera Harrius semper insomnio vetere excitabatur, quod animum nunc magis quam prius excitabat quippe qui inerat figura cucullata cruore madens.

fortasse quod non viderant ipsi quod Harrius in Silva viderat, fortasse quod non habebant in frontibus cicatrices ardentes, sed Ronaldus et Hermione videbantur minus solliciti de Lapide quam Harrius. notio Voldemortis certe eos terrebat, sed eis somniantibus ipse non apparuit, et rebus repetundis tam occupati erant ut parum otii haberent quam ut curarent quid Snape aut quilibet alius ageret.

examen omnium ultimum erat Historia Magicae Artis. supererat una hora respondendi de magis veteribus et insanis qui lebetes rebus sponte sua permiscendis invenerant, tum liberi futuri erant, liberi tota hebdomade mirabili usque ad tempus eventus examinum pronuntiandi. cum phantasma Professoris Binns eos pennas deponere et membranas convolvere iussisset, Harrius non potuit facere quin cum ceteris plauderet.

'id multo facilius erat quam exspectabam,' inquit Hermione, dum sese adiungunt turbis in campos apricos effusis. 'non opus erat mihi discere Codicem Moris Versipellium anni MDCXXXVII aut rebellionem Elfrici illius Alacris.'

Hermioni semper placebat postea quaestiones percurrere, sed Ronaldus dixit se, si hoc faceret, nauseare, itaque ad lacum deambulaverunt et sub arbore procubuerunt. gemini Vislii et Lee Jordan bracchia loliginis ingentis titillabant, qui in vadis tepidis apricabatur.

'finis rerum repetundarum,' Ronaldus laete suspiravit, in herba se extendens. 'potes hilarior videri, Harri, hebdomadem habemus priusquam cognoscimus quam male rem gesserimus, nondum opus est nos sollicitare.'

Harrius frontem terebat.

'utinam scirem quid hoc *significaret*!' erupit iratus. 'cicatrix semper dolet – quod antea accidit, sed nunquam totiens ac nunc.'

'i ad Magistram Pomfrey,' subiecit Hermione.

'non aegroto,' inquit Harrius. 'puto id esse praemonitum ... periculi venturi.'

Ronaldus se excitare non poterat, nimius erat aestus.

'utinam animo sis tranquilliore, Harri, non errat Hermione, Lapis tamdiu tutus est quamdiu adest Dumbledore. sed, ut ea omittam, nunquam nobis probatum est Snapem cognovisse quomodo Lanigerum praeteriret. crus semel paene abreptum est, non cito rem iterum temptabit. et Neville prius lusor fiet turmae Anglicae in ludo Quidditch quam Hagrid Dumbledori deerit.'

Harrius adnuit, sed non poterat nescioquid in animo latens

excutere; sentiebat enim se oblitum esse aliquid facere, aliquid magni momenti. quod cum explicare conaretur, Hermione inquit, 'culpanda sunt tantum examina. ipsa proxima nocte experrecta dimidiam partem annotationum mearum de transfiguratione scriptarum prius perlegi quam memineram nos iam examen illud subiisse.'

Harrius tamen non dubitabat quin sensus ille ambiguus haudquaquam ad studia pertineret. strigem spectavit trans caelum clarum et caeruleum volitantem, litterulis ori infixis. nemo nisi Hagrid unquam ei epistulas misit. Hagrid nunquam Dumbledorem prodiderit. Hagrid nunquam cuiquam dixerit quomodo praeter Lanigerum eundum sit … nunquam … sed –

subito Harrius saliens surrexit.

'quo vadis?' inquit Ronaldus somnolentus.

'aliquid modo mihi succurrit,' inquit Harrius. palluerat. 'Hagrid nobis visendus est, nunc.'

'quamobrem?' anhelavit Hermione, festinans ut gradus aequaret.

'nonne id admodum mirum putatis,' inquit Harrius, clivum herbosum celeriter ascendens, 'Hagridum draconem potissimum desiderare, advenam autem apparere qui casu quodam ovum in sinu habeat? quot homines circumerrant cum ovis draconum si id legibus magorum vetitum est? num putatis eos casu Hagridum invenisse? quare id non prius vidi?'

'quid vis dicere?' inquit Ronaldus, sed Harrius, celeriter trans campos ad Silvam currens, non respondit.

Hagrid in sella reclinatoria foris sedebat; bracis et manicis revolutis pisas siliquis exclusas in vas magnum iaciebat.

'salvete,' inquit, subridens. 'confecistisne examina? an bibendo vacatis?'

'benigne,' inquit Ronaldus, sed Harrius ei intervenit.

'non ita, properamus. Hagrid, necesse est ut te aliquid rogem. illamne noctem meministi qua Norbertum reportavisti? qualem faciem habebat advena quocum paginis ludebas?'

'nescio,' inquit Hagrid incuriose, 'pallium exuere nolebat.'

tres illos stupere videbat et supercilia altius sustulit.

'non est ita insolens, homines multi miri generis in Capite Porci inveniuntur – ea est taberna in vico propinquo. potest fieri ut fuerit draconum negotiator, nonne? faciem nunquam vidi, semper erat cucullatus.'

Harrius iuxta vas pisarum se demisit.

'quibus de rebus cum eo collocutus es, Hagrid? an mentionem ullam Scholae Hogvartensis fecisti?'

'fortasse huc incidimus,' inquit Hagrid fronte contracta, meminisse conatus. 'ita vero … rogavit quid agerem, et ei dixi me hic saltuarium esse … paulum rogavit quales essent bestiae a me curatae … id igitur ei dixi … et dixi me re vera semper draconem desideravisse … et deinde … non bene memini quod semper potus mihi emebat … quid igitur? … ita vero, tum dixit se habere ovum draconis et, si vellem, eum praemium ludi paginarum positurum esse … sed sibi opus esse pro certo habere me illi moderari posse, se nolle eum ad domum quamlibet ire … itaque ei dixi, post Lanigerum, draconem facilem futurum esse …'

'an – an videbatur velle plus de Lanigero scire?' rogavit Harrius, conatus voce placida loqui.

'hem – ita vero – quot canibus tribus capitibus occurris etiam circa scholam Hogvartensem? itaque ei dixi Lanigerum admodum tractabilem esse dummodo scires eum tranquillare; si modo aliquid ei cecinisses, eum statim dormiturum esse …'

Hagrid subito inhorruit.

'non debui illud vobis dicere!' exclamavit. 'obliviscimini me id dixisse! heus – quo vaditis?'

Harrius et Ronaldus et Hermione non inter se collocuti sunt priusquam in Vestibulo constiterunt, quod, campis relictis, frigidissimum et tristissimum eis videbatur.

'nobis eundum est ad Dumbledorem,' inquit Harrius. 'Hagrid advenae illi dixit quomodo Lanigerum praeteriret, et sub pallio illo erat aut Snape aut Voldemort – scilicet non difficile erat, Hagrido inebriato. spero modo Dumbledorem nobis crediturum esse. fortasse Firenze nobis aderit nisi Bane eum prohibuerit. ubi est officii sedes Dumbledoris?'

circumspexerunt quasi sperarent se signum visuros esse quod indicaret quo sibi eundum esset. nunquam eis dictum erat ubi Dumbledore habitaret, neque quemquam noverant qui missus erat ad eum videndum.

'nobis igitur necesse erit –' Harrius coepit cum vox subito trans atrium insonuit.

'quid vos tres intus facitis?'

erat Professor McGonagall, acervum magnum librorum ferens.

'Professorem Dumbledore videre volumus,' inquit Hermione, non sine fortitudine, ut videbatur Harrio et Ronaldo.

'vultis videre Professorem Dumbledore?' iteravit Professor McGonagall quasi rem suspiciosissimam facere vellent. 'quamobrem?'

Harrius gluttum fecit – quid nunc?

'est res nescio quo modo arcana,' inquit, sed statim eum verborum paenituit quod nares Professoris McGonagall se extendebant.

'Professor Dumbledore decem abhinc minuta discessit,' inquit frigide. 'strige necessaria a Ministerio Magico accepta, statim Londinium avolavit.'

'an *abiit*?' inquit Harrius furibundus. '*nunc?*'

'Professor Dumbledore est magus maximus, Potter. permulta ei facienda sunt –'

'sed hoc est magni momenti.'

'an aliquid quod tu vis dicere est maioris momenti quam Ministerium Magicum, Potter?'

'vide,' inquit Harrius, cautione omni omissa, 'Professor – ad Philosophi Lapidem pertinet.'

quidquid Professor McGonagall exspectaverat, non erat illud. libri quos ferebat e bracchiis lapsi sunt nec tamen eos sustulit.

'quomodo scis –?' inquit balbutiens.

'Professor, puto – *scio* – Sn – aliquem conaturum esse Lapidem furari. necesse est ut cum Professore Dumbledore loquar.'

animo perturbato et suspicioso eum contemplata est.

'Professor Dumbledore cras redibit,' denique inquit. 'nescio quomodo de Lapide cognoveris, sed licet confidas eum munitiorem esse quam ut quisquam furetur.'

'at Professor –'

'Potter, non loquor de re incognita,' inquit breviter. inclinata libros iacentes collexit. 'vos omnes moneo ut foras regressi sole fruamini.'

quod non fecerunt.

'hac nocte fiet,' inquit Harrius, cum sciret Professorem McGonagall iam non posse vocem suam audire. 'hac nocte Snape per ianuam caducam ibit. omnia cognovit quae requirit et nunc Dumbledorem removit. litterulas illas misit, sponsionem faciam Ministerium Magicum maxime miraturum esse cum Dumbledore advenerit.'

'sed quid possumus –'

Hermione anhelavit. Harrius et Hermione celeriter conversi sunt.

Snape ibi stabat.

'salvete,' inquit blande.

eum oculis fixis intuiti sunt.

'non debetis die tali intus manere,' inquit, facie mire contorta subridens.

'eramus –' Harrius coepit, omnino nescius quid dicturus esset.

'necesse est vobis magis cavere,' inquit Snape. 'si sic cessatis, homines putabunt vos dolum aliquem parare. nonne magno detrimento erit Gryffindorensibus si plura puncta amiserint?'

Harrius erubuit. conversi sunt foras redituri, sed Snape eos revocavit. 'cave, Potter – si rursus noctu erraveris, ego ipse te expellendum curabo. salvus sis.'

passibus longis et fortibus ad conclave magistrorum abiit.

cum egressi essent in gradus lapideos, Harrius ad ceteros conversus est. 'nunc audite quid nobis faciendum sit,' susurravit intente. 'unus nostrum Snapem observare debet – exspectare extra conclave magistrorum et eum sequi si abibit. Hermione, melius sit si tu id facias.'

'cur me eligis?'

'manifestum est,' inquit Ronaldus. 'potes enim simulare te Professorem Flitvicum exspectare.' vocem altam finxit, '"oh, Professor Flitvice, adeo sollicita sum, puto me in secunda parte quaestionis quartae decimae erravisse …"'

'oh, tace,' inquit Hermione, sed non recusavit ire ad Snapem observandum.

'et melius sit si maneamus extra transitum tertii tabulati,' Harrius Ronaldo dixit. 'agedum.'

sed illa pars consilii in irritum cecidit. non prius ad ianuam pervenerant quae Lanigerum a schola reliqua dividebat quam Professor McGonagall rursus apparuit, et hoc tempore, ira inflammata est.

'num putatis difficilius esse vos praeterire quam incantamentorum acervum?' clamavit furibunda. 'satis harum ineptiarum! si audivero vos usquam huic loco rursus appropinquavisse, Gryffindorensibus alia puncta quinquaginta auferam! ita vero, Visli, a domo mea!'

Harrius et Ronaldus ad locum communem redierunt. Harrius modo dixerat, 'saltem Hermione Snapem consequitur,' cum, imagine picta Feminae Obesae prolapsa, ingressa est Hermione.

'ignosce, Harri!' vagita est. 'Snape egressus me rogavit quid facerem, itaque dixi me Flitvicum exspectare, et Snape iit ad eum arcessendum, et ego nunc tantum aufugi. nescio quo Snape ierit.'

'actum est igitur, nonne?' Harrius inquit.

duo alii eum intuiti sunt. pallidus erat et oculi fulgebant.

'hac nocte hinc exibo et conabor ad Lapidem pervenire primus.'

'deliras!' inquit Ronaldus.

'non potes!' inquit Hermione. 'memento quid McGonagall et Snape dixerint. expelleris!'

'QUID IGITUR?' clamavit Harrius. 'nonne intelligitis? si Snape Lapidem adeptus erit, redibit Voldemort! nonne audivistis qualis esset vita cum rerum potiri conaretur? non erit schola Hogvartensis a qua expellamur. funditus eam delebit, aut mutabit in scholam Nigris Artibus docendis! nihil iam refert si puncta amittuntur, nonne id videtis? an putatis eum vos et familias vestras incolumes relicturum esse si Gryffindorenses Poculum Domesticum reportaverint? si captus ero priusquam ad Lapidem pervenire possum, mihi redeundum erit ad Dursleos, ut videtur, et exspectandum dum Voldemort me ibi inveniat. sic tantum paulo serius moriar quam mihi fatum erat, quod nunquam ad Partes Nigras transibo! hac nocte per illam ianuam caducam ibo neque vos duo quicquam dicere possunt quod me prohibebit! nonne meministis Voldemortem parentes meos occidisse?'

oculis torvis eos aspexit.

'ita est ut dicis, Harri,' inquit Hermione voce parva.

'Amictu Invisibilitatis utar,' inquit Harrius. 'feliciter tantum cessit quod eum recepi.'

'sed nescio an tres omnes nostrum tecturus sit,' inquit Ronaldus.

'omnes – omnes tres nostrum?'

'pro pudor, num putas nos tibi permissuros esse ut solus eas?'

'scilicet id non permittemus,' inquit Hermione alacriter. 'quomodo putas te sine nobis ad Lapidem perventurum esse? melius sit si libros meos inspiciam, potest fieri ut insit aliquid utile ...'

'sed si capti erimus, vos duo quoque expellimini.'

'non si id prohibere possum,' inquit Hermione voce torva. 'Flitvicus mihi clam dixit me centensimam duodecimam partem ex centum adeptam esse in examine suo. quo facto non me eicient.'

*

post cenam tres illi animis anxiis separatim in loco communi sedebant. nemo eos vexabat; nemo enim Gryffindorensium iam quidquam cum Harrio communicabat. quod hac nocte primum eum non perturbabat. annotationes suas omnes Hermione percurrebat, sperans se inventuram esse unum incantamentorum quod solvere conaturi erant. Harrius et Ronaldus non multum colloquebantur. ambo reputabant quid facturi essent.

lente, conclave vacuum fiebat, hominibus paulatim cubitum abeuntibus.

'melius sit si Amictum petas,' mussavit Ronaldus, ubi Lee Jordan tandem discessit, se extendens et oscitans. Harrius sursum ad dormitorium obscurum cucurrit. amictu deprompto tibiam conspexit sibi ab Hagrido datam nativitatis Christi celebrandae causa. quam in sinu posuit Lanigerum deleniturus – non multum ei cordi erat voce canere.

deorsum ad locum communem recurrit.

'melius sit si hic Amictum induamus et curemus ut omnes tres nostrum tegat – si Filch conspexerit pedem singulum nostrum solum ambulare –'

'quid facitis?' inquit vox ab angulo conclavis.

Neville a tergo sellae reclinatoriae apparuit, Trevorem

bufonem amplexus, qui videbatur rursus conatus esse libertatem recuperare.

'nihil, Neville, nihil,' inquit Harrus, celeriter Amictum post tergum celans.

vultus nocentes Neville intuitus est.

'rursus exitis,' inquit.

'haud ita, haud ita, haud ita,' inquit Hermione. 'non eximus. cur non cubitum is, Neville?'

Harrius horologium grande perpendiculo actum iuxta ianuam positum aspexit. plus temporis eis non terendum erat, poterat fieri ut etiam tunc Snape Lanigerum canendo sopiret.

'vobis non licet exire,' inquit Neville, 'iterum capiemini. Gryffindorenses etiam graviora patientur.'

'non intellegis,' inquit Harrius, 'hoc est magni momenti.'

sed manifestum erat Nevillem animum ad rem desperatam offirmare.

'per me non vobis licebit id facere,' inquit, properans ut ante foramen imaginis pictae staret. 'ego – ego vobiscum pugnabo!'

'*Neville*,' erupit Ronaldus, 'a foramine illo abi neque stultus fueris –'

'noli me stultum appellare,' inquit Neville. 'sententia mea, non debes regulas plures violare! et tu me iussisti adversariis resistere.'

'ita vero, sed non *nobis*,' inquit Ronaldus animo irato. 'Neville, nescis quid facias.'

gradum unum processit et Neville Trevorem bufonem demisit, qui e conspectu saliit.

'agedum, conare me pulsare!' inquit Neville, pugnis sublatis. 'paratus sum!'

Harrius ad Hermionem versus est.

'*fac aliquid*,' inquit desperans.

Hermione progressa est.

'Neville,' inquit, 'mihi crede, me huius rei maxime paenitet.'

baculum sustulit.

'*Petrificus Totalus*!' exclamavit, Nevillem eo demonstrans.

bracchia Nevillis ad latera volaverunt. crura saltu se coniunxerunt. toto corpore rigente, huc illuc in vestigio iactatus est, tum pronus cecidit, tam rigidus quam tabella.

Hermione ad eum invertendum cucurrit. fauces Nevillis ita coniunctae sunt ut loqui non posset. solum oculi movebantur, eos contemplantes pleni horroris.

'quid ei fecisti?' Harrius susurravit.

'est tota Corporis Religatio,' inquit Hermione miserabiliter. 'oh, Neville, obsecro mihi ignoscas.'

'necesse erat nobis id facere, neque tempus habemus causae proferendae,' inquit Harrius.

'postea rem intelleges, Neville,' inquit Ronaldus, dum eum transgrediuntur et Amictum Invisibilitatis induunt.

sed relinquere Nevillem immotum in solo iacentem non videbatur omen admodum faustum. tam anxii erant ut umbrae statuarum omnium ianitorem Filch, aurae autem omnes longinquae Peevem in eos devolantem referrent.

cum ad gradum imum scalarum primarum pervenissent, Dominam Norrem prope summum latentem conspexerunt.

'oh, calce eam petamus, semel modo,' Ronaldus in aure Harrii susurravit, sed Harrius abnuit. in eos magna cum cura circum se ascendentes Domina Norris oculos luminosos convertit, nec tamen quidquam fecit.

nec cuiquam alii occurrerunt dum ad scalas ad tertium tabulatum ferentes pervenerunt. in medio versabatur Peeves, tapete relaxans homines supplanturus.

'quis adest?' inquit subito eis ad se ascendentibus. oculos nigros et malos contraxit. 'scio te adesse etsi te non videre possum. esne larvula an umbrula an parvula bestia discipularia?'

in aera surrexit et ibi pendebat, oculis limis eos contemplans.

'Filch est mihi vocandus, ut videtur, si quid invisum circumrepit.'

Harrius subito aliquid animo concepit.

'Peeves,' inquit, voce rauca susurrans, 'Baro Cruentus causas proprias habet cur sit invisibilis.'

Peeves paene ex aere cecidit obstupefactus. casum opportune cohibuit et circa pedem a scalis pependit.

'obsecro mihi ignoscas, cruentas tua, domine Baro, vir egregius,' inquit adulans. 'erravi, erravi – te non vidi – scilicet te non vidi, invisibilis enim es – iocusculum Peevesulo tuo ignosce, domine.'

'hic negotior, Peeves,' inquit Harrius voce rauca. 'hac nocte hinc procul abesto.'

'abero, domine, promitto me afore,' inquit Peeves iterum in aera surgens, 'spero negotium tuum bene cessurum esse, Baro, non te vexabo.'

et celeriter aufugit.

'*optime factum,* Harri!' susurravit Ronaldus.

paucis post secundis, aderant, extra transitum tabulati tertii – et ianua iam semiaperta erat.

'sic vobis est,' inquit Harrius voce summissa. 'Snape iam Lanigerum praeteriit.'

cum ianuam apertam viderent, tres omnes nescio quo modo intellegere videbantur quid sibi oppositum esset. sub Amictu, Harrius ad duos alios conversus est.

'si redire vultis, vos non culpabo,' inquit. 'licet vobis Amictum capere, nunc eo non opus est mihi.'

'noli stultus esse,' inquit Ronaldus.

'nos venimus,' inquit Hermione.

Harrius ianuam trudendo aperuit.

ianua crepitante, graves fremitus tonitrus similes aures offenderunt. de omnibus tribus nasis canis adversus eos sonitum insanum edebat, etsi ipse eos non poterat videre.

'quid iacet iuxta pedes eius?' susurravit Hermione.

'lyra esse videtur,' inquit Ronaldus. 'sine dubio Snape eam ibi reliquit.'

'evigilare debet simulac cantum omittis,' inquit Harrius. 'incipiamus igitur …'

tibia Hagridi labris admota, insonuit. non erat carmen verum, sed primo sonitu audito oculi bestiae languere coeperunt. Harrius vix animam duxit. paulatim, fremitus canis silescebant – pedibus incertis titubavit et in genua cecidit, tum humum collapsus est, sopitus.

'ne cantum omiseris,' Ronaldus Harrium admonuit dum Amictu exuto ad ianuam caducam repunt. capitibus giganteis appropinquantes spiritum canis calidum et male olentem sentire poterant.

'sententia mea, ianuam trahendo aperire poterimus,' inquit Ronaldus, supra tergum canis spectans. 'an vis antecedere, Hermione?'

'id minime volo!'

'sit ita.' Ronaldus, animo offirmato, magna cum cura crura canis transgressus est. inclinatus anulum ianuae caducae traxit, quae prolapsa se aperuit.

'quid videre potes?' inquit Hermione anxio animo.

'nihil – sunt tantum tenebrae – neque via est descendendi, necesse est igitur ut nos demittamus.'

Harrius, qui tibia adhuc canebat, manibus iactatis ut Ronaldum attentum faceret se ipsum digito ostendit.

'an vis antecedere? an certum est tibi?' inquit Ronaldus. 'nescio quam alte haec res descendat. da tibiam Hermioni ut illa eum sopitum servet.'

Harrius tibiam tradidit. silentio paucorum secundorum, canis fremebat et paulum se movebat, sed simulac Hermione canere incepit, in soporem altum recidit.

Harrius eum transcendit et per ianuam caducam despexit. fundum haudquaquam videre poterat.

per foramen usque se demittebat dum digitis extremis retinebatur. tum Ronaldum suspexit et inquit, 'si quid mihi acciderit, noli sequi. i statim ad strigarium et Hedvigam ad Dumbledorem mitte, tenesne?'

'ita vero,' inquit Ronaldus.

'spero me te uno minuto visurum ...'

et digitos laxat Harrius. aer frigidum et madidum praeter eum ruit cadentem deorsum, deorsum, deorsum et –

FLUMP. cum sonitu colaphi miri et surdi in aliquid molle descendit. se sublevavit et circumiacentia tractavit, oculis tenebrarum insuetis. in herba nescio cuius generis sedere videbatur.

'bene habet!' ad lucem superiorem instar pittacii cursualis vocavit quae erat aperta ianua caduca. 'descensus ad terram est mollis, licet vobis desilire!'

statim secutus est Ronaldus. terram attigit et iuxta Harrium prostratus est.

'qualis est haec materia?' prima verba locutus est.

'nescio, videtur esse herba aliqua. sententia mea, adest ut descensum molliat. agedum, Hermione!'

cantus longinquus conticuit. canis latratum magnum edidit, sed Hermione iam desiluerat. terram attigit in altera parte Harrii.

'non dubium est quin multa milia passuum sub schola simus,' inquit.

'nonne fortuna secunda usi sumus quod haec herba qualiscumque adest?' inquit Ronaldus.

'*fortunam secundam* dicis!' ululavit Hermione. 'vos ambos aspicite!'

saltu surrexit et ad murum madidum pervenire luctata est. necesse erat luctari quod simulac terram attigit, herba claviculas more serpentis circum talos torquere coeperat. crura autem Harrii et Ronaldi iam arte alligata erant pampinis longis et repentibus quos illi non senserant.

Hermione se prius ab herba liberaverat quam vinculis firmis necteretur. nunc horrore perculsa pueros duos spectabat nitentes ut sibi herbam detraherent, sed quo vehementius contra tendebant, eo artius et celerius herba corpora adstringebat.

'nolite iam moveri!' Hermione eis praecepit. 'scio qualis sit herba – est Laqueus Diaboli!'

'oh, maxime gaudeo nos scire quid sit nomen, id est auxilio magno,' infremuit Ronaldus, reclinatus, conans herbam prohibere quominus collo cicumvolveretur.

'tace, conor meminisse quomodo sit interficienda!' inquit Hermione.

'festina igitur, non possum spirare!' anhelavit Harrius, cum herba luctuans circum pectus se circumvolvente.

'de Laqueo Diaboli, Laqueo Diaboli ... quid dixit Professor Caulicula? tenebras amat et umorem –'

'itaque ignem accende!' inquit Harrius voce strangulata.

'ita vero – scilicet – sed nullum habemus lignum!' clamavit Hermione, manibus contortis.

'AN DELIRAS?' Ronaldus mugivit. 'UTRUM ES MAGA ANNON?'

'sit ita!' inquit Hermione, et cum baculum celeriter depromptum iactavisset et aliquid mussavisset, flammas easdem hyacinthinas in herbam eiecit quas in Snapem direxerat. paucis secundis, pueri duo eam amplexum laxare senserunt lucem et calorem timentem et effugientem. sinuata et agitata, vincula corporum resolvit, et illi se extricare poterant.

'fortuna secunda tu attente Herbologiae studes, Hermione,' inquit Harrius se ei prope murum adiungens et sudorem ab ore detergens.

'ita vero,' inquit Ronaldus, 'et fortuna secunda Harrius non solet in discrimine rerum a se exire – "nullum habemus lignum," *pro pudor!*'

'hac via eamus,' inquit Harrius, transitum lapideum demonstrans quae erat via sola progrediendi.

praeter sonum pedum nil audire poterant nisi stillicidium lene aquae per muros manantis. transitus erat declivis et in memoriam Harrii argentariam Gringotts redegit. animo ictu subito et acerbo concusso, meminerat dracones custodientes, ut fama ferebat, cameras argentariae magorum. si draconi occurrant, draconi adulto – Norbert satis malus fuerat …

'an aliquid audire potes?' susurravit Ronaldus.

Harrius audiebat. susurrus levis et tinnitus videbantur a fronte venire.

'an putas simulacrum adesse?'

'nescio … videor audire sonum alarum.'

'lucet a fronte – aliquid se movens videre possum.'

ad finem transitus pervenerunt et ante se viderunt conclave splendide illuminatum, tecto arcuato supra sese surgente. plenum erat avium parvarum et gemmantium, passim toto conclavi volitantium et salientium. in opposita parte conclavis erat ianua gravis et lignea.

'an putas eas nos adorturas esse si conclave transeamus?' inquit Ronaldus.

'veri simile est,' inquit Harrius. 'non videntur admodum feroces, sed opinor si omnes simul devolent … itaque non possum facere quin … currem.'

spiritu imo de pectore ducto et ore bracchiis obtecto celeriter trans conclave cucurrit. exspectavit se iam iam sensurum esse rostra et ungues acutos corpus vellicantes, nec tamen quidquam passus est. incolumis ad ianuam pervenit. capulam ad se trahebat, sed ianua occlusa est.

duo alii eum secuti sunt. viribus summis admotis ianuam traxerunt et impulerunt, sed illa ne minime quidem mota est, etiam ubi Hermione incantamento Alohomora usa est.

'quid nunc?' inquit Ronaldus.

'hae aves ... num adsunt solum ornamenti causa?' inquit Hermione.

aves spectaverunt supra capita in altum sublatas, splendentes – *splendentes*?

'non sunt aves!' inquit Harrius subito, 'sunt *claves*! claves aligerae – accurate aspicite. itaque necesse est ...' conclave circumspexit, aliis duobus gregem clavium oculis limis suspicientibus. '... ita vero – ecce! scoparum manubria! clavis ianuae nobis capienda est!'

'sed sunt *centenae* earum!'

Ronaldus clausuram ianuae inspexit.

'clavem magnam et antiquam quaerimus – verisimiliter ex argento factam, sicut capulum.'

scoparum manubriis singulis raptis se in aera extruserunt, surgentes in mediam nubem clavium. claves fascinatos arripiebant et apprehendebant, sed illae tam celeriter se huc illuc iaciebant et praecipitabant ut vix capi possent.

nec tamen frustra Harrius erat Petitor natu minimus totius saeculi. natus erat ad res inveniendas ab aliis praetermissas. cum minutum inter turbinem pennarum multicolorum circumvolavisset, animadvertit clavem magnam et argenteam ala recurva, quasi iam capta et vi in foramen inserta esset.

'eccillam!' aliis clamavit. 'eccillam magnam – ibi – non ita, ibi – habet alas fulgentes et caeruleas – cum pennis omnibus unius lateris corrugatis.'

Ronaldus in partem ab Harrio demonstratam properavit, in tectum se impegit, paene de scoparum manubrio decidit.

'necesse est nobis eam undique opprimere!' clamavit Harrius, oculis a clave ala vulnerata non aversis. 'Ronalde, tu desuper eam adorire – Hermione, tu deorsum mane et eam descendere prohibe – et ego eam capere conabor. esto, NUNC!'

Ronaldus se praecipitavit, Hermione se sursum vi maxima propulit, clavis ambos elusit, Harrius eam celerrime subsecutus est; procubuit et ad murum properantem cum sono aspero et inamoeno lapidibus manu una affixit. clamoribus laetis Ronaldi et Hermionis conclave altum resonuit.

celeriter descenderunt et Harrius ad ianuam cucurrit, clave

in manu luctante. quam vi in clausuram insertam vertit – res bene cessit. simul ac clausura cum crepitu se aperuit, clavis rursus avolavit, deformissima visu quod iam bis capta erat.

'an parati estis?' Harrius duos alios rogavit, manu capulum ianuae amplexus. adnuerunt. ianuam trahendo aperuit.

conclave proximum erat tam obscurum ut omnino nihil videre possent. sed cum ingrederentur, conclavi subito illuminato, spectaculum mirum patefactum est.

stabant in margine ingentis latruncularii, post latrunculos nigros, qui omnes ipsis altiores erant et sculpti, ut videbatur, e lapide nigro. adversi eis, procul in altera parte conclavis, erant latrunculi candidi. Harrius et Ronaldus et Hermione paulum tremebant – ingentes latrunculi candidi vultus nullos habebant.

'quid nunc faciamus?' susurravit Harrius.

'nonne liquet?' inquit Ronaldus. 'debemus conclave transire latrunculis ludentes.'

post figuras candidas ianuam aliam videre poterant.

'quomodo?' inquit Hermione trepidans.

'sententia mea,' inquit Ronaldus, 'nos debebimus esse latrunculi.'

equiti nigro appropinquavit et manu porrecta caballum equitis tetigit. statim lapis vivus vidensque factus est. caballus humum pede pressit et eques caput galeatum vertit Ronaldum despecturus.

'an nos – hem – debemus vobis adiungi ut transeamus?'

eques niger capite adnuit. Ronaldus ad duos alios versus est.

'necesse est rem reputare …' inquit. 'opinor necesse esse nobis locum occupare trium latrunculorum nigrorum …'

Harrius et Hermione silentio spectaverunt Ronaldum cogitantem. denique inquit, 'nolite animo offenso esse aut aliquid, sed neuter vestrum est admodum peritus ludi latrunculorum –'

'non sumus animo offenso,' inquit Harrius celeriter. 'tantum dic nobis quid faciamus.'

'tu, Harri, locum occupa episcopi illius, et tu, Hermione, i in locum ei proximum illi castello succedens.'

'quid tu?'

'fiam eques,' inquit Ronaldus.

latrunculi audivisse videbantur, quod his verbis dictis eques, episcopus castellumque, tergis a figuris candidis aversis, a latrunculario abierunt, quadra tria inania relinquentes quae Harrius, Ronaldus, Hermioneque occupaverunt.

'in ludo latrunculorum turma candida motum primum semper facit,' inquit Ronaldus, oculis latruncularium lustrans. 'ita vero … aspicite …'

miles gregarius turmae candidae quadra duo progressus erat.

Ronaldus figuras nigras dirigere coepit. silentio movebantur quocunque eas miserat. genua Harrii tremebant. quid si vincantur?

'Harri – movere in transversum quattuor quadra ad dextram.'

primum re vera concussi sunt cum eques alter captus est. quem pulsatum et abiectum regina candida a latrunculario traxit, ubi iacebat sine motu ullo, pronus. 'necesse erat id permittere,' inquit Ronaldus, visus stupere. 'nunc tibi licet episcopum illum capere, Hermione, agedum.'

quotiens latrunculus amissus erat, figurae candidae se inexorabiles praestabant. mox acervus lusorum nigrorum languentium secundum murum collapsus erat. bis, Ronaldus periculum Harrio et Hermioni imminens opportune praevertit. ipse circum latruncularium festinans paene tot figuras candidas cepit quot nigras amiserant.

'coeptum nostrum paene successit,' subito murmuravit. 'necesse est rem reputare – necesse est rem reputare …'

regina candida vultum vacuum ad eum vertit.

'ita vero …' inquit Ronaldus leniter, 'haud aliter fiet … necesse est ut capiar.'

'NON ITA!' Harrius et Hermione clamaverunt.

'talis est ludus latrunculorum!' inquit Ronaldus acriter. 'necesse est aliqua sacrificare! gradum unum progressum illa me capiet – sic tibi licebit regem ad incitas redigere, Harri!'

'sed –'

'utrum Snapem vis prohibere annon?'

'Ronalde –'

'ecce, nisi tu festinaveris, ille Lapidem iam habebit!'

non poterat aliter fieri.

'an paratus es?' Ronaldus clamavit, facie pallida sed obstinata. 'en nunc eo – nolite autem cessare cum viceritis.'

progressus est et regina candida insiluit. Ronaldum vi magna circum caput bracchio lapideo percussit et ille cum fragore ad solum cecidit – Hermione ululavit sed in quadro remansit – regina candida Ronaldum e medio traxit. exanimatus videbatur.

tremebundus, Harrius se spatia tria ad sinistram movit.

rex candidus coronam exutam ad pedes Harrii iecit. vicerant. latrunculi separati capita inclinaverunt, viam patefacientes ad ianuam a fronte sitam. cum Ronaldum animis desperatis novissime respexissent, Harrius et Hermione per ianuam ruerunt et transitum proximum celeriter ascenderunt.

'quid si ille –?'

'bene valebit,' inquit Harrius, sibi persuadere conatus. 'quid putas proximum fore?'

'incantamentum Cauliculae habuimus, id erat Laqueus Diaboli – scilicet Flitvicus claves fascinavit – McGonagall latrunculos transfiguravit ut vivescerent – supersunt defixiones Quirrellis, et Snapis ...'

ad aliam ianuam pervenerant.

'an bene habet?' susurravit Harrius.

'age modo.'

Harrius trudendo eam aperuit.

odor tam taeter nares implevit ut ambo nasos vestibus sursum tractis tegerent. oculis madentibus, pronum in solo ante se, trollum viderunt etiam maius illo quod prius adorti erant, exanimatum capite tumore cruento deformato.

'gaudeo nobis cum illo non pugnandum fuisse,' Harrius susurravit, dum magna cum cura unum crurum ingentium transgrediuntur. 'agedum, non possum spirare.'

ianuam proximam trahendo aperuit, ambobus vix audentibus spectare quid proximum esset – sed nihil admodum terribile inerat, modo mensa cum septem ampullis variae figurae ordine instructis.

'Snapis,' inquit Harrius. 'quid nobis faciendum est?'

limen transierunt et statim post eos ignis in ianua ortus est. neque erat ignis ordinarius; erat purpureus. simul flammae nigrae in ianua adversa sursum surrexerunt. circumdati sunt.

'en!' Hermione volumen iuxta ampullas iacens arripuit. Harrius supra umerum eius spectans legit:

*post eris incolumis, lector, iacet ante periclum,*
*est opus ampullas hic reperire duas.*
*ecce, tibi e septem prodire licebit ab una,*
*altera potori dat remeare domum.*
*noxa duabus abest, urticas vina reducunt,*
*in tribus instructis funeris hora latet.*
*eligito, nisi vis hic tempus in omne manere,*
*optanti auxilium bis duo signa damus.*
*quamvis se celet magna cum fraude venenum,*
*vasa urticarum laeva tenent aliquid.*
*sunt quoque dissimiles utraque in fine locatae,*
*pergere sed si vis neutra lagoena iuvat.*
*ponderis, en, varii potes hic spectare lagoenas,*
*parvula nec mortem magna nec intus habet.*
*altera quae laeva, quae ponitur altera dextra*
*nec visu similes nec varie sapiunt.*

Hermione suspirium magnum duxit et Harrius, miratus, vidit eam subridere, quod ipsi absurdissimum videbatur.

'*optime*,' inquit Hermione. 'haec non est magia – est logica – aenigma. multi magorum maximorum non unciam logicae habent, hic tempus in omne haereant.'

'nonne nos quoque hic haerebimus?'

'minime,' inquit Hermione. 'omnia quibus nobis opus est scripta sunt in hoc volumine. septem ampullae: tres venenum, duae vinum habent; unius auxilio poterimus incolumes ire per ignem nigrum, alterius auxilio redire per purpureum.'

'sed quomodo cognoverimus quae bibendae sint?'

'da mihi minutum.'

Hermione volumen compluriens perlegit. tum huc illuc secundum ordinem ampullarum iit, secum murmurans et eas digitis demonstrans. denique, manibus plausit.

'rem habeo,' inquit. 'ampulla minima usi ignem nigrum transire poterimus – ad Lapidem.'

Harrius ampullam exiguam spectavit.

'uni tantum nostrum haec sufficiet,' inquit. 'vix buccam unam capit.'

oculos alter in alteram verterunt.

'cuius auxilio per flammas purpureas redire poteris?'

Hermione ampullam rotundatam in extremo ordine dextera instructam ostendit.

'tu illam bibe,' inquit Harrius. 'immo, animum intende – redi Ronaldum arcessitum – manubria scoparum a conclavi clavium volantium capite, usi eis e ianua caduca exire et Lanigerum praeterire poteritis – ite statim ad strigarium et Hedvigam ad Dumbledorem mittite, opus est nobis illo. potest fieri ut parumper Snapi resistam, sed re vera non par illi sum.'

'sed, Harri – quid si Quidam cum eo est?'

'hem – nonne semel fortuna secunda usus sum?' inquit Harrius, cicatricem ostendens. 'potest fieri ut iterum fortuna secunda utar.'

Hermione labro tremente subito in Harrium ruit et bracchiis eum amplexa est.

'*Hermione!*'

'Harri – tu es magus magnus, mihi crede.'

'non sum tam bonus quam tu,' inquit Harrius, animo admodum perturbato, ubi illa eum liberavit.

'quid ego?' inquit Hermione. 'quid libri et calliditas? alia pluris valent – amicitia et fortitudo et – oh Harri – sis *cautus*!'

'tibi primum bibendum est,' inquit Harrius. 'nonne certo scis qualis sit ampulla quaeque?'

'non sum in dubio,' inquit Hermione. haustum longum ab ampulla rotundata in extremo ordine posita sumpsit et inhorruit.

'num est venenum?' inquit Harrius anxie.

'non ita – sed est simile glaciei.'

'i festinans, antequam potentiam amittat.'

'sis felix – cave –'

'I!'

Hermione versa per ignem purpureum recta iit.

Harrius, suspirio ab imo pectore ducto, ampullam minimam sustulit. conversus est ut flammis nigris adversus staret.

'advenio,' inquit, ampullam parvam haustu uno epotans.

re vera glacies per corpus fluitare videbatur. ampulla deposita progressus est; animo offirmato flammas nigras corpus lambere vidit nec tamen sensit – punctum temporis nil nisi ignem obscurum videre potuit – tum aderat in altera parte, in conclavi ultimo.

aliquis iam aderat – nec tamen Snape erat. ne Voldemort quidem erat.

— CAPUT SEPTIMUM DECIMUM —

# *Vir Duobus Vultibus*

erat Quirrell.

'num *te* video?' inquit Harrius anhelans.

Quirell subrisit. nulla erat vultus agitatio.

'me vides,' inquit voce placida. 'nesciebam an tibi hic obviam iturus essem, Potter.'

'sed putabam – Snapem –'

'Severum?' Quirrell risit neque voce solita tremebunda et altisona, sed frigida et acuta. 'ita vero, Snape videtur idoneus, nonne? admodum utile erat eum habere circumvolantem sicut vespertilionem nimis auctum. quis prae illo P-Professorem Quirrell, hominem m-m-miserum et b-balbutientem, suspicetur?'

Harrius non poterat id animo capere. non poterat esse verum, non poterat.

'at Snape me occidere conatus est!'

'non ita, non ita, non ita. *ego* te occidere conatus sum. amica tua Dominula Granger me casu prostravit ruens ut Snapem in illo certamine ludi Quidditch accenderet. aciem oculorum meorum in te directam interrupit. paucis secundis te de scoparum manubriis illis deiecissem. quod prius fecissem nisi Snape defixionem contrariam murmuravisset, te servare conatus.'

'num Snape conabatur me *servare*?'

'scilicet id conabatur,' inquit Quirrell intrepide. 'cur putas eum voluisse arbitrium habere certaminis proximi? conabatur curare ne id rursus facerem. mirum, re vera … non necesse erat ei se inquietare. nil poteram facere Dumbledore spectante. ceteri doctores omnes putabant Snapem conari Gryffindorenses prohibere quominus vincerent, *certe* invidiam magnam sibi conflabat ... et quantum temporis terebat cum post tot labores te hac nocte interfecturus sum.'

Quirrell digitis concrepuit. funes e tenui aere salierunt et Harrium arte circumligaverunt.

'curiosior es quam ut vivas, Potter. Vespere Sancto circum scholam sic cursabas ut nescirem an me vidisses advenientem ut inspicerem quid Lapidem custodiret.'

'an *tu* trollum admisisti?'

'nempe id admisi. praecipue natus sum ad trolla curanda – nonne vidisti quomodo trollo isto in conclavi posteriore uterer? fortuna adversa, aliis omnibus circumcurrentibus et id ubique quaerentibus, Snape iam me suspicatus statim ad tabulatum tertium iit ad me devertendum – et non solum trollum meum te plagis non interfecit, sed etiam canis ille tribus capitibus crus totum Snapis morsu non abstulit.

'nunc tibi silentio manendum est, Potter. opus est mihi inspicere hoc iucundum speculum.'

non prius Harrius intellexerat quid post Quirrellem staret. erat speculum Erisedii.

'sine hoc speculo Lapis non est inveniendus,' Quirrell murmuravit, leviter exteriorem formam circumpulsans. 'est Dumbledoris aliquid huius generis reperire ... sed abest Londinii ... ego procul abero cum redierit ...'

Harrius nil poterat excogitare nisi colloquium cum Quirrelle producere et animum eius a speculo avertere.

'te et Snapem in Silva vidi –' subito exclamavit.

'ita vero,' inquit Quirrell ignave, speculum circumiens ut tergum inspiceret. 'illo tempore iam animum in me intendebat, conans cognoscere quem ad locum progressus essem. semper me suspectum habebat. conatus est me terrere – quod certe non poterat, Duce Voldemorte mihi favente ...'

Quirrell a tergo speculi foras regressus esuriens in id intuitus est.

'Lapidem video ... eum domino dono ... sed ubi est?'

Harrius funibus se vincientibus luctabatur, sed illi non laxabantur. *necesse* erat Quirrellem prohibere quominus animum totum in speculum intenderet.

'at Snape semper videbatur me tantum odisse.'

'oh, certe te odit,' inquit Quirrell incuriose, 'edepol, ita est. an nesciebas eum cum patre tuo condiscipulum fuisse in schola Hogvartensi? inter se maxime oderant. sed nunquam te *mortuum* volebat.'

'sed paucos abhinc dies audivi te lacrimantem – putabam Snapem tibi minari …'

primum, aliquid timoris faciem Quirrellis transiit.

'aliquando,' inquit, 'difficile est domini praeceptis obtemperare – ille est magus magnus et ego sum imbecillis –'

'num dicis eum ibi tecum in auditorio fuisse?' inquit Harrius anhelans.

'mecum est quocunque eo,' inquit Quirrell tranquille. 'obviam ei ii cum circa orbem terrarum iter facerem. tum eram iuvenis stultus, animo pleno notionum ridicularum boni malique. Dux Voldemort mihi demonstravit quantum errarem. neque bonum est neque malum, est solum potentia, eique qui imbecilliores sunt quam ut illam petant … ex illo tempore fidus fui servus eius, quamquam saepe eum fefelli. ille debuit in me durissimus esse.' subito Quirrell inhorruit. 'aegre peccata ignoscit. cum Lapidem ab argentaria Gringotts furari non possem, iratissimus erat. poenam de me sumpsit … constituit me sibi diligentius observandum fore …'

vox Quirrellis obmutescebat. Harrius meminerat iter ad Angiportum Diagonion factum – num poterat tam stultus esse? Quirrellem illo ipso die ibi viderat, manus cum eo in Lebete Rimoso coniunxerat.

Quirrell summissa voce imprecabatur.

'non intellego … an lapis est *in* speculo? idne frangam?'

Harrius rem animo celerrime agitabat.

iam maxime rerum omnium in orbe terrarum desidero, sic secum volvebat, Lapidem invenire, Quirrellem praevertens. itaque si speculum inspiciam, debeo me videre id invenientem – igitur videbo ubi celatum sit! sed quomodo sic inspiciam ut Quirrell non sentiat quid agam?

ad sinistram sensim se movere conatus est, ut Quirrelle necopinante ante vitrum staret, sed funes talis circumdati nimis arti erant. pede offenso cecidit. Quirrell eum ignoravit. secum adhuc loquebatur.

'quid facit speculum? quomodo officiis fungitur? fer mihi auxilium, Domine!'

et Harrio inhorrescente, vox respondit, et vox illa videbatur oriri a Quirrelle ipso.

'utere puero … utere puero …'

Quirrell celeriter ad Harrium versus est.

'ita vero – Potter – huc veni.'

manibus semel plausit, et funes Harrio circumdati deciderunt. Harrius lente surrexit.

'huc veni,' Quirrell iteravit. 'speculum inspice et dic mihi quid videas.'

Harrius ad eum iit.

'debeo mentiri,' putabat desperans. 'debeo tantum spectare et id quod video mentiri.'

Quirrell eum subsecutus est. Harrius odorem mirum spiritu duxit qui a mitra Quirrellis venire videbatur. oculos clausit, ante speculum iit, eos iterum aperuit.

imaginem suam vidit, pallidam primum et trepidam. sed post punctum temporis, imago ei subrisit. manu in sinum inserta lapidem sanguinolentum extraxit. nictata Lapidem in sinum reposuit – et simul Harrius aliquid grave in sinum verum descendere sensit. nescio quo modo – incredibile dictu – *Lapidem adeptus erat.*

'agedum,' inquit Quirrell impatiens. 'quid vides?'

Harrius animum offirmavit.

'me video manus cum Dumbledore coniungentem,' finxit. 'ego – ego Gryffindorensibus Poculum Domesticum reportavi.'

Quirrell iterum imprecatus est.

'de via secede,' inquit. Harrius secedens Philosophi Lapidem crus tangentem sensit. an ausus est aufugere?

nec tamen quinque passus prius ierat quam vox acuta locuta est, quamquam Quirrell labra non movebat.

'mentitur … mentitur …'

'Potter, huc redi!' Quirrell clamavit. 'dic mihi verum! quid modo vidisti?'

vox acuta iterum locuta est.

'liceat mihi cum eo colloqui … coram …'

'Domine, vires tibi non sufficiunt!'

'vires sufficiunt ... ad hoc ...'

Harrius sibi videbatur solo infixus esse velut Diaboli Laqueo. non poterat nervum movere. obstupefactus, Quirrellem spectavit incipientem manu porrecta mitram evolvere. quid fiebat? mitra decidit. qua carens caput Quirrellis admodum parvum videbatur. tum lente in vestigio se convertit.

Harrius ululavisset, sed sonitum non poterat edere. ubi occipitium Quirrellis debebat esse, erat facies qua horribiliorem Harrius nunquam viderat. alba erat sicut cretata cum oculis rubris et flagrantibus et pro naribus scissuras habebat, sicut anguis.

'Harrius Potter ...' susurravit.

Harrius pedem referre conatus est sed crura moveri nolebant.

'an vides quid factus sim?' inquit facies. 'umbra tantum et vapor ... formam non habeo nisi possum corporis alterius particeps esse ... sed semper fuere qui velint me in pectora et animos admittere ... his proximis hebdomadibus cruor monocerotum me corroboravit ... vidisti Quirrellem, hominem fidelem, eum mihi in Silva potantem ... et simulac Elixirium Vitae habuero, corpus proprium mihi creare potero ... nunc ... cur non das mihi Lapidem illum quem in sinu habes?'

itaque sciebat. subito in crura Harrii sensus rediit. titubans pedem rettulit.

'noli stultus esse,' hirriebat facies. 'melius sit vitam tuam conservare et te mihi adiungere ... nisi fato eidem occurrere vis ac parentes ... mortui sunt misericordiam a me orantes.'

'MENTIRIS!' clamavit Harrius subito.

Quirrell retro ad eum ibat, ut Voldemort eum adhuc videre posset. facies maligna iam subridebat.

'scilicet animum meum tangis ...' sibilavit. 'fortitudinem semper magni aestimo ... ita vero, puer, parentes fortes erant ... patrem primum occidi et ille fortiter restitit ... sed non necesse erat matri mori ... te tueri conabatur ... nunc da mihi Lapidem, nisi vis eam frustra mortuam esse.'

'NUNQUAM!'

Harrius ad ianuam flammeam saliit, sed Voldemort clamavit, 'ARRIPE EUM!' et, post secundum, Harrius sensit manum Quirrellis carpum prehendentem. statim, dolor acutus sicut ignis cicatricem Harrii transcurrit; sensit caput iam iam in duas partes discussum iri; ululavit, viribus summis luctans, et mirabile dictu, Quirrell amplexum laxavit. dolor capitis remittebat – amens circumspexit quaerens quo Quirrell abiisset et eum vidit dolore inclinatum, digitos inspicientem – ante oculos pusolosi fiebant.

'arripe eum! ARRIPE EUM!' iterum ululavit Voldemort et Quirrell prosiluit, Harrium totum praecipitans et insuper eum descendens, manibus ambabus collum prehendentibus – cruciatu cicatricis Harrius paene occaecabatur, sed poterat videre Quirrellem prae dolore frementem.

'Domine, non possum eum tenere – manus meas – manus meas!'

et Quirrell, quamquam Harrium solo genibus infixerat, collum laxavit et palmas, obstupefactus, intuitus est – Harrius videre poterat eas ustas, crudas, rubras, lucidas videri.

'itaque occide eum, stulte, et finis esto!' clamavit Voldemort voce acuta.

Quirrell manum sustulit imprecationem diram facturus, sed Harrius, natura sua ductus, manu porrecta faciem Quirrellis arripuit –

'AAAARGH!'

Quirrell volvendo se ab eo amovit, facie quoque pusolosa, et tum Harrius rem intellexit: sine dolore terribili Quirrellem cutem nudam suam tangere non posse – spem solam salutis positam esse in Quirrelle retinendo et tanto dolore ei infligendo ut imprecationem non facere posset.

Harrius saliens surrexit, et bracchium Quirrellis arreptum quam artissime amplexus est. Quirrell ululavit et Harrium excutere conatus est – dolor capitis Harrio increscebat – non poterat videre – tantum ululatus horrendos Quirrellis audire poterat et Voldemortem clamantem 'OCCIDE EUM! OCCIDE EUM!' et voces alias, forsan in capite suo ortas, clamantes, 'Harri! Harri!'

sensit bracchium Quirrellis ab amplexu suo abreptum, sciebat actum esse de se, in tenebras decidit, deorsum ... deorsum ... deorsum ...

*

aliquid aureum fulgebat paulo altius eo. Raptum erat! conatus est id capere, sed bracchia graviora erant.

oculos connivuit. haudquaquam erat Raptum. erat par perspicillorum. quam mirum.

oculos iterum connivuit. facies subridens Albi Dumbledoris paulatim in conspectum supra eum venit.

'salve, Harri,' inquit Dumbledore.

Harrius eum intuitus est. tum meminerat. 'domine! de Lapide dico! erat Quirrell! habet Lapidem! festina, domine –'

'tranquillo sis animo, puer care, recentia quaedam nescis,' inquit Dumbledore. 'Quirrell Lapidem non habet.'

'quis igitur habet? domine, ego –'

'Harri, te obsecro, laxa animum, aut Magistra Pomfrey me eiciendum curabit.'

Harrius gluttum fecit et circumspexit. pro certo habuit se esse in ala valetudinaria. in lecto iacebat cum linteis candidis et iuxta eum erat mensa onerata, ut videbatur, dimidio tabernae cuppedinariae.

'monimenta amicorum et admiratorum,' inquit Dumbledore renidens. 'quod accidit deorsum in carceribus inter te et Professorem Quirrell est secretum ab omnibus celandum, itaque, scilicet, per scholam totam notum est. credo amicos tuos Dominos Fredericum et Georgium Vislios auctores fuisse conandi tibi mittere sedem latrinae. sine dubio putabant eam te delectaturam esse. Magistra Pomfrey, tamen, cum sentiret eam fortasse non admodum salubrem esse, ademit.'

'quamdiu hic adsum?'

'tres dies. Domino Ronaldo Vislio et Dominulae Granger magno erit levamento te sensum recepisse, maxime perturbati sunt.'

'sed, domine, Lapis –'

'video te non esse avocandum. Lapis igitur esto. Professor Quirrell eum tibi auferre non poterat. in ipso tempore adveni id prohibiturus, quamquam fatendum est te sponte tua rem optime gesisse.'

'tune illuc advenisti? tune strigem Hermionis accepisti?'

'nos alter alteram, ut videtur, in medio caelo praetervolavimus. non prius Londinium perveneram quam mihi liquebat me oportere illo loco adesse quem modo reliquissem. in ipso tempore adveni ut Quirrellem de te detraherem –'

'erat igitur *tu*.'

'timebam ne sero adessem.'

'paene sero aderas, non multo diutius poteram eum a Lapide arcere –'

'non de Lapide timebam, puer, sed de te – tanta enim erat corporis contentio ut paene interfectus sis. puncto quodam, horribile dictu, timebam ne re vera mortuus esses. quod ad Lapidem attinet, deletus est.'

'num deletus est?' inquit Harrius attonitus. 'sed amicus tuus – Nicolas Flamel –'

'oh, scis de Nicolao?' inquit Dumbledore, voce admodum laeta. '*nempe* rem penitus exploravisti. re vera ego et Nicolas sermunculam habuimus et inter nos consensimus sic rem totam quam optime evenisse.'

'sed re sic se habente ille et uxor morientur, nonne?'

'satis Elixirii conditum habent ut res suas ordinent, quo facto, ita vero, morientur.'

Dumbledore subrisit vultu Harrii attonito viso.

'tibi quippe qui admodum iuvenis es non dubito quin incredibile videatur, sed Nicolao et Perenelli non aliter est ac cubitum ire post diem vere *longissimum*. animo enim ordinato nihil est mors nisi res magna proxime audenda. Lapis autem re vera non erat res admodum admirabilis. tantumne habere pecuniae et vitae quantum cordi est! quae sunt res duae quas plerique praeter omnia eligant – mala fortuna accidit ut homines nati sint ad ea potissimum eligenda quae eis minime prosunt.'

Harrius ibi iacebat, nescius quid diceret. Dumbledore bombum parvum fecit et tectum subridens contemplatus est.

'domine?' inquit Harrius. 'rem mecum reputavi … domine … etiam si Lapis periit, Vol– … dicere volui, Quidam –'

'Voldemortem eum appella, Harri. semper nominibus propriis rerum utere, Harri. timor nominis rei ipsius timorem auget.'

'ita vero, domine. ut mihi videtur, Voldemort modos alios redeundi quaeret, nonne? num enim periit?'

'non periit, Harri. adhuc est alicubi foris, fortasse corpus aliud petens cuius partem habeat … quod non vere vivit, non interfici potest. Quirrellem morientem reliquit; non magis misericors est in discipulos quam in hostes. nihilominus, Harri, etsi tu fortasse eum modo impedivisti quominus potestatem resumat, alio tantum opus erit parato cum eo pugnare et, ut videtur, vinci proximo tempore – et si iterum atque iterum impeditus erit potest fieri ut nunquam potestatem resumat.'

Harrius adnuit, sed celeriter destitit quod motus dolorem capiti afferebat. tum inquit, 'domine, nonnulla scire velim si mihi dicere potes … de quibus veritatem scire volo …'

'veritas,' suspiravit Dumbledore, 'est res pulchra et terribilis, et igitur magna cum cautione tractanda. nihilominus tibi roganti respondebo nisi causam optimam habeo tacendi, quod si fiet obsecro ut mihi ignoscas. scilicet, non mentiar.'

'hem … Voldemort dixit se matrem interfecisse solum quod illa conaretur se prohibere quominus me interficeret. sed cur tandem me interficere velit?'

Dumbledore iam suspirium ab imo pectore duxit.

'eheu, id quod me primum rogas non tibi dicere possum. non hodie. non nunc. scies, aliquando … interim excidat ex animo, Harri. cum natu maior eris … scio te odisse hoc audire … cum paratus eris, scies.'

et Harrius sensit non profuturum esse rem disputare.

'sed cur Quirrell non poterat me tangere?'

'mater mortua est ut te conservet. si quid Voldemort non intellegit, amor est. non sensit amorem tantum quantus esset amor matris erga te notam suam relinquere. non cicatricem, nullum signum oculis videndum … amor tam profundus, etsi abiit amator noster, aliquo modo nos semper defendet. inest in cute ipsa. Quirrell, plenus odii, avaritiae, ambitionis, animum suum cum Voldemorte communicans, ob hanc causam te non tangere poterat. cum acerbissimo dolore hominem re tam bona signatum tangebat.'

Dumbledore animum iam avi foris proiecturae fenestrae insidenti intendit, ut Harrius tempus haberet oculorum in linteo siccandorum. cum vocem recepisset, Harrius inquit, 'et Invisibilitatis Amictum – scisne quis mihi miserit?'

'ah – accidit ut eum pater tuus mihi reliquit habendum et putabam fortasse tibi cordi fore.' oculi Dumbledoris micabant. 'utilitatem habent illi – pater plerumque eo utebatur ut ad culinas furtim iret ad cibum furandum cum hic adesset.'

'et manet aliquid ...'

'dic.'

'Quirrell dixit Snapem –'

'*Professorem* Snapem, Harri.'

'ita vero, de illo dico – Quirrell dixit eum me odisse quod patrem odisset. an id verum est?'

'fatendum est inter eos odium aliquod fuisse. simile est odium inter te atque Dominum Malfonem. et tum, pater tuus aliquid admisit quod Snape nunquam ignoscere poterat.'

'quid?'

'vitam eius servavit.'

'*quid*?'

'ita vero ...' inquit Dumbledore velut somnians. 'mirum, quomodo hominum cogitationes formantur, nonne? Professor Snape non poterat ferre se aliquid patri tuo debere ... sententia mea, hoc anno operam tantam dedit ut te defenderet quod putabat sic se patremque tuum aequatum iri. quo facto animo tranquillo redire poterat in odium memoriae patris tui ...'

quod Harrius conatus est intellegere, sed cum dolore magno capitis afficeretur, rem omisit.

'et domine, superest quaestio una ...'

'una modo?'

'quomodo Lapidem e speculo extraxi?'

'admodum gaudeo quod tu me hoc rogavisti. erat inter notiones quas optimas in animo concepi, quae, cave tamen ne hoc cuiquam dicas, laus aliqua est. scilicet solus is qui Lapidem *invenire* velit – de Lapide inveniendo dico, non de usu eius – eum adipisci possit, ceteri tantum sese videant aurum facientes aut Elixirium Vitae bibentes. etiam ego ingenium meum nonnunquam admiror ... nunc satis rogavisti. te suadeo ut haec bellariola adoriaris. en Fabas Alberti Botti Omnium Saporum! fortuna adversa usus, iuvenis fabae vomitum sapienti occurri, ex quo subvereor ne amorem earum paulum amiserim – sed puto me tutum fore cum faba iucunda bellariolum saccharo et butyro coctum sapiente, nonne?'

subrisit et fabam fulvam in os inseruit. tum strangulatus inquit, 'eheu! ceram auricularium!'

*

Magistra Pomfrey, matrona, erat femina amabilis, sed severissima.

'da quinque tantum minuta,' Harrius oravit.

'minime.'

'Professorem Dumbledore admisisti …'

'scilicet, ille est Praeses, causa erat dissimillima. opus est tibi *quiete*.'

'quiesco, en, recubans et cetera. oh, agedum, Magistra Pomfrey …'

'oh, sit ita,' inquit, 'sed quinque minuta *tantum*.'

et Ronaldum et Hermionem admisit.

'*Harri!*'

Hermione videbatur parata eum rursus bracchiis amplecti, sed Harrius gaudebat eam se cohibere quod caput adhuc maxime dolebat.

'oh, Harri, non dubitabamus quin tu futurus esses – Dumbledore erat tam sollicitus –'

'discipuli omnes de re loquuntur,' inquit Ronaldus. 'quid *re vera* accidit?'

fabula vera, quod perraro fit, etiam admirabilior et iucundior erat quam rumores inanes. Harrius omnia eis dixit: de Quirrelle; de Speculo; de Lapide et Voldemorte. Ronaldus et Hermione erant auditores optimi; loco quoque opportunissimo singultaverunt et, cum Harrius eis dixisset quid esset sub mitra Quirrellis, Hermione voce magna ululavit.

'itaque Lapis periit?' Ronaldus denique inquit. 'Flamelne igitur *moriturus* est?'

'id dixi, sed Dumbledore putat – quid erat? – "animo ordinato nihil est mors nisi res magna proxime audenda".'

'semper dicebam eum delirare,' inquit Ronaldus, visus admirari quanta esset insania heroos sui.

'quid igitur vobis duobus accidit?' inquit Harrius.

'equidem redii incolumis,' inquit Hermione. 'Ronaldum recreavi – opus erat longius – et sursum ad strigarium currebamus ut rem cum Dumbledore communicaremus cum obviam ei in Vestibulo iimus. iam sciebat – tantum dixit, "nonne Harrius eum consecutus est?" et abiit celerrime ad tertium tabulatum.'

'an putas eum voluisse te id facere?' inquit Ronaldus.

'Amictum enim patris tibi misit et cetera.'

'*quid?*' vox Hermionis erupit. 'si id fecit – pro pudor – id est terribile – occidi potuisti.'

'non ita,' inquit Harrius rem sibi deliberans. 'Dumbledore est vir insoliti generis. puto eum nescio quo modo voluisse occasionem mihi dare. puto enim eum plus minus scire omnia quae hic fiant. sententia mea, satis sciebat nos rem temptaturos esse neque nos prohibuit, sed potius tantum modo docuit quantum nobis auxilio esse poterat. neque casu, ut videtur, mihi permisit cognoscere quid esset officium Speculi – verisimile est eum putavisse fas esse me obviam ire Voldemorti si possem ...'

'ita vero, non dubium est quin Dumbledore insaniat,' inquit Ronaldus superbiens. 'audi, surgendum est tibi ut cras adsis ad dapes ultimas anni. puncta omnia collecta sunt, et Slytherini vicerunt, scilicet – aberas ab ultimo certamine ludi Quidditch, sine te a Ravenclavensibus evicti sumus – sed cibus erit bonus.'

illo puncto, Magistra Pomfrey appropinquavit properans.

'paene quindecim minuta adfuistis, nunc ite FORAS,' inquit voce firma.

*

cum tota nocte arte dormivisset, Harrius sensit se paene restitutum esse.

'volo ire ad dapes,' inquit Magistrae Pomfrey ordinanti cistas bellariolorum quas plurimas habebat. 'nonne mihi licet?'

'Professor Dumbledore dicit tibi permittendum esse ire,' inquit improbans, quasi sententia eius Professor Dumbledore nesciebat quam periculosae dapes esse possent. 'et habes hospitem alium.'

'oh, bene habet,' inquit Harrius. 'quis est?'

dum loquitur, Hagrid motu obliquo furtim per ianuam iit. ut solebat, domum ingressus Hagrid maior videbatur quam fas erat. iuxta Harrium consedit, eum semel aspexit, lacrimas effundere coepit.

'edepol – culpa – est – tota – mea!' inquit lacrimans, vultu manibus obtecto.

'homini illi pessimo dixi quomodo Lanigerum praeteriret! ego ei dixi! ei id solum ignoranti dixi! potuit fieri ut mortuus esses! mene hoc omne fecisse pro ovo draconis! nunquam iterum potum sumam! expellendus sum et inter Muggles vivere cogendus!'

'Hagrid!' inquit Harrius, perturbatus quod Hagridum dolore et paenitentia concussum videbat, lacrimis magnis in barbam defluentibus. 'Hagrid, aliquo modo id cognovisset, de Voldemorte loquimur, cognovisset etsi tu non eum certiorem fecisses.'

'potuit fieri ut mortuus esses!' inquit Hagrid lacrimans. 'neque nomen dixeris!'

'VOLDEMORT!' Harrius infremuit, Hagridum tanto horrore afficiens ut finem faceret lacrimandi. 'obviam ei ii et eum nomine appello. bono es animo, quaeso, Hagrid, Lapidem conservavimus, periit, ille eo non uti potest. sume Ranam Socolatam, habeo permultas …'

Hagrid nasum manu aversa detersit et inquit, 'id me admonet. tibi donum attuli.'

'num est quadrula duplex panis carne mustelae conferta?' inquit Harrius animo anxio et tandem Hagrid imbecillius cacchinnavit.

'non ita. heri Dumbledore mihi ferias dedit ut rem ordinarem. scilicet, potius debuit me expellere – sed ut ea omittam, hoc tibi attuli …'

videbatur esse liber pulcher, pelle obtectus. Harrius eum aperuit curiose.

plenus erat imaginum photographicarum magorum. e paginis omnibus ei subridebant et manus iactabant mater et pater.

'striges emisi ad omnes qui quondam fuerunt amici et condiscipuli parentum tuorum, imagines photographicas rogatum … sciebam enim te nullas habere … an tibi placet?'

Harrius loqui non poterat, sed Hagrid rem intellexit.

*

illa nocte Harrius solus ad dapes ultimas anni descendit. sedulitate nimia Magistrae Pomfrey retentus erat, quippe qui poposcit ut ille inspectionem ultimam subiret, itaque Atrium Magnum iam plenum erat. ornatum est coloribus Slytherinis viridibus et argentariis victoriae celebrandae causa quod iam septem in ordine annos Poculum Domesticum reportaverant. vexillum ingens serpentem Slytherinum ostendens murum post Mensam Altam tegebat.

Harrio ineunte subito silentium factum est et tum omnes simul vocibus magnis loqui coeperunt. lapsus in sedem inter Ronaldum et Hermionem ad mensam Gryffindorensium positam conatus est ignorare quod homines stabant ut eum spectarent.

fortunate accidit ut paucis post momentis advenerit Dumbledore. conticuere omnes.

'annus alius abiit!' inquit Dumbledore hilariter. 'et necesse est ut negotium dem vobis verboso anhelitu senis priusquam dentes in dapes exquisitas inseramus. qualis fuit annus! spero mentes vestras paulo pleniores esse quam fuerunt … ante vos iacet tota aestas eis pulchre vacuefaciendis priusquam proximus incipit annus …

'nunc, ut mihi videtur, necesse est ut hoc Poculum Domesticum donetur, et sic stat summa punctorum: quartum locum capiunt Gryffindorenses cum trecentis duodecim punctis; tertium capiunt Hufflepuffi cum trecentis quinquaginta duobus; Ravenclavenses habent quadringenta viginti sex et Slytherini, quadringenta septuaginta duo.'

tempestas clamandi et supplodendi a mensa Slytherinorum erupit. Harrius Draconem Malfonem videre poterat mensam poculo pulsantem. spectaculum erat nauseosum.

'ita vero, ita vero, bene factum, Slytherini,' inquit Dumbledore. 'necesse est tamen res recentiores expendere.'

toto conclavi silentium factum est. paulo minus subridebant Slytherini.

'ahem,' inquit Dumbledore. 'pauca puncta ultimi minuti sunt mihi distribuenda. quid? ita vero …

'primum – Domino Ronaldo Vislio …'

facies Ronaldi purpura facta est; similis erat raphani sole admodum adusti.

'… pro ludo latrunculorum quem optimum multis annis Hogvartenses viderunt dono quinquaginta puncta Gryffindorensibus.'

clamores Gryffindorensium tectum fascinatum paene sustulerunt; stellae imminentes tremescere videbantur. Persius audiri poterat Praefectis ceteris dicens, 'scilicet est frater meus! frater natu minimus! gregem ingentem latrunculorum McGonagallis praeteriit!'

tandem erat silentium rursus.

'deinde – Dominulae Hermioni Granger … quod coram ignibus logica considerata usa est, Gryffindorensibus quinquaginta puncta dono.'

Hermione vultum bracchiis obtexit; Harrius valde suspicabatur eam lacrimis effundere. Gryffindorenses ubicunque sedebant animo impotenti erant – puncta centum adepti erant.

'tertio – Domino Harrio Pottero …' inquit Dumbledore. totius conclavis summum factum est silentium. '… pro mera audacia et virtute praestantissima Gryffindorensibus sexaginta puncta dono.'

strepitus aures omnium obtundebat. ei qui simul calculos ponere et clamando raucitatem vocis inducere poterant sciebant Gryffindorenses iam quadringenta septuaginta duo puncta habere – eadem ipsa ac Slytherinos. de Poculo Domestico aequo Marte certatum erat – utinam Dumbledore unum tantum punctum insuper Harrio dedisset.

Dumbledore manum sustulit. paulatim in conclavi fiebat silentium.

'multa sunt genera virtutis,' inquit Dumbledore, subridens. 'opus est multa virtute ad hostibus resistendum, nec minore ad amicis resistendum. itaque puncta decem dono Domino Nevilli Longifundo.'

si quis extra Atrium Magnum stetisset, non sine causa putavisset diruptionem alicuius generis factam esse, tantus enim strepitus a mensa Gryffindorensium erupit. Harrius, Ronaldus Hermioneque ad clamandum plaudendumque surrexerunt, Neville autem, prae stupore pallidus, sub acervo hominum se amplectantium evanuit. nunquam antea vel unum punctum Gryffindorensibus reportaverat. Harrius, adhuc plaudens, costas Ronaldi fodicavit et digito Malfonem demonstravit qui non potuit videri magis obstupefactus et horrore perculsus si modo defixionem Corporis Religati passus esset.

'itaque,' clamavit Dumbledore plausui tonanti obstrepens, nam etiam Ravenclavenses et Hufflepuffi casum Slytherinorum celebrabant, 'opus est ornamentum nostrum paulum mutare.'

manibus plausit. puncto temporis, velamina viridia facta sunt coccina, argentea facta sunt aurea; serpens ingens Slytherinus evanuit et in locum eius substitutus est leo excelsus Gryffindorensis. Snape, subridere coactus, spectaculum horribile, manus cum Professore McGonagall coniungebat. oculos Harrii in se convertit, et Harrius statim sciebat Snapem haudquaquam aliter de se sentire. quod Harrium non perturbavit. verisimile erat vitam ad statum ordinarium anno proximo redituram esse, si quid quando in schola Hogvartensi ordinarium esset.

Harrio hic erat vesper optimus totius vitae, melior quam vincere in ludo Quidditch, quam celebrare diem natalem Christi, quam trolla montana exanimare ... nunquam in omne tempus huius noctis obliturus erat.

*

Harrius paene oblitus erat eventus examinum nondum nuntiatos esse, sed nihilominus nuntiati sunt. magnopere mirati sunt quod responsa et ipsius et Ronaldi doctoribus placuerant; Hermione, scilicet, facta est princeps discipulorum illius anni. etiam Neville aliquo modo doctoribus satisfecit, compensans damna ingentia Potionum cum commodis Herbologiae. speraverant Goylem, qui paene tam stolidus erat quam malignus, fortasse expulsum iri, sed ille quoque doctoribus satisfecerat. cuius rei illos pigebat, sed, ut Ronaldus dixit, non potes in vita omnia habere.

et subito, arcae vestiariae erant vacuae, viduli erant alligati, bufo Nevillis inventus est in angulo latrinarum latens; litterulae discipulis omnibus traditae sunt, eos admonentes ne artibus magicis diebus feriatis uterentur ('semper spero eos oblituros esse has nobis dare,' inquit Fredericus Vislius tristis); Hagrid aderat eos deducturus ad classem lintrium quae trans lacum navigavit; Hamaxostichum Rapidum Hogvartensem conscendebant; loquebantur et ridebant dum rus viridius et mundius fiebat; Fabas Alberti Botti Omnium Saporum edebant dum praeter oppida Mugglium vehebantur festinantes; vestes magorum exuebant, induebant tuniculas manicatas et superindumenta; ad crepidinem novem cum tribus partibus Stationis Regis Crucis appellebantur.

opus erat satis longo tempore ut omnes a crepidine discederent. custos vetus et rugosus ad claustrum tesseris inspiciendis aderat, per portam binos trinosque emittens ne omnes simul erumpendo e muro solido conspicui fierent et Muggles perturbarent.

'oro ut apud nos hac aestate commoremini,' inquit Ronaldus, 'vos ambos dico – vobis strigem mittam.'

'gratias tibi ago,' inquit Harrius. 'necesse erit mihi habere aliquid quod exspectem.'

homines eos trudebant progredientes ad portam ubi erat reditus in mundum Mugglium. nonnulli eorum clamaverunt:

'vale, Harri!'

'te saluto, Potter!'

'adhuc celeber es,' inquit Ronaldus, ei subridens.

'non ero quo iturus sum, id tibi promitto,' inquit Harrius.

ille, Ronaldus Hermioneque simul per portam ierunt.

'adest, Matercula, adest, ecce!'

erat Ginny Vislia, Ronaldi soror natu minor, sed non Ronaldum digito demonstrabat.

'est Harrius Potter!' stridebat. 'en, Matercula, possum videre –'

'tace, Ginny, neque decet aliquem digito demonstrare.'

Domina Vislia eos despexit subridens.

'an hoc anno negotiosi fuistis?' inquit.

'maxime,' inquit Harrius. 'gratias tibi ago quod mihi misisti bellariola e buttero, cremo saccharoque cocta et tuniculam laneam, Domina Vislia.'

'oh, nihil erat, carissime.'

'an paratus es?'

aderat Avunculus Vernon, adhuc vultu purpureo, adhuc mystacem gerens, adhuc furibundus visu ob audaciam Harrii, quippe qui strigem in cavea inclusam ferebat in statione hominum ordinariorum plena. post eum stabant Matertera Petunia et Dudley, visus conspectum modo Harrii formidare.

'debetis esse familia Harrii!' inquit Domina Vislia.

'ita dicere potes,' inquit Avunculus Vernon. 'festina, puer. non toto die otiosi sumus.' pedibus abiit.

Harrius cunctatus est verba novissima cum Ronaldo et Hermione locuturus.

'vos igitur hac aestate videbo.'

'spero te – hem – diebus feriatis fruiturum esse,' inquit

Hermione, Avunculum Vernon abeuntem incerte spectans, perturbata quod aliquis poterat tam iniucundus esse.

'nempe illis fruar,' inquit Harrius, et illi eum mirabantur iam toto vultu subridentem. '*illi* enim nesciunt nobis non licere domi artibus magicis uti. hac aestate e Dudleo voluptatem multam capiam …'